W0204051

Maya Shepherd

Märchenhaft erwählt

Märchenadaption

www.sternensand-verlag.ch | info@sternensand-verlag.ch

1. Auflage, Juni 2021
© Sternensand Verlag GmbH, Zürich 2021
Umschlaggestaltung: Alexander Kopainski
Lektorat/Korrektorat: Sternensand Verlag GmbH | Natalie Röllig
Korrektorat 2: Sternensand Verlag GmbH | Jennifer Papendick
Illustrationen S. 31, S. 103: Melis Art
Satz: Sternensand Verlag GmbH
Druck und Bindung: Smilkov Print Ltd.

Alle Rechte, einschließlich dem des vollständigen oder auszugsweisen Nachdrucks in jeglicher Form, sind vorbehalten.
Dies ist eine fiktive Geschichte. Ähnlichkeiten mit lebenden oder verstorbenen Personen sind rein zufällig und nicht beabsichtigt.

ISBN-13: 978-3-03896-171-0
ISBN-10: 3-03896-171-0

Für meinen Stern

Ein Kuss,
aus freiem Willen von einem
Mädchen gegeben,
ihm zur Verdammnis.
Er möge keinen Fuß mehr auf die
Erde setzen.
Keinen Tag mehr das Licht der
Sonne erblicken.
Keine Nacht mehr die Sterne am
Himmel zählen.

Ein geschenkter Kuss ihm zur
Erlösung.
Der Kuss der wahren Liebe
vermag den Fluch zu brechen.

Prolog

In dem fernen Reich Chóraleio fehlte König Egeas und seiner Gemahlin Niobe nur eines zu ihrem Glück – ein Kind. Sie sehnten sich nach einem Erben, der eines Tages genauso gerecht und gütig herrschen sollte, wie sie es taten.

Je mehr Zeit verging, umso verzweifelter wurde Niobe. Die Adligen tuschelten bereits hinter vorgehaltener Hand und die Berater legten dem König nahe, sich zum Wohle von Chóraleio Gedanken über eine neue Heirat zu machen. Das kam für Egeas jedoch nicht infrage, da er seine Frau sehr liebte.

Die Gerüchte nahmen nicht ab und wendeten sich nun in eine andere Richtung: Wer würde das Reich regieren, wenn die Ehe des Königspaars kinderlos bliebe?

Ferne Verwandte sahen ihre Chance zur Machtergreifung gekommen und scharten sich am Hof mit dem Hintergedanken, dass Egeas einen von ihnen zu seinem Nachfolger ernennen würde. Dabei kam es häufig zu hitzigen Auseinandersetzungen, die nicht nur Egeas, sondern auch das ganze Reich belasteten. Königliche Pflichten wurden vernachlässigt und so erfuhr auch bald das Volk von den Schwierigkeiten ihrer Herrscher.

Das lockte Scharlatane an, die behaupteten, über Wundermittel zu verfügen, die dem Königspaar zu ihrem Kindersegen verhelfen sollten. In ihrer aussichtslosen Lage ließen Egeas und Niobe sich sogar auf ein paar Versuche ein, jedoch ohne einen Erfolg davonzutragen.

Der Druck drohte, die Königin zu zerbrechen, und sie begann an ihrer Liebe zu Egeas zu zweifeln. Vielleicht hatte er wirklich die falsche Braut erwählt und eine andere hätte ihn glücklicher machen können? Sie wusste nicht mehr weiter und zog sich immer mehr von gesellschaftlichen Veranstaltungen zurück, da sie das Getuschel und die mitleidigen Blicke nicht ertrug.

Es war ein lauer Sommerabend, als sie allein durch den Palastgarten spazierte. Vom Ballsaal wehte die Melodie des Streichorchesters zu ihr, welche die Gäste zum Tanzen verleitete. Manchmal konnte sie sogar ihr lautes Lachen hören. Alle schienen vergnügt zu sein, während sie selbst so viel Kummer in ihrem Herzen trug. Früher hatte sie die Festlichkeiten genossen und war eine hervorragende Gastgeberin und Tänzerin gewesen. Sie vermisste diese Unbeschwertheit, aber noch mehr vermisste sie es, Egeas lächeln zu sehen. Auch er war nun oft schwermütig oder leicht reizbar.

Sie ließ sich auf einer Bank an einem kleinen See nieder, über den Glühwürmchen in der Abenddämmerung flogen. Der Anblick ihrer funkelnden Lichter tröstete sie etwas.

Eine Weile saß sie einfach nur da, bis ein Knacken ihre Aufmerksamkeit weckte. Erstaunt drehte sie sich um, da sie geglaubt hatte, im Garten allein zu sein. Unter den tief hängenden Ästen einer Trauerweide trat eine alte Frau hervor. Beschwichtigend hob sie ihre krummen Hände.

»Fürchtet Euch nicht vor mir, Königin«, sprach sie mit rauer Stimme und kam langsam näher. Sie besaß einen krummen Rücken, sodass sie leicht vornübergebeugt gehen musste.

»Wer seid Ihr?«, wollte Niobe wissen. Sie verspürte zwar keine Angst, aber die Fremde war ihr nie zuvor aufgefallen. Das Schloss wurde gut bewacht und Außenstehenden sollte der Zutritt nur nach ausdrücklicher Genehmigung gestattet sein.

Ächzend ließ sich die Alte neben ihr auf der Bank nieder. »Früher war dieser Garten mein Arbeitsplatz. Deshalb auch der krumme Rücken.« Sie lachte glucksend, ehe die Freude aus ihrem Gesicht wich. »Ich war nie eine Schönheit. Bis heute blieb ich unverheiratet und kinderlos. Es gibt niemanden, der sich meiner annehmen könnte, deshalb gestattete mir der alte König als Dank für meinen guten Dienst, in diesem Garten zu leben, bis mein Leben vorbei ist.«

Mitgefühl für die alte, einsame Frau wallte in Niobe auf. Es war traurig, ganz allein auf der Welt zu sein und nur noch auf den Tod zu warten.

»Das tut mir sehr leid«, erwiderte sie höflich. »Gibt es etwas, das ich für Euch tun kann?«

Die Alte schenkte ihr ein zahnloses Grinsen und machte eine wegwerfende Handbewegung. »Grämt Euch nicht meinetwegen, Königin. Unkraut vergeht nicht. Solange ich mit dem Gesang der Vögel erwachen und dem Zirpen der Grillen einschlafen kann, mangelt es mir an nichts.« Sie musterte Niobe mit ihren unergründlichen Augen, die von unzähligen Falten umschlossen waren. »Aber Ihr solltet an solch einem schönen Abend nicht allein an einem Seeufer sitzen, sondern ausgelassen mit Eurem Gemahl auf dem Ball tanzen. Ihr seid jung und schön. Wenn Ihr mal so alt seid wie ich, bleibt Euch noch genug Zeit, um das Leben zu bedauern.«

Wenn es doch nur so einfach wäre, dachte Niobe seufzend.

»Mein Wunsch nach einem Kind bleibt unerfüllt«, klagte sie der ehemaligen Gärtnerin. Bei ihr hatte sie das Gefühl, offen sprechen zu können. Eine Königin, die ihrem König keine Nachkommen schenkte, war nutzlos.

Die Frau beäugte sie skeptisch. »Vielleicht bin ich in der Lage, Euch zu helfen.«

Niobe konnte sich nicht vorstellen, wie die Fremde ihr helfen sollte, horchte aber dennoch auf.

»Einen Tee aus Kräutern?«, mutmaßte sie. Von solchen hatte sie schon unzählige getrunken.

Die Alte lachte schnatternd auf. »Aber nicht doch! Glaubt Ihr etwa an solchen Unsinn?«

»Nicht mehr«, erwiderte Niobe traurig. Früher war sie voller Hoffnung gewesen. Nun fiel es ihr schwer, überhaupt noch an irgendetwas zu glauben. »Was könnt Ihr dann für mich tun?«

»Wie viel ist Euch die Geburt eines Kindes wert?«, hakte die Gärtnerin nach. Ein verschlagener Zug, den Niobe zuvor nicht bemerkt hatte, legte sich nun über das faltige Gesicht.

»Alles«, gestand die Königin unglücklich. »Ich würde alles dafür geben, Egeas einen Sohn zu schenken. Selbst mein eigenes Leben wäre mir nicht zu viel.«

Die Alte streckte ihre runzelige Hand aus und legte sie auf Niobes Bauch. »Dein Wunsch soll in Erfüllung gehen und du wirst einen Sohn zur Welt bringen. Aber vergiss mich nicht. Wenn wir uns das nächste Mal sehen und ich dich um etwas bitte, ganz gleich, was es auch sein mag, darfst du es mir nicht verwehren. Versprichst du mir das?«

Niobe zögerte nur einen Atemzug lang. Einer Fremden *alles* zu versprechen, war riskant, aber was konnte eine alte Gärtnerin schon von ihr verlangen? Vorausgesetzt, dass sie überhaupt schwanger werden würde. Mittlerweile fiel es ihr schwer, daran zu glauben. Das Einzige, was ihr noch helfen konnte, war ein Wunder.

»Ich verspreche es«, gab sie der Alten ihr Wort.

Diese nickte zufrieden und löste ihre Hand von dem Bauch der Königin. Eine Weile blieben sie noch wortlos nebeneinander am Seeufer sitzen. Als Niobe sie etwas fragen wollte und sich zu ihr umdrehte, war die Frau verschwunden. Völlig geräuschlos musste sie sich erhoben und aus dem Garten geschlichen haben.

Verwundert stand nun auch Niobe auf und zog sich in ihre Gemächer zurück. Egeas, der ebenfalls des Festes überdrüssig geworden war, erwartete sie dort bereits. Er hatte sich um seine Gemahlin gesorgt und schloss sie erleichtert in seine Arme, als er sie erblickte. Sie liebten sich in dieser Nacht.

Als Niobe ihm im Morgengrauen von ihrer Begegnung mit der ehemaligen Gärtnerin erzählte, zeigte sich Egeas erstaunt, denn es hatte nie eine Gärtnerin im Dienst seines Vaters gegeben. Er ließ nach der Alten suchen, aber niemand wusste von ihr oder konnte sich an jemanden erinnern, auf den ihre Beschreibung gepasst hätte. Sie war wie ein guter Geist, der Niobe in ihrem Kummer beigestanden hatte.

Tage und Wochen vergingen, ohne dass Niobe an die Begegnung mit der Fremden zurückgedacht hätte, doch dann wurde aus einer Vermutung eine Gewissheit – sie trug ein Kind unter ihrem Herzen. Was die Alte ihr vorausgesagt hatte, war tatsächlich eingetreten.

Die werdenden Eltern waren überglücklich und ließen das ganze Königreich an ihrer Freude teilhaben. Die Tuscheleien verstummten und die Verwandten, die sich den Thron hatten erschleichen wollen, zogen sich wieder an ihre eigenen Höfe zurück. Ordnung kehrte zurück und ganz Chóraleio fieberte dem Tag der Geburt entgegen.

Es war ein Frühlingstag, als Königin Niobe einen kleinen Prinzen zur Welt brachte, dem sie den Namen Lean gab.

Egeas war außer sich vor Stolz und veranstaltete ein großes Fest, zu dem er nicht bloß seine Verwandten, Freunde und Bekannten einlud, sondern auch die dreizehn weisen Frauen des Königreichs, damit sie dem Kind hold und gewogen wären.

Die Geladenen kamen, und die Feierlichkeiten nahmen ihren Lauf. Es war ein berauschender Ball, der an Pracht kaum zu überbieten war.

Als das Fest den Punkt erreichte, an dem die Gäste dem kleinen Prinzen ihre Geschenke überbringen sollten, löste sich eine dunkle Gestalt aus der Masse und schritt geradewegs auf das Königspaar zu. Ein Raunen ging durch die Menge beim Anblick der ärmlichen Fetzen, die den gebeugten Körper der alten Frau bedeckten. Zuvor war sie niemandem aufgefallen, doch nun richteten sich alle Augen auf sie.

»Königin Niobe«, rief sie laut mit krächzender Stimme, sobald sie den Thron erreichte. »Erinnert Ihr Euch an mich?«

Es war die Fremde, der Niobe im Schlossgarten begegnet war und die ihr die Hand auf den Bauch gelegt hatte. Danach war sie schwanger geworden, wie die Alte es ihr vorausgesagt hatte. Niemals hätte Niobe sie vergessen können.

»Gewiss«, antwortete die Königin und erhob sich von ihrem Thron. Sie schritt die Stufen hinab und küsste die Alte auf die

Stirn, ehe sie sich vor ihr verneigte. »Ich werde mich niemals genug dafür bedanken können, was Ihr für mich getan habt.«

Die Fremde hatte sichtlich Gefallen an der Demut, mit der sie von Niobe behandelt wurde. Sie straffte ihren krummen Rücken und bedachte die Königin mit einem mahnenden Blick. »Erinnert Ihr Euch auch noch daran, was Ihr mir versprochen habt?«

»Alles«, hatte Niobe ihr versprochen. Kein Preis war ihr für die Geburt eines Kindes zu hoch erschienen.

»Was kann ich für Euch tun?«, fragte sie gutmütig. Sie würde die Alte im Schloss wohnen lassen, wenn es das war, was sie wollte. Jeden Tag sollte sie ihre Lieblingsspeise serviert bekommen und bei jedem Fest ihr Ehrengast sein. Sie sollte dasselbe Glück erfahren, das Niobe dank ihr gewährt worden war.

Das verschlagene Funkeln kehrte in die dunklen Augen der Greisin zurück. »Ihr gabt mir Euer Wort, dass ich von Euch bekommen würde, wonach ich verlange. Ganz gleich, was es ist.« Sie sprach laut, sodass es jeder im Saal hören sollte. »Ich möchte nicht weniger als Eure Krone!«

»Meine Krone?«, entfuhr es Niobe bestürzt. Sie war sich nicht sicher, ob sie die Alte richtig verstand. »Möchtet Ihr sie Euch aufsetzen?«

Was könnte eine alte Frau schon mit einer Krone anfangen?

»Ich will das, wofür sie steht«, erwiderte die Fremde. »Ich will über Chóraleio herrschen!«

Zuerst war es still, doch dann fing der König laut zu lachen an, als hätte die Alte einen Scherz gemacht. Auch andere begannen zu lachen, bis der ganze Ballsaal erfüllt von Gelächter war. Sie lachten die Fremde und ihre absurde Forderung aus.

Diese ließ es mit erhobenem Haupt über sich ergehen, ohne auch nur eine Miene zu verziehen. Niobe suchte vergeblich in ihren

Augen nach der Güte und dem Mitgefühl, die sie damals am See in ihnen zu sehen geglaubt hatte. Sie war die Einzige, die sich nicht amüsierte.

»Lacht nur, König«, spottete die Alte, als sich die Anwesenden wieder etwas beruhigt hatten und nur hier und da noch ein leises Kichern zu hören war. »Lacht nur, solange Ihr noch könnt. Denn schon bald wird Euch das Lachen vergehen, wenn Ihr mir nicht gebt, was Eure Königin mir versprochen hat.«

Egeas rümpfte die Nase. »Wie wäre es mit einem warmen Bad anstatt einem Königreich?«, zog er sie herablassend auf. »Ich bin sicher, davon hätten wir alle am meisten.«

Erneut brachen seine Gäste in Johlen und Glucksen aus, doch die Alte stand darüber.

»Ihr wisst nicht, wen Ihr vor Euch habt«, zischte sie erbost und schlug in die Hände, woraufhin ein lauter Knall zu hören war und sich eine Rauchwolke um ihren gebrechlichen Körper bildete.

Das Lachen verging den Menschen und sie hielten angespannt den Atem an, während Niobe erschrocken zurück an die Seite ihres Gemahls wich und das Neugeborene fest an sich hielt.

Langsam löste sich der Qualm wieder auf, und eine dunkelhaarige Schönheit stand in den Fetzen der Fremden vor ihnen.

»Ich bin die Schwarze Hexe«, rief sie mit dröhnender Stimme. Sie war weder eine Gärtnerin noch eine Bettlerin, sondern eine der dreizehn weisen Frauen, die Egeas selbst zu seinem Fest eingeladen hatte.

Niobe schlug schockiert die Hände vor den Mund und erkannte erst jetzt, welches Unheil sie über ihre Familie und Chóraleio brachte, weil sie in ihrer Verzweiflung unbedacht ein Versprechen gegeben hatte.

»Das ist Eure letzte Chance, König Egeas«, brüllte die Hexe. »Überlasst mir Euren Thron, und Eurer Familie wird kein Leid geschehen.«

Egeas baute sich schützend vor seiner Gattin und dem Sohn auf. Er liebte beide mehr als alles andere auf der Welt, aber er konnte der Hexe nicht geben, wonach sie verlangte – das war er seinem Volk schuldig.

»*Niemals!*«, rief er fest entschlossen.

Die Dreizehnte lief vor Wut rot an. »Ich verfluche den Prinzen«, schrie sie außer sich. »Ein Kuss, aus freiem Willen von einem Mädchen gegeben, soll ihm zur Verdammnis werden. Er möge keinen Fuß mehr auf die Erde setzen. Keinen Tag mehr die Sonne erblicken und keine Nacht mehr die Sterne am Himmel zählen.«

Indem sie in die Hände schlug, besiegelte sie ihren Fluch. Mit einem weiteren heftigen Knall löste sie sich in Rauch auf und war verschwunden.

Fassungslos begann Niobe zu schluchzen und wiegte ihren weinenden Sohn in ihren Armen. »Mein armer Liebling«, wisperte sie verzweifelt. »Was habe ich dir nur angetan?«

Aus der aufgeregten Menge traten die anderen weisen Frauen hervor. Sie konnten den Fluch ihrer Schwester nicht aufheben, aber sie wollten ihn mildern. Sie legten einen Zauber über sämtliche Gäste und Bedienstete, sodass sich keiner von ihnen mehr an den Besuch der Schwarzen Hexe erinnerte. Prinz Lean sollte von seinem Volk geliebt und nicht geächtet werden, wie es der Fall gewesen wäre, wenn irgendjemand von dem Fluch erfahren hätte.

Nicht einmal er selbst sollte mit der Last aufwachsen müssen, dass nur ein unbedachter Kuss, den ein Mädchen ihm gab, ihn ins Unglück stürzen könnte. Welch trauriges Leben wäre es, wenn er sich vor der Liebe fürchten müsste? Frei von jeglichen Sorgen und mit Ahnungslosigkeit beseelt, konnte er heranwachsen. Nur seine Eltern würden das schwere Schicksal ihres Kindes niemals vergessen.

Die weisen Frauen beschenkten den Prinzen mit Tugend, Schönheit, Reichtum und allem, was Herrliches auf der Welt ist. Die Zwölfte von ihnen sprach: »Ein Kuss, aus freiem Willen von einem Mädchen gegeben, ihm zur Verdammnis. Ein geschenkter Kuss ihm zur Erlösung. Der Kuss der wahren Liebe vermag den Fluch zu brechen.«

Es war einmal vor langer Zeit, als
das Träumen noch erlaubt war,
Wünsche noch in Erfüllung gingen
und die Menschen an Zauberer,
Feen und Drachen glaubten, ein
Prinz. – Mutiger als ein Löwe,
stärker als ein Bär und schlauer als
ein Fuchs.

1

Lean

Zwanzig Jahre später

Die Blätter der Bäume färbten sich in den schönsten Farben des Herbstes: brennendes Rot, warmes Orange und sattes Gelb. Auf den Wegen lag bereits Laub, und in der Luft hing am Abend der Duft eines prasselnden Feuers. In den Nächten zog der Frost herauf und legte eine dünne Eisschicht wie eine Decke über das ganze Königreich Chóraleio.

Eines schönen, aber kalten Morgens beschloss Prinz Lean, auf die Vogeljagd zu gehen. Er ließ seine beiden treuen Gefährten Silas und Yanis wecken, um sich von ihnen begleiten zu lassen.

Eine halbe Stunde später trafen sie sich im Hof des Schlosses. Die Hunde bellten aufgeregt und rannten nervös zwischen ihren Füßen auf und ab. Sie sattelten ihre Pferde und ritten aus dem Tor hinaus in die Stadt. Trotz der frühen Morgenstunde herrschte dort bereits reges Treiben. Öfen wurden angeheizt, Tiere gefüttert und Wasser aus dem Brunnen geholt.

Lean wurde von jedem seiner Untertanen, an denen er vorbeikam, freundlich begrüßt. Er war allseits beliebt. Nicht nur wegen seiner Schönheit, sondern vor allem wegen seines sonnigen Gemüts. Er war stets respektvoll und gerecht im Umgang mit seinen Bürgern. Seine immer näher kommende Hochzeit und die damit verbundene Krönung würden ein großer Festtag für alle werden.

Als die drei Freunde die Stadtmauern hinter sich zurückließen und über das offene Feld dem Wald entgegenritten, knirschten die Hufe der Pferde bei jedem Schritt über den von Reif bedeckten Boden. Ihr Atem bildete kleine Wolken in der Luft, und ihre Nasen waren vor Kälte gerötet. Selbst die letzten Zugvögel würden schon bald das Land verlassen, um sich in wärmere Gegenden zu begeben. Vermutlich würde das ihre letzte Jagd in diesem Jahr sein.

Durch das dichte Blätterdach des Waldes fiel nur spärlich Licht. Aus jeder Richtung raschelte es, denn die Tiere des Waldes schienen nie zu schlafen.

Bald erreichten sie eine Lichtung, die zu einem kleinen See führte. Lean, Yanis und Silas banden ihre Pferde an Bäumen fest und suchten sich einen Platz, von dem aus sie die beste Sicht auf den See und den Himmel hatten. Sie zogen ihre Armbrüste hervor und legten die Bolzen parat. Die Hunde winselten vorfreudig. Sobald Lean ihnen den Befehl zur Jagd gab, stürmten sie wie wild in das hohe Schilf, um dort die Vögel aufzustöbern.

Sekunden später erhoben sich die Enten unter heftigem Geschnatter in den Himmel.

Die drei Männer schossen einen Bolzen nach dem anderen ab, ohne auch nur ein Tier zu treffen.

Schließlich flog nur noch eine letzte Ente über den Himmel. Lean legte die Armbrust an, zielte konzentriert und gab den Schuss im letzten Moment ab, bevor das Tier über den Baumspitzen verschwinden konnte.

Er war selbst erstaunt, als er sah, wie es im Sturzflug zu Boden ging. Er hatte nicht erwartet, dass er es aus dieser Entfernung noch treffen könnte.

Seine beiden Freunde applaudierten ihm begeistert und während diese die Hunde zurückriefen, machte sich Lean auf die Suche nach der erlegten Ente. Der König würde stolz sein, wenn er von dem Geschick seines Sohns erfuhr. Lean trat in den Wald an die Stelle, an der er die Stockente hatte abstürzen sehen.

Die Sonne bahnte sich verhalten einen Weg durch die Blätter und Äste und ließ ihre Strahlen durch den düsteren Wald tanzen. Wie auf dem Präsentierteller lag die tote Ente auf grünem Moos und wurde von der Sonne beschienen.

Lean kniete sich zufrieden nieder, hielt dann aber erstaunt inne. Nicht ein Bolzen hatte die Ente getötet, sondern ein Pfeil. Er war aus einfachem Holz geschnitzt. Weder er selbst noch seine Begleiter hatten mit Pfeilen geschossen.

Verwirrt sah er sich um und entdeckte seinen eigenen Bolzen nur wenige Meter entfernt im Boden stecken.

Wenn nicht er das Tier erschossen hatte, wer war es dann gewesen?

Vorsichtig richtete sich Lean auf und begann sich umzusehen. Wer immer den Vogel erschossen hatte, würde nun gewiss seine Beute auch einfordern wollen. Seit Langem gab es Gerüchte über Räuber und Landstreicher in den Wäldern. Wenn einer von ihnen den Prinzen hier entdecken würde, wäre die Jagdbeute schnell vergessen. Denn ein Königssohn war weit mehr wert als eine Ente. Wenn sie ihn gefangen nehmen und seinen Vater erpressen würden, wären sie reiche Leute.

Lean schloss seine Hand um das Schwert, das zu seiner Rechten um seine Hüfte hing. »Ist da jemand?«, rief er und verlieh dabei seiner Stimme einen festen Klang.

Niemand antwortete ihm, nur das Rascheln der Blätter war zu hören.

Er hob die Ente vom Boden auf und hielt sie in die Luft. »Wenn du deine Beute willst, dann komm und hol sie dir!«

Er drehte sich zu allen Seiten und versuchte jemanden zu entdecken. Niemand schoss auf einen Vogel und ließ diesen dann unbeachtet zurück. Lean war sich sicher, dass der Schütze ihn beobachtete.

»Komm und zeig dich, damit ich dir gratulieren kann!«, rief er herausfordernd. Er hörte ein leises Knacken hinter sich und fuhr herum.

Zwischen den Bäumen stand nun ein schmaler Junge, der einen einfachen Holzbogen fest umklammert hielt. Die Kleidung, die er trug, schien alt und geflickt, zudem für seine winzige Gestalt viel zu groß. Auf dem Kopf trug er eine braune Wollmütze. Sein Gesicht war schmutzig, doch seine großen Augen richteten sich misstrauisch auf den Prinzen.

Lean begann ungläubig zu lachen. »Du hast die Ente vom Himmel geholt? Du?«

In diesem Moment stießen Yanis und Silas mit den Hunden zu ihnen. Sie musterten den fremden Jungen skeptisch. »Wer ist das?«

»Das ist der Entenschütze!«, verkündete Lean amüsiert. Er war erleichtert, dass ihm nur ein harmloser Junge gegenüberstand und keine Räuberbande.

»Er?«, fragte nun auch Silas. »Aber er ist doch noch ein halbes Kind!«

»Und doch besser als wir alle drei zusammen«, sagte Lean ernst und wandte sich dem Schützen erneut zu. »Wie oft musstest du schießen, um die Ente zu treffen?«

Der Junge hob zögerlich die Hand und streckte seinen Daumen in die Höhe. – Nur einmal.

Yanis, Silas und Lean brachen gleichzeitig in Gelächter aus. Unter anderen Umständen hätte Lean dem Jungen kein Wort geglaubt, doch er hielt den Beweis selbst in seinen Händen.

»Von wo aus hast du geschossen?«

Der Fremde deutete auf eine Stelle am See, die noch weiter von der entfernt war, an der der Prinz gestanden hatte.

Unglaublich!

Yanis schüttelte herablassend den Kopf. »Nie im Leben! Er lügt!«

Die Augen des Jungen formten sich zu Schlitzen, aus denen heraus er sie wütend anfunkelte. Er räusperte sich und sprach mit hoher Stimme: »Mein Pfeil steckt in dem Vogel, also gehört er mir!«

Lean hob beschwichtigend die Hand. »Niemand will dir deine Beute streitig machen!« Er streckte ihm die Ente entgegen. Trotzdem lagen noch mehrere Meter zwischen ihnen.

Vorsichtig trat der Knabe näher und schloss hastig seine Finger um das Federtier, doch Lean ließ nicht los.

»Wie hast du das gemacht?«

Der Junge starrte ihn verärgert an. Seine Augen hatten die Farbe des Waldes. Von Nahem wies sein Gesicht beinahe weibliche Züge auf, doch sicher täuschte der Eindruck nur und kam lediglich von der hohen Stimme, die darauf hindeutete, dass er noch nicht im Stimmbruch war.

»Ich habe gezielt und geschossen, mehr nicht«, fauchte er und zog heftig an der Ente, woraufhin Lean losließ.

Der Knabe wollte fliehen, doch der Prinz stellte sich ihm in den Weg. »Keiner der Schützen meines Vaters besitzt dein Talent. Keiner von ihnen hätte einen Vogel aus dieser Entfernung getroffen. Keiner von ihnen kann mir noch etwas beibringen. Aber von dir könnte ich sicher noch viel lernen. Komm mit mir und ich mache dich zum königlichen Schützen!«

Lean schenkte ihm sein warmherzigstes Lächeln. Heute musste der Glückstag des Jungen sein. So ein Angebot bekam man nur einmal im ganzen Leben.

Der Fremde musterte ihn überrascht und seine Mundwinkel verzogen sich zu einem spöttischen Grinsen. Doch ehe der Prinz sichs versah, versetzte das Bürschchen ihm einen heftigen Stoß, sodass der Thronfolger mit dem Hintern voran zu Boden fiel.

Der Junge rannte an ihm vorbei und rief schadenfroh: »Bei Euch ist Hopfen und Malz verloren, werter Prinz!«

Yanis und Silas versuchten ihn aufzuhalten, doch er schlüpfte geschickt zwischen ihnen durch.

Lean rappelte sich auf die Beine und nahm die Verfolgung auf. Jetzt war sein Interesse erst recht geweckt. Der Junge war flink wie ein Wiesel und sprang über die Wurzeln am Boden wie ein junger Hirsch. Lean hatte keine Chance, ihn zu Fuß einzuholen, und versuchte es deshalb mit seinem Pferd.

Als er glaubte, den Fremden bereits aus den Augen verloren zu haben, entdeckte er seine kleine Gestalt im Unterholz und jagte seinen Schimmel hinter ihm her.

Yanis und Silas waren ihm dicht auf den Fersen, so wie die bellenden Hunde. Sie hatten vorgeschlagen, diese dem Jungen hinterherzujagen, doch Lean wollte keine Hetzjagd veranstalten.

Erst hatte er geglaubt, der Junge habe Angst vor ihm, doch mittlerweile hatte er das Gefühl, dass er sie zum Narren hielt. Er schien den Wald so gut wie seine Westentasche zu kennen und war ihnen haushoch überlegen. Immer wenn sie aufgeben wollten, zeigte er sich für einen kurzen Moment, nur um dann wieder zwischen den Bäumen zu verschwinden. Er spielte Verstecken mit ihnen und schien auch als Gewinner hervorzugehen, doch so leicht wollte der Prinz nicht aufgeben.

Er meinte es doch nur gut mit dem Knaben. Seine Worte waren ernst gemeint gewesen. Wenn er ihnen nur vertrauen würde, könnten sie ihn mit aufs Schloss nehmen und ihm eine bessere Zukunft ermöglichen. Es würde ihm dort an nichts fehlen. Niemand würde so ein Angebot ablehnen.

Der Fremde rannte in ein dicht bewachsenes Gebiet des Waldes. Kletterpflanzen schlängelten sich über den Boden, Wurzeln erhoben sich kniehoch und Gebüsch erschwerte das Durchkommen.

Lean sprang von seinem Pferd und folgte dem Jungen durch das Dickicht. Seine Füße fanden auf den rutschigen Blättern kaum Halt und er stolperte immer wieder. Blätter verfingen sich in seinem braunen Haar. Dornen streiften sein Gesicht und zerkratzten ihm die Haut.

Er hörte seine Freunde nach ihm rufen, doch er war wie besessen davon, den Jungen zu finden. Er war zu ehrgeizig, um sich eine Niederlage eingestehen zu können.

Plötzlich nahm er vor sich eine Bewegung wahr. Er konnte niemanden erkennen, aber zwischen den Blättern entdeckte er die Wollmütze des Jungen.

Eilig rannte er darauf zu, doch gerade, als er danach greifen wollte, spürte er einen harten Schlag gegen seine Schienbeine und stürzte mit dem Gesicht voran durch ein Gebüsch.

Ein kühler Luftzug schlug ihm entgegen, als er die Augen öffnete, und er blickte geradewegs in einen steilen Abgrund. Tief unter ihm floss ein reißender Fluss. Wenn er nicht gefallen wäre, hätte er den Abhang gewiss nicht bemerkt und wäre hinabgestürzt. Hatte dieses Schicksal womöglich den Fremden ereilt?

Etwas tippte gegen seine Beine.

»Junge, bist du noch bei Trost?«, hörte er die heisere Stimme einer Frau.

Er zog sich vorsichtig zurück und schloss seine Finger um die noch warme Mütze.

Neben ihm stand eine alte Frau. Sie stützte sich auf einen Stock und trug auf dem Rücken einen Stapel Holzscheite. Ihre Finger waren krumm und knöchern.

Sie deutete anklagend auf ihn. »Du wolltest wohl in den Tod springen!«

Der Prinz schüttelte den Kopf. Das Gesicht der Alten war von Falten und Furchen gezeichnet. Ihre Nase stach spitz aus ihrem Gesicht hervor.

»Gute Frau, hast du vor mir einen Jungen hier entlangrennen gesehen?«

»Ich habe nur dich gesehen, der wie ein Wilder durch meinen Wald donnert, meine Tiere aufschreckt und meine Pflanzen aus der Erde reißt.«

Lean drückte sich hoch und baute sich vor der Frau auf. »Das ist der Wald des Königs von Chóraleio und ich bin sein Sohn. Wer bist du, dass du es wagst, dies alles als dein zu bezeichnen?«

»Ich bin die Hexe des Waldes. Mich gab es schon lange vor dir, deinem Vater und deines Vaters Vater. Ich wachse mit jedem Baum und sterbe mit jedem Tier. Mein Leben währt ewig.«

Lean hielt die Alte für wirr, trotzdem trat er einen Schritt zurück. Hexen konnten jede beliebige Gestalt annehmen und nicht alle waren den Menschen wohlgesonnen. »Verzeiht mir, wenn ich Euch oder Euren Wald verletzt habe. Das war nicht meine Absicht. Ich suche einen Knaben, der hier kurz vor mir entlanggekommen sein muss.« Er hielt ihr die Mütze entgegen. »Diese gehört ihm.«

»Wen immer du zu sehen geglaubt hast, er ist nicht mehr da«, sagte die Frau entschieden. »Nun zieh deines Weges, bevor der Wald dich für immer verschluckt. So mancher Wanderer hat sich hier schon verirrt.«

Lean sah sich unsicher um. Er konnte sich nicht mehr daran erinnern, von wo er gekommen war. In welche Richtung er auch blickte, alles sah für ihn gleich aus.

Er wollte die Alte nach dem Weg fragen, doch sie war schon verschwunden. Dort, wo sie zuvor gestanden hatte, lag nun ein kleiner silberner Kompass am Boden. Die Nadel deutete direkt auf ihn. Kaum dass er das Gerät in die Hand nahm, begann sich die Nadel zu drehen und zeigte nach rechts.

Da sich Lean nicht anders zu helfen wusste, beschloss er, dem Hinweis des Geräts zu folgen. Er hatte ohnehin nichts zu verlieren.

Während er über Wurzeln stieg und versuchte, sich einen Weg aus dem Dickicht zu bahnen, drehte er das Gehäuse in der Hand. Wie herum er es auch hielt, es wies immer wieder in dieselbe Richtung, ohne sich an den Himmelsrichtungen zu orientieren. Auf der Rückseite entdeckte er eine Prägung.

Folge dem Weg deines Herzens.

Das Gerät war ihm unheimlich, genau wie die Hexe. Eine Frau ihres Alters konnte unmöglich so schnell aus seiner Sicht verschwinden. Wie zuvor der Junge hatte sie sich praktisch in Luft aufgelöst.

Wohin würde ihn der Kompass führen? Schickte die Hexe ihn womöglich in die Irre?

Noch während er darüber nachdachte, hörte er plötzlich das Bellen von Hunden. Sekunden später kamen die weiß-braunen Jagdhunde des Königs durch das Unterholz auf ihn zugestürmt. Ihnen folgten Silas und Yanis, die erleichtert die Hände zusammenschlugen, als sie ihn sahen.

»Wir fürchteten schon, dich verloren zu haben!«

»Du siehst erbärmlich aus! Was ist passiert? Wurdest du von einem Wildschwein gejagt?«

Lean schüttelte lachend den Kopf und ließ den Kompass in seinen Mantel gleiten, ohne ihn zu erwähnen. Er hatte ihm den rechten Weg gewiesen.

»Ich habe den Burschen aus den Augen verloren. Er kann nicht nur besser schießen als ich, sondern rennt auch noch schneller als die Hunde.«

»Wenn wir nicht bald zurück ins Schloss kommen, wird dein Vater uns Beine machen. Mal sehen, wer dann schneller läuft«, scherzte Silas und reichte Lean die Zügel seines weißen Pferdes.

Ein armer Bauer und seine Frau
hatten drei Töchter, die sie alle
gleichermaßen liebten.
Die jüngste Tochter hatte eine
Haut, so strahlend und rein wie
der Glanz einer Perle, deshalb
wurde sie Elena Perlenschimmer
genannt.
Die mittlere Tochter konnte
schöner singen als jeder Vogel,
deshalb rief man sie Medea
Nachtigall.
Die älteste Tochter hatte weder
die Schönheit noch das Talent
ihrer beiden Schwestern, dafür
ging sie dem Vater zur Hand wie
ein Sohn. Sie war fleißig und mutig
zugleich. Allseits kannte man sie
als Heera Furchtlos.

N
W
S

2

Heera

Heera holte aus und ließ die Axt auf das Holzscheit niedersausen. Dieses spaltete sich krachend in zwei gleich große Stücke. Zufrieden legte das Mädchen sie beiseite und nahm sich den nächsten Klotz vor.

Mittlerweile bereitete ihr die Arbeit keine Schmerzen mehr. Anfangs hatte sie es nicht geschafft, das Holz zu spalten. Die Scheite waren in der Axt stecken geblieben und sie hatte viele Male ausholen müssen, um sie durchzuschlagen.

Am Ende des ersten Tages waren ihre Handinnenflächen voller Blasen gewesen, die am zweiten Tag alle aufgeplatzt waren. Sie hatte den Stiel der Axt kaum halten können, so weh hatte es getan. Trotzdem hatte sie weitergemacht. Tag für Tag.

Während sie am Anfang noch fünf bis zehn Hiebe brauchte, reichten eine Woche später bereits drei bis sieben. Nach zwei Wochen schaffte sie es das erste Mal, ein Holz mit einem Schlag zu teilen. Ihre Hartnäckigkeit zahlte sich aus.

Doch sie kämpfte nicht nur so verbissen, um ihrem Vater zu helfen, sondern auch, um ihm und sich selbst etwas zu beweisen. Ihr Vater war nicht mehr der Jüngste und würde bald nicht mehr alle Arbeiten, die auf ihrem kleinen Hof anfielen, allein erledigen können.

Seiner Frau und ihm war kein Sohn gewährt worden, der in die Fußstapfen des Vaters getreten wäre. Aber es gab keine Arbeit, die für Heera zu schwer gewesen wäre. Sie konnte alles tun, wozu vermeintlich nur ein Mann in der Lage war. Ganz gleich, ob es darum ging, Holz zu hacken, ein Schwein zu schlachten oder ein Fass zu schleppen. Sie war sich für nichts zu schade.

Ihre Hände hatten mit der Zeit eine dicke Hornhaut gebildet, die sie nun vor Verletzungen schützte. Zwar waren ihre Finger nun nicht mehr so fein und grazil wie die ihrer jüngeren Schwestern, aber das scherte Heera nicht. Sie war stolz auf sich und ihre Willensstärke.

Heera sammelte gerade die Holzscheite ein, als sie ihre Schwester Medea aufgeregt nach ihr rufen hörte. Sie war mit ihrer Mutter in der Stadt gewesen, um Wolle einzutauschen.

Medea liebte die Stadt, den Markt und sein buntes Treiben. Aber vor allem konnte sie sich an dem prächtigen Schloss nicht sattsehen. Stunden konnte sie damit verbringen, träumend vor den Schlossmauern auf und ab zu gehen und sich auszumalen, wie schön ein Leben im Palast sein musste. Oft sang sie dabei, doch mehr als ein kleines Taschengeld verdiente sie sich nicht. Die Menschen hörten ihr gerne zu, doch waren die meisten arm und hatten nichts zu verschenken.

Vielleicht hatte sie heute mehr Glück gehabt. Heera ging in die Stube, in der bereits die ganze Familie versammelt war.

Sie legte das Holz neben dem Ofen ab und stellte sich neben den Vater an die Wand. Er war genauso ungeduldig wie sie. Es gab viel zu tun und Medea hielt sie nur von der Arbeit ab. Doch die Wangen der Mutter glühten genauso freudig wie die der Tochter.

Die jüngste Schwester Elena sprang aufgeregt von einem Bein aufs andere. Sie hätte gern ihre Schwester und ihre Mutter in die Stadt begleitet, doch diese hatte es ihr verboten. Sie fürchtete um die Sicherheit der Jüngsten, die erst zehn Jahre alt war.

Medea holte tief Luft und verkündete dann strahlend: »Der Prinz wird heiraten.«

Heera verdrehte genervt die Augen. Was interessierte sie der Prinz? Es war ihr völlig gleichgültig, ob er nun eine Prinzessin aus dem Norden oder dem Süden zur Frau nahm. Eine war nur hochnäsiger als die andere.

»Na und? Was haben wir damit zu tun oder hat er etwa um deine Hand angehalten?« Ihre Stimme hatte einen belustigten Tonfall, woraufhin der Vater sich ein Grinsen nicht verkneifen konnte.

»Vielleicht«, säuselte Medea jedoch und hob stolz den Kopf.

»Wirklich?«, rief Elena sofort aus und sprang um ihre Schwester herum. »Bist du dann eine Prinzessin?«

»Die Königin«, korrigierte Medea.

»Jetzt aber mal langsam«, sagte die Mutter. »Der Prinz geht auf Brautschau, und jedes Mädchen im heiratsfähigen Alter kann sich bewerben. Ganz gleich, ob adlig oder aus dem Volk.«

»Pff«, machte Heera herablassend. »Das ist doch alles nur Trug!«

Meist war ihr Vater auf ihrer Seite, doch nun schüttelte er den Kopf. »Wir haben einen guten König. Er hat uns nie belogen oder betrogen. Wenn der König sagt, dass jedes Mädchen eine Chance hat, dann ist dies auch so.«

Heera wusste nicht viel von der königlichen Familie. Die Stadtbewohner liebten sie, vor allem den jungen Prinzen Lean. Doch Heera sah nur das prachtvolle Schloss, während sie und viele andere auf dem Land in klapprigen Holzhütten lebten, durch die im Winter der Wind pfiff. Der König war sicher noch nie mit knurrendem Magen zu Bett gegangen.

»Na dann sind wir ja bald alle Sorgen los«, erwiderte Heera sarkastisch. »Medea, wann läuten die Hochzeitsglocken?«

Die Schwester wandte ihr eingeschnappt den Rücken zu. Medea war eine Schönheit, ohne Frage. Sie hatte langes schwarzes Haar, das bei jeder Bewegung seidig glänzte. Ihre Augen waren von dem strahlenden Blau eines Sommerhimmels und ihre Lippen trugen die Farbe süßer Erdbeeren. Dazu konnte sie singen wie keine andere. Mindestens einmal die Woche hielt ein anderer um ihre Hand an.

Doch Medea verschmähte sie alle. Keiner war ihr gut genug, weder ein Schreiner noch ein Kaufmann. Für sie kam seit ihrer Kindheit nur einer infrage: Prinz Lean.

Die Mutter strafte Heera mit einem tadelnden Blick. »In zwei Wochen sind alle jungen Frauen aufgerufen, sich dem Prinzen vorzustellen. Er wird in einer ersten Runde zwölf Mädchen erwählen, um sie näher kennenzulernen. Aber nur drei von ihnen werden in der zweiten Runde die Chance erhalten, sich gegen die Prinzessinnen zu behaupten.«

»Ich sag doch, alles nur Trug! Nie im Leben würde sich der Prinz für ein Bauernmädchen entscheiden, wenn er eine Prinzessin haben kann.«

»Aber Medea ist schöner als jede Prinzessin«, verteidigte Elena ihre Schwester und streckte Heera die Zunge raus. »Wenn der

Prinz sie nur einmal singen hört, wird er an keine andere mehr denken können.«

Medea drückte ihre jüngere Schwester lachend an sich und gab ihr einen Kuss auf die Stirn. »Wenn ich Königin bin, bist du so etwas wie eine Prinzessin.«

»Heera, dem Prinzen geht es nicht nur um die Herkunft, sondern vor allem um den Charakter eines Mädchens«, behauptete die Mutter aufgebracht. »Er sucht die Frau fürs Leben und möchte sich kein neues Pferd kaufen.«

»Vermutlich ist ihm sein Pferd wichtiger als seine Braut. Wundern würde es mich nicht«, entgegnete Heera amüsiert. Sie ging in Richtung der Tür. »Ich will euch nicht länger im Wege stehen. Ihr müsst sicher noch ein neues Kleid nähen, die Frisur probieren und jedes Wort besprechen, das Medeas Mund verlassen wird.«

Die Mutter trat ihr eilig in den Weg. »Medea wird sich natürlich für den Prinzen bewerben, aber nicht allein. Ich habe zwei Töchter im heiratsfähigen Alter.«

Heeras Augen weiteten sich ungläubig. Sie wusste genau, worauf die Mutter anspielte, versuchte sich dennoch mit einem Scherz herauszureden. »Ist Elena nicht noch etwas jung dafür?«

Die Mutter verstand keinen Spaß und verschränkte die Arme vor der Brust. »Du bist meine Älteste und ich erwarte von dir, dass du ebenfalls für den Prinzen vorsprechen wirst.«

Heera begann sie schallend auszulachen. »Ich? Mach dich doch nicht lächerlich! Niemand würde sich für mich entscheiden.«

Zwar war Heera keine Schönheit wie Medea, doch hässlich war sie auch nicht. Allerdings eilte ihr Ruf ihr voraus. Jeder weit und breit wusste von Heeras Stärke. Die Männer, die in ihr eine Herausforderung gesehen hatten und sie zähmen wollten wie eine wilde Stute, hatte Heera längst eines Besseren belehrt und die Schüchternen wagten nicht einmal, sie anzusehen.

Bereits ihr ganzes Leben lang versuchte Heera ihren Eltern zu beweisen, dass sie mehr wert war als jeder Sohn. Sie brauchte keinen Ehemann. Heera würde den kleinen Hof des Vaters übernehmen und für die Eltern im Alter sorgen, während Medea und Elena zu ihren Ehemännern ziehen würden. Wer sollte sich sonst um ihre geliebten Eltern kümmern?

»Du wirst es zumindest versuchen«, befahl die Mutter unnachgiebig.

»Ich habe nicht einmal ein Kleid, geschweige denn kann ich in einem laufen!«

»Du wirst ein Kleid von mir anziehen, und selbst einem Mann würde es keine Probleme bereiten, in einem Kleid zu gehen.«

»Der Prinz wird sich nur einmal meine Hände ansehen und mich für einen Mann halten!« Heera wollte nicht glauben, dass ihre Mutter ernsthaft in Erwägung zog, sie als Braut für den Prinzen vorzuschlagen.

Das war lächerlich!

»Dann wirst du eben Handschuhe tragen«, entgegnete diese unbeirrt. Cynthia konnte genauso stur wie ihre Tochter sein.

»Was soll ich ihm sagen, inwiefern ich eine Bereicherung für sein Leben wäre? Ich kann weder singen noch sticken.«

»Das kannst du lernen!«

»Vielleicht sollte ich ihm anbieten, ihm zur Hochzeit selbst ein Schwein zu schlachten …«

Cynthia fiel ihr wütend ins Wort. »Untersteh dich! Du wirst dir Mühe geben, denn es geht hierbei nicht nur um dich, sondern um die ganze Familie. Wenn er eine von euch zur Frau nehmen würde, wären alle unsere Probleme gelöst. Wir könnten im

Schloss leben und müssten nie wieder frieren oder hungern. Die Räuber würden uns nicht nachts überfallen und dein Vater käme in den Genuss, im Alter die Beine hochzulegen. Elena könnte tanzen lernen und später einen Baron, wenn nicht gar einen Prinzen heiraten. Willst du nicht, dass deine Familie glücklich ist?«

»Und was ist mit mir? Habe ich kein Recht auf Glück?«, rief Heera aufgebracht.

Das war so unfair! Ihre Mutter wusste ganz genau, dass Heera nichts wichtiger als ihre Familie war.

Sie hatte angenommen, sie wären glücklich. Es war nicht immer leicht, aber sie hatten einander und das war alles, was zählte.

Oder war es etwa doch nicht genug für sie?

»Lern Prinz Lean erst einmal kennen«, schlug der Vater im Versuch zu vermitteln vor. »Vielleicht magst du ihn.«

»Nie im Leben!«

Die Mädchen waren gekommen, sich zu präsentieren. Ob blond oder brünett, groß oder klein, schmal oder üppig. Sie sangen, tanzten, lachten und drehten die Locken um die Finger. Zwitscherten wie Vögel und plusterten sich auf zur Balz. Der Prinz konnte sich für keine entscheiden, ward zum Blinden im Meer der Schönheit.

3

Heera

Zu Heeras Füßen sammelten sich bereits die Federn der toten Ente. Sie ließ ihre Wut an dem Federvieh aus.

Es war der letzte Abend vor der großen Auswahl und bisher war es ihr nicht gelungen, ihre Eltern davon zu überzeugen, dass es nicht nur sinnlos, sondern sogar erniedrigend war, sie dem Prinzen vorzustellen.

Die Kleider ihrer Mutter mochten vielleicht passen, aber nur, weil man es schaffte, einen Mann in die Kleider einer Frau zu stecken, wurde er deshalb noch lange nicht zur Dame.

Sie sah schon bildlich vor sich, wie die Mädchen um die Aufmerksamkeit des Prinzen buhlten. Sie würden allesamt in Parfum baden, lauter schnattern als die Gänse und sich mit Schmuck behängen wie Elstern. Sie selbst würde zwischen all den Mädchen wie ein Schweinehirte wirken – Kleid hin oder her.

Jeder würde sich über sie lustig machen. Doch sie sorgte sich nicht ihretwegen, sondern um ihre Eltern. Niemand sollte über sie lachen.

Der Vater und die Mutter waren ihr Leben lang arm gewesen und hatten es trotzdem geschafft, sie großzuziehen und zu ernähren. Manchen Abend hatten sie gehungert, nur um ihre Kinder satt zu bekommen. Die drei Töchter waren alles, was sie hatten.

Elena wäre in ein paar Jahren eine genauso gute Wahl wie Medea – blonde Locken, strahlend blaue Augen und volle rote Lippen. Aber Heera war eine einzige Blamage. Sie konnte nicht einmal aufrecht gehen, ohne über den Saum ihres Gewands zu stolpern.

Der Himmel färbte sich bereits rosa, wie er es nur an den Winterabenden tat, als der Vater zu seiner Ältesten trat. »Es reicht, wenn du der Ente die Federn ausrupfst. Du brauchst sie nicht auch noch zu häuten.«

Das Tier war blank, doch Heera scheute sich davor, in die Stube zu treten. Geknickt reichte sie dem Vater die Beute, damit er sie der Mutter zum Kochen brachte. Doch dieser setzte sich stattdessen neben sie auf die Holzbank.

»Heera, von all meinen Töchtern bist du mir die treuste.«

Sie sah ihn verzweifelt an. »Warum schickst du mich dann weg? Ich möchte nicht heiraten. Weder einen Prinzen noch sonst irgendjemanden.«

Er lächelte nachsichtig. »Ich muss zugeben, dass ich nicht wüsste, was ein Mann dir noch beibringen sollte. Du bist vermutlich mehr Mann, als der Prinz es jemals sein wird.«

Das brachte Heera zum Grinsen. »Lass mich doch bei dir bleiben! Wenn Mutter und du eines Tages zu alt sein werdet, um den Hof zu bestellen, werdet ihr euch freuen, dass ihr mich bei euch habt.«

»Das weiß ich, Heera«, versicherte er ihr liebevoll. »Aber ein Vater will für seine Kinder immer das Beste. Du sollst dein eigenes Leben haben.«

»Der Prinz interessiert mich nicht«, jammerte das Mädchen dennoch unbeirrt weiter. »Und selbst wenn, ich werde euch blamieren. Die Menschen werden mich auslachen und euch direkt mit.«

»Sollte es auch nur einer wagen, über eine meiner Töchter zu lachen, so erlaube ich dir, dass du ihm die Nase brichst.« Er zwinkerte ihr schelmisch zu, aber Heera konnte sich nicht darüber freuen. Sie war zu verzweifelt.

»Und wenn der Prinz selbst über mich lacht? Darf ich dann auch ihm die Nase brechen?«, konterte sie hoffnungsvoll.

»Der Prinz wird nicht über dich lachen«, beteuerte der Vater. »Bitte gib ihm eine Chance. Und wenn nicht um deinetwillen, dann wenigstens deiner Schwester zuliebe. Medea braucht dich. Sie hat nicht deine Stärke, um diese Auswahl allein durchzustehen.«

»Sie ist schön genug für zehn Töchter. Wenn der Prinz sie nicht will, muss er blind auf beiden Augen sein«, fand Heera.

»Steh ihr bei! Es wird ihr helfen zu wissen, dass du bei ihr bist und ihr den Rücken freihältst. Ich würde mich zu sehr um sie sorgen, wenn ich sie alleine im Schloss wüsste. Sie ist zu gutgläubig, um einen Freund von einem Feind zu unterscheiden.«

Heera liebte ihre beiden Schwestern und fühlte sich für sie verantwortlich. Das wusste der Vater. Es war ihm nicht gelungen, Heera auf andere Weise für die Auswahl zu begeistern, und deshalb packte er sie nun bei ihrem Pflichtgefühl und ihrer Fürsorge.

»Ich werde auf Medea achtgeben«, versprach Heera ihm widerstrebend. »Du kannst dich auf mich verlassen, Vater.«

4

Lean

Lean saß zwischen seiner Mutter und seinem Vater auf einem Thron, der mitten im Schlosshof auf einem Podest errichtet worden war. Vor den Toren drängten sich bereits die Menschen und versuchten, einen Blick auf den Prinzen und seine königlichen Eltern zu erhaschen. Es waren nicht nur Bewerberinnen, sondern vor allem auch viele Schaulustige gekommen.

Eine Hochzeit war ein Freudenfest wie kein anderes und die Feierlichkeiten dauerten oft mehrere Wochen an. In dieser Zeit kamen viele Besucher in die Stadt, und die Geschäfte liefen besser denn je.

Auch König Egeas hatte Leans Mutter Niobe bei einer Auswahl kennengelernt. Sie war jedoch kein Mädchen aus dem Volk, sondern eine Prinzessin von den südlichen Inseln. Trotzdem wurde er nicht müde zu betonen, dass jede Bewerberin die gleichen Chancen hätte und Lean sich wirklich jede mit offenen Augen ansehen solle.

Mit der Auswahl wurde die Brautschau eröffnet. Eine ganze Woche lang würden Mädchen aus allen Gegenden des Landes die Möglichkeit haben, sich dem Prinzen und dem königlichen Hof zu präsentieren. Zwölf von ihnen sollten in einer ersten Runde erwählt werden, um ihre Qualitäten als zukünftige Königin unter Beweis zu stellen. Jedoch würden es nur drei von ihnen in die nächste Runde schaffen, in der sie sich dann auch gegen Prinzessinnen aus benachbarten Königreichen behaupten mussten.

Lean graute es seit Wochen vor dem Tag der Erwählung. Ihm war bewusst, dass er als einziger Thronnachfolger dazu verpflichtet war, sich eine Frau auszusuchen. Das Volk freute sich bereits seit Jahren auf die Hochzeit und er wollte ihnen diese auch nicht verwehren. Aber wie sollte er sich zwischen Tausenden von Frauen je entscheiden können? Er hätte nichts dagegen gehabt, wenn sein Vater ihm eine Braut ausgesucht hätte, so wie es in anderen Königreichen Brauch war. Gewiss wäre sie nicht hässlich gewesen und irgendwie hätte er sich schon mit ihr arrangiert. Und selbst wenn nicht, so wäre ihm immer noch die Möglichkeit geblieben, ihr aus dem Weg zu gehen.

Das Volk hätte seine Hochzeit bekommen und ihm wäre die lästige Qual der Wahl erspart geblieben.

Wenn die Auswahl wenigstens nur einen Tag dauern würde, aber stattdessen würde sich das Spektakel über Wochen hinziehen.

Jedes Mal, wenn er sich beklagte, versuchte seine Mutter ihm deutlich zu machen, welches Glück er hatte, seine Braut selbst wählen zu dürfen.

Aber Lean freute sich nicht. Es war nur eine Last, die ihm seine Zeit stahl. Lieber wäre er mit seinen Freunden ausgeritten, auf die Jagd gegangen, Boot gefahren oder hätte sich duelliert.

Die Mädchen, die er kannte, waren alle gleich. Schön, zurückhaltend und grazil. Wenn er sie ansprach, senkten sie den Blick und lachten über jeden seiner Witze, selbst über die schlechtesten. Was sollte er mit so einer Person nur anfangen? Und was sollte er vor allem mit zwölf Mädchen anfangen, die sich alle auf diese Weise benahmen?

Die Tore wurden geöffnet und die Menschen strömten herein. Lean konnte sehen, wie sie einander zur Seite drängten und schubsten. Jeder wollte den besten Platz am Podest ergattern, um auch nichts zu verpassen.

Innerhalb weniger Minuten war der Schlosshof bereits voll und das Volk drängte sich trotzdem noch an den Toren.

König Egeas erhob sich aus seinem Thron. »Mein liebes Volk«, rief er mit lauter Stimme, und die Bürger schwiegen. »Ein König ist ein Vater, und sein Volk ist sein Kind. Es ist seine Aufgabe, dieses Kind zu hegen und zu pflegen, auf dass es ihm nie an etwas fehlen mag.«

Die Menschen brachen in begeisterten Applaus aus. Zwar fehlte ihnen oft viel, aber in solchen Momenten vergaßen sie das gerne, um sich an der Rede ihres Königs zu erfreuen.

»Die Bürger meines Königreichs liegen mir am Herzen, so sehr, dass ich einer Tochter des Volkes die Chance geben möchte, meinen einzigen Sohn zu heiraten.«

Wieder jubelten die Zuhörer. Einige riefen bereits Namen von Mädchen, die sich später vorstellen würden.

»Es wird kein leichter Weg werden«, gab Egeas zu. »Zahlreiche Mädchen sind heute bereits erschienen. Bis zum Ende der Woche werden ihnen noch viele folgen. Jeden Tag erhalten Bewerberinnen aus einer anderen Provinz unseres schönen Königreichs die Gelegenheit, sich zu präsentieren. Doch am Ende kann nur eine das Herz meines Sohns gewinnen. Um sicherzugehen, dass die Wahl auf die einzig Richtige fällt, werden sich die Mädchen Prüfungen stellen müssen. Meine wundervolle Königin Niobe hat all diese Prüfungen gemeistert wie keine andere. Sie ist es, die den Mädchen den Weg weisen wird. Verneigt euch vor meiner großen Liebe, der Mutter meines Sohnes und der Königin von Chóraleio.«

Anstatt zu applaudieren, senkten die Anwesenden das Haupt, und Egeas reichte seiner Frau die Hand. Diese erhob sich aus ihrem Stuhl. Sie trug ein Kleid in der Farbe der Morgenröte, das ihre dunkle Haut betonte. Ihr langes Haar fiel ihr seidig über die Schultern bis zur Brust. Sie besaß große mandelförmige Augen, denen nichts zu entgehen schien. Anmut lag genauso wie Willensstärke in ihrem Gesicht. Sie klatschte in die Hände.

»Der Tag, an dem ich Königin wurde, war der schönste meines Lebens«, verkündete sie und gab dem Volk damit die Erlaubnis, sich wieder zu erheben.

Sie applaudierten ihr und schienen sie noch mehr zu lieben als den König. Manch einer aus dem Volk konnte sich noch an das junge Mädchen erinnern, das vor fünfundzwanzig Jahren scheu an den Hof gekommen war und die Herzen im Sturm erobert hatte.

»Ich möchte allen Bewerberinnen etwas mit auf den Weg geben.« Niobe sprach zu den Mädchen in der Menge. »Eine Königin liebt ihr Volk von Herzen. Sie muss bereit sein, Opfer zu bringen zum Wohle des Landes. Eine Königin zögert nicht, wenn sie um Hilfe gebeten wird. Eine Königin liebt aufrichtig und ohne Hintergedanken.« Ihre Worte waren mahnend und zogen das Volk in ihren Bann. »Ich wünsche mir für meinen Sohn eine Braut, die nicht nur schön, sondern auch klug ist. Eine Braut, die meinem Sohn zur Seite steht und ihn auch in schweren Zeiten unterstützt.

Eine Braut, die das Herz des Volkes durch ihre Taten und nicht durch ihre Versprechen gewinnt. Eine Königin ist schön, intelligent und gerecht, aber vor allem von reinem Herzen.«

Seiner Mutter folgte nun auch Lean. Ihm oblag das Schlusswort. Er stand auf und die Menge konnte sich vor Verzückung kaum noch halten. Sie jubelte, klatschte mit den Händen und stampfte mit den Füßen. Der Boden des Podests bebte.

Lean hob die Hände, um das Volk zur Ruhe zu bringen, und setzte dabei sein gewinnendstes Lächeln auf. »Ich möchte mich bei jedem Einzelnen bedanken, der heute hier erschienen ist, um mich bei meiner Wahl zu unterstützen. Ich suche eine Frau, mit der ich mein Leben verbringen kann, und ich brauche die Hilfe meines Volkes, um Trug, Lüge und Schein zu erkennen. Nur ein Mädchen, das es ehrlich mit mir meint, soll eines Tages neben mir Platz nehmen dürfen. Diese Woche werde ich mit eurer Hilfe zwölf Mädchen auswählen, die mir und euch erst noch beweisen müssen, dass sie einer Königin würdig sind.« Er hatte diese Worte einstudiert. Sie bedeuteten ihm nichts, aber die Menschen hingen dennoch an seinen Lippen. »Es erwarten sie Prüfungen, die ihr Herz auf die Probe stellen werden. Prüfungen, die selbst einen Mann das Fürchten lehren würden.«

Dieser Part gefiel Lean. Es würde ihm eine willkommene Abwechslung sein, dabei zuzusehen, wie die feinen Mädchen sich die Kleider schmutzig machten. Insgeheim hoffte er, dass ihm die eine oder andere die Wahl schon im Vorfeld abnahm, indem sie floh.

Er blickte hinter sich, und seine Augen trafen sich mit denen seines treuen Freundes Amphion. Dieser nickte, um Lean zu bestätigen, dass er für das große Finale bereit war.

»Ich bin Prinz Lean, zukünftiger König von Chóraleio, und *das* ist meine Auswahl«, rief er laut.

In diesem Moment schoss hinter dem Podest ein gewaltiger, goldener Drache in die Luft. Die Menschen erschraken und duckten sich.

Der Drache zog seine Kreise über den Himmel. Die Sonne spiegelte sich in den goldenen Schuppen. Doch als er Feuer spie, regnete es keine Asche, sondern feinen Goldstaub. Er legte sich auf das Haar, die Gesichter und die Schultern der Menschen. Verwundert tasteten sie sich ab und konnten sich an dem Glanz kaum sattsehen.

Amphion steuerte den Drachen im Hintergrund. Er war Zauberer und dies war einer seiner leichtesten Tricks. Mit einem Handschnippen explodierte der Drache hoch oben am Himmel, und rote Rosenblätter tanzten zu Boden.

Lean blickte vom Podest hinab auf ein Meer aus Rot und Gold.

5

Heera

Heera bahnte sich mit Medea einen Weg durch die Menschenmassen. Obwohl sie noch vor der Morgendämmerung aufgebrochen waren, hatten sie es nicht geschafft, die Stadt zur Eröffnungsrede zu erreichen. Es war ein langer Marsch gewesen, der sie ein Stück durch den Wald und danach über die zugigen Landstraßen geführt hatte.

Heeras Finger waren eiskalt und ihr Gesicht glühte sicher in einem unansehnlichen Rot.

Medea hingegen schien die Kälte nichts anzuhaben. Ihre Haut erinnerte an frischen Schnee: rein und makellos. Durch ihre helle Haut wurden die roten Lippen betont und ihr Gesicht von dem schwarzen Haar eingerahmt.

Im dunklen Wald hatte sie sich gefürchtet und an Heeras Arm geklammert, doch jetzt in der Stadt blühte sie auf. Sie straffte die Schultern und hob interessiert den Kopf. Die Menschen drehten sich bereits nach ihr um. Obwohl Medeas Kleidung ärmlich war und ihre Schuhe Löcher aufwiesen, konnte niemand sie übersehen.

Andere Bewerberinnen trugen bunten Kopfschmuck aus Federn, funkelnden Steinen oder glitzernden Fäden. Ihre Kleider waren weit ausgestellt und aus edlen Stoffen gearbeitet.

Für Heera war ihre jüngere Schwester die Schönste von allen, aber sie sah auch, wie Medea sich sorgte.

Neidvoll blickte sie auf die glänzenden Geschmeide oder die ausgefallenen Frisuren. Danach sah sie an sich hinab. Ihr Kleid war aus einfacher blauer Wolle und selbst die hatten sie sich kaum leisten können.

Heera drückte aufmunternd die Hand ihrer jüngeren Schwester. »Sorg dich nicht, keine ist so schön wie du.«

Medea lächelte Heera dankbar an. »Du musst das sagen, du bist meine Schwester.«

»Ich habe aber auch Augen im Kopf. Alle drehen sich nach dir um. Du hast es nicht nötig, dich zu verkleiden. Du bist auch so die Schönste hier.«

»Der Prinz wird mich überhaupt nicht bemerken«, seufzte Medea. »Alles funkelt und glitzert und ich bin so unscheinbar wie eine graue Maus.«

»Spätestens, wenn du anfängst zu singen, kann er dich nicht mehr übersehen«, redete Heera ihr Mut zu.

Endlich hatten sie das Ende der Schlange erreicht und reihten sich ein. Der ganze Schlosshof war voller Menschen, und die ersten Bewerberinnen standen bereits auf der Bühne, um sich der königlichen Familie vorzustellen.

Es würde später Nachmittag werden, bis die Schwestern an die Reihe kämen. Sobald der Prinz sich für Medea entscheiden würde, dürfte sie wie alle Auserwählten in einem Zimmer im Schloss leben. Heera würde am Abend den Rückweg allein antreten.

Für sie war es ausgeschlossen, dass Medea nicht erwählt werden könnte. Genauso überzeugt war sie davon, dass sich für sie niemand interessieren würde. Zwar trug sie ein braunes Kleid der Mutter und hatte die Haare zu einem Zopf geflochten, aber deshalb war sie noch lange keine Augenweide, niemand, nach dem sich der Prinz umdrehen würde. Sie war die graue Maus!

Wenn sie es schaffte, ihren Mund zu halten, würde sich später gar niemand daran erinnern, dass sie überhaupt da gewesen war. Schon jetzt wussten die Stadtbewohner nicht, wer sie war, obwohl sie mit vielen von ihnen bereits Handel getrieben hatte. Jeder kannte sie in den Hosen des Vaters und mit einer Mütze tief im Gesicht. Ein Mädchen im Kleid erwartete man nicht. Vermutlich hielt man sie für eine Freundin der hübschen Medea und nicht für ihre allseits als furchtlos bekannte Schwester.

Eine Frau in feuerrotem Kleid betrat die Bühne. Das Korsett war so eng geschnürt, dass sie kaum Luft bekommen konnte. Trotz der weiten Entfernung sah Heera deutlich, dass die Dame die Schwelle zum heiratsfähigen Alter bereits lange überschritten hatte. Auf ihrem Kopf trug sie eine Perücke in strahlendem Weiß.

Prinz Lean folgte jedem ihrer Schritte, ohne eine Miene zu verziehen.

Die Frau beantwortete die Fragen der Königin, bevor sie anfing, eine Arie zu singen.

Es war schrecklich.

Ihre Stimme war laut, aber schrill. Sie tat in den Ohren weh. Doch der Prinz wirkte äußerst vergnügt.

Heera erkannte, dass er sich über die Bewerberin lustig machte, jedoch auf sehr subtile Art.

Die Dame nahm sein Gelächter offenbar als Jubel auf, denn umso enttäuschter war sie, als die Königin sie wieder von der Bühne schickte. Sie wurde geradezu wütend und riss sich die Perücke vom Kopf, die sie dem Prinzen dann ins Gesicht schleuderte.

Sofort kamen Wachen angelaufen und nahmen die Frau fest. Sie brüllte und trat um sich.

Doch Prinz Lean schenkte ihr keine Beachtung, sondern forderte die nächste Bewerberin auf die Bühne. Er verhielt sich genau so, wie Heera befürchtet hatte: arrogant und desinteressiert.

6

Lean

Lean hatte den Kopf auf der Hand abgelegt, was vermutlich nicht gerade vornehm aussah. Er hatte aufgehört mitzuzählen und völlig den Überblick darüber verloren, die wievielte Bewerberin nun auf der Bühne stand. Bisher hatte er sich nicht für ein Mädchen entschieden.

Niobe sah ihn immer wieder strafend an, wenn er die schönsten Bewerberinnen wortlos von der Bühne gehen ließ. Aber für ihn waren sie alle gleich.

Natürlich sollte seine Braut schön sein, aber er würde sein ganzes Leben mit ihr verbringen müssen. Wenn sie nur schön war, worüber sollte er dann mit ihr reden? Er wartete darauf, dass wenigstens eine aus der Menge hervorstach. Vielleicht durch ein ungewöhnliches Hobby oder eine lustige Geschichte. Er hatte genug Mädchen gesehen, die sticken, tanzen oder singen konnten.

Wie wäre es mit einer, die jonglieren konnte, oder einer, die die Sprache der Tiere sprach? Irgendetwas Außergewöhnliches.

Amphion tippte ihm auf die Schulter. »Du siehst aus, als würdest du gleich einschlafen. Soll ich einen Zauber auf dich wirken, der dich schlafen lässt, obwohl deine Augen geöffnet sind?«

Das Angebot war verlockend, aber Lean schüttelte dennoch grinsend den Kopf. »Meine Mutter würde es spätestens dann bemerken, wenn ich zu schnarchen beginne«, erwiderte er amüsiert.

»Warum wählst du nicht wenigstens eine aus? Es sind so viele hübsche Mädchen dabei. Mir würde es eher schwerfallen, nur zwölf anstatt hundert auszusuchen.«

Amphion hatte als Zauberer bei den Frauen einen schweren Stand. Zudem war er von schmächtiger Figur und sein braunes Haar stand zu allen Seiten seines Kopfs ab. Die Frauen sahen sich gerne seine Tricks an, aber misstrauten ihm zugleich. Seine innige Freundschaft zum Prinzen machte es nicht gerade besser. Immer wieder versuchten die Mädchen, ihn zu benutzen, um sich dem Prinzen nähern zu können. Amphion war glücklicherweise schlau genug, um sie zu durchschauen.

»Ich muss mir noch eine Woche lang jeden Tag Horden von Mädchen ansehen. Wenn ich jetzt schon alle auswählen würde, hätte ich vielleicht keinen Platz mehr frei für eine wirklich interessante Bewerberin«, versuchte Lean sich seinem Freund zu erklären.

Ihm entging nicht der warnende Blick seiner Mutter, die Tuscheleien sofort einzustellen. Doch er ignorierte sie.

»Was müsste ein Mädchen denn haben, damit du es interessant findest?«, hakte Amphion nach.

»Es müsste anders sein.«

»Viele Mädchen waren anders. Manch eines hatte eine große Nase, andere große Ohren und eines hatte sogar sechs Finger«, flüsterte Amphion belustigt.

»Warum tauschen wir nicht die Plätze und du triffst die Wahl für mich?«

»Du musst mit der Frau später leben, nicht ich«, wehrte er ab. »Aber ich könnte sie verzaubern. Ihr Inneres nach außen kehren.«

»Dafür ist es noch zu früh«, raunte Lean schmunzelnd. »Ich kann die Prüfungen kaum abwarten. Es wird mir eine Freude sein, dabei zuzusehen, wie eine nach der anderen die Flucht ergreift.«

»Man könnte meinen, du hättest die Absicht, am Ende leer auszugehen.«

Lean setzte gerade zu einer Erwiderung an, doch die Hand seiner Mutter legte sich fest um seinen Arm. »Lean, findest du nicht, dass Daphne eine ausgezeichnete Wahl wäre?«, sagte sie laut und deutete auf das Mädchen, das vor ihm auf der Bühne stand.

Er hatte bisher keinerlei Notiz von der jungen Frau genommen. Sie hatte langes blondes Haar, das sich in Locken über ihre Schultern legte. Außerdem hatte sie ein hübsches Gesicht und eine gute Figur. Ihr Kleid war in einem strahlenden Silber, das die Farbe ihrer Augen widerspiegelte.

»Ich würde sie wählen«, pflichtete Amphion der Königin bei.

Doch Lean sah in ihr nichts, was sie von den anderen Bewerberinnen unterschieden hätte. Er wollte sie bereits ablehnen, doch die Augen seiner Mutter sprachen Bände. Sollte er es wagen, auch dieses Mädchen von der Bühne zu schicken, würde es Folgen für ihn haben.

Er seufzte und zog eine von zwölf weißen Rosen aus der Vase neben sich. Danach erhob er sich und reichte dem Mädchen die Blume.

»Daphne, meine Wahl fällt auf dich«, verkündete er. »Nimm diese Rose als Zeichen meiner Anerkennung.«

Das Mädchen schenkte ihm ein strahlendes Lächeln, während das Volk in lautes Jubeln ausbrach.

Amphion ließ weiße Rosenblätter vom Himmel regnen.

Daphne nahm die Blume entgegen und senkte demütig den Kopf. »Es ist mir eine große Ehre, mein Prinz.«

Hofdamen eilten herbei und führten sie von der Bühne in Richtung des Schlosses. Sie würde als Erste ein Zimmer im Schloss beziehen. Allein diese Tatsache machte sie beim Volk zu einer Favoritin.

Lean beugte sich zu seiner Mutter. »Willst du nicht auch die restlichen Entscheidungen für mich treffen?«, grummelte er verärgert.

»Vertraust du mir so sehr, mein Sohn, dass du mich deine zukünftige Frau auswählen lässt?«, feixte Niobe, ohne die Aufmerksamkeit von der Bühne zu lenken.

»Ich sehe den Wald vor lauter Bäumen nicht mehr«, seufzte er. »Für mich sind diese Mädchen alle gleich. Ich bin sicher, du wirst die besten unter ihnen schon erkennen.«

Niobe sah ihn enttäuscht an. »Nun gut, dann zieh dich zurück«, gab sie nach. »Aber ich erwarte dich morgen in alter Frische neben mir auf dem Thron. Hast du mich verstanden?«

Lean konnte nicht glauben, wie nachgiebig sie mit ihm war. Doch vermutlich war ihr ein nicht anwesender Prinz immer noch lieber als einer, der vor allen Augen einschlief. Er erhob sich eilig, um sich vom Volk zu verabschieden.

»Verehrte Bürger von Chóraleio, wichtige Verpflichtungen rufen mich zurück ins Schloss. Doch die Auswahl ist damit noch lange nicht beendet. Mein werter Vater und meine geliebte Mutter werden während meiner Abwesenheit für mich entscheiden. Ich vertraue ihnen und bin gewiss, dass sie die richtige Wahl treffen werden.«

Er entdeckte zwischen den Menschen einige traurige Gesichter, trotzdem applaudierte man ihm. Ein letztes Mal winkte er, ehe er zum Rand der Bühne ging, um die Treppe hinabzusteigen.

Plötzlich traf ihn etwas am Ohr. Ein harter Knall erklang und etwas Feuchtes tropfte von seiner Haut hinab.

Er blickte fassungslos zu Boden und entdeckte eine faule Tomate. Ungläubig tastete er sein Gesicht ab und wischte sich den Saft vom Ohr.

Entsetzt hob er den Kopf. Wer wagte es, eine Tomate auf den Thronfolger zu werfen? Er war es nicht gewohnt, dass man ihm mit Verachtung begegnete. Für gewöhnlich wurde er mit Respekt behandelt, ganz gleich, ob er diesen verdiente.

Unruhe brach aus, und die Menge teilte sich. Wachen drängten sich durch die Menschen hindurch und zerrten ein Mädchen an beiden Armen hervor. Es schrie und trat um sich.

König Egeas stand auf und eilte neben seinen Sohn.

Die Wachen zwangen die vermeintliche Angreiferin vor ihm auf die Knie.

»Hast du meinen Sohn, den Prinzen und deinen zukünftigen König, angegriffen?«, fragte er mit lauter, drohender Stimme.

Die braunhaarige Fremde reckte ihm mutig das Kinn entgegen. »Angegriffen?!«, verhöhnte sie den König. »Ich habe eine faule Tomate geworfen. Davon ist noch niemand gestorben!«

Lean sah sie fasziniert an. Er hatte noch nie jemanden erlebt, der so mit dem König sprach.

Sie war wild und ungestüm. Ihr Haar löste sich aus ihrem Zopf und stand ihr unordentlich vom Kopf ab. Das Kleid, welches sie trug, war aus schlichter Wolle, und ein Ärmel wies einen Riss auf, der entstanden sein musste, als sie sich gegen die Wachen zur Wehr gesetzt hatte.

»Mädchen, weißt du nicht, mit wem du sprichst?«, donnerte der König wutentbrannt.

Doch Lean hob die Hand, um ihn zum Schweigen zu bringen. Er wendete sich nun selbst dem Mädchen zu. »Warum hast du die Tomate nach mir geworfen?«

Er wollte keine Reue oder eine Entschuldigung von ihr hören, sondern die Wahrheit. Es interessierte ihn wirklich, was die Fremde dazu bewogen hatte, ihrem Zorn auf solch eine Weise Luft zu machen. Sie musste sich sehr über ihn geärgert haben – auch das war neu für ihn. Abgesehen von seinen Eltern wagte es niemand, ihm die Meinung ins Gesicht zu sagen oder zum Ausdruck zu bringen.

Sie funkelte ihn herausfordernd mit ihren grünen Augen an. »Meine Schwester hat einen weiten Weg zurückgelegt, um sich dir heute vorzustellen. Sie hat sich den ganzen Tag die Beine in den Bauch gestanden und ihr Magen knurrt vor Hunger. Sie und alle anderen Anwesenden haben es verdient, dass du sie wenigstens mit deiner Anwesenheit beehrst, aber stattdessen verdrückst du dich aus Langeweile, als hätte diese ganze alberne Veranstaltung nichts mit dir zu tun.«

Das ganze Volk verstummte, der König lief vor Wut rot an und Lean konnte die Augen nicht mehr von dieser frechen und ungehobelten Person wenden.

Er war überzeugt davon, dass sie nicht die Einzige war, die so über ihn dachte. Aber während sie den Mut aufbrachte, ihn auf seinen Fehler aufmerksam zu machen, würden die Bürger seines Volkes hinter geschlossenen Türen über ihn schimpfen.

Hinter der Attentäterin entdeckte er ein weiteres Mädchen, das sich besorgt die Hände vor den Mund hielt, während dessen Wangen vor Scham glühten.

»Bist du ihre Schwester?«, sprach Lean sie direkt an und sie nickte scheu.

»Komm näher«, bat er sie.

Das schwarzhaarige Mädchen gehorchte sofort. Ihr Gang war so elegant und vornehm wie von einer Prinzessin. Das blaue Kleid schmiegte sich um ihren schlanken Körper, und ihre Haut glich einer Porzellanpuppe.

»Wie heißt du?«, fragte Lean, wobei ihm die großen, blauen Augen auffielen.

»Medea«, antwortete sie schüchtern. »Bitte verzeiht meiner Schwester ihr ungehobeltes Benehmen. Sie meint es nicht böse. Es ist ihr Temperament, das mit ihr durchgegangen ist.«

Die Schwester gab ein herablassendes Schnauben von sich. Ihr tat es offenbar nicht leid.

»Medea, du hast jetzt die Chance, dich mir vorzustellen. Tritt bitte auf die Bühne, damit alle dich sehen können«, forderte Lean sie auf.

Ihm entging nicht, wie sich ihre Gesichtszüge erschrocken verhärteten, aber sie bewahrte trotzdem Haltung.

Er reichte ihr seine Hand und half ihr die Stufen hinauf. Ihre Haut war kühl, aber weich. Die Menschen jubelten ihr zu und einige riefen sogar ihren Namen, offenbar war sie trotz der Entfernung bekannt in der Stadt.

»Gibt es etwas, das du besonders gut kannst?«, fragte nun auch Niobe interessiert.

Medea senkte scheu den Kopf. »Ich schäme mich zu sehr, um auch nur einen Ton hervorzubringen«, wisperte sie zitternd.

In diesem Moment riss sich ihre Schwester von den Wachen los und kam selbst auf die Bühne gerannt.

Lean gebot mit einer schlichten Handbewegung seinen Männern Einhalt.

Die Schwester nahm Medea bei der Hand und zwang sie, ihr in die Augen zu blicken.

»Nachtigall, sing für mich«, bat sie aufmunternd und erstaunlich einfühlsam.

In Medeas Augen standen Tränen der Panik.

»Jeder weiß, dass du singen kannst, nur der Prinz noch nicht«, redete die Schwester ihr weiter zu und gab Lean dadurch das Gefühl, etwas verpasst zu haben.

Medea holte tief Luft, und der erste zarte Ton, der ihre Lippen verließ, war zittrig und schwach, aber sie machte unter den fordernden Blicken ihrer Schwester weiter. Jeder weitere Ton wurde fester und lauter. Sie hatte eine schöne Stimme, nicht zu hoch und nicht zu tief, sanft und voller Gefühl.

Während Lean ihr zuhörte, kam es ihm nicht vor, als würde er einem einzelnen Lied lauschen, sondern einer ganzen Geschichte.

Das Volk war still und konzentrierte sich völlig auf ihren klaren Gesang. Sie schaffte es, die Menschen zu berühren – auch den Prinzen. Er hätte nicht gedacht, dass es einer Sängerin möglich sein würde, ihn tatsächlich zu beeindrucken. Sie war mit Abstand die beste.

Als sie endete, brach das Volk in Applaus und Jubelgeschrei aus, welcher noch weit lauter war als bei der Eröffnung der Auswahl. Medea stahl nicht nur allen vorherigen Bewerberinnen die Show, sondern der ganzen königlichen Familie.

Sie verneigte sich höflich vor ihren Zuhörern und belohnte sie mit einem sanftmütigen Lächeln.

Lean zögerte keine Sekunde, ihr die weiße Rose zu überreichen. Diese Entscheidung traf er ganz allein.

Als Medea die Blume entgegennahm, sah sie ihm in die Augen. »Bitte, tut meiner Schwester nichts!«, bat sie drängend.

»Ihr wird nichts geschehen, das verspreche ich dir!«, versicherte er ihr und sah ihr hinterher, als die Hofdamen sie davonführten.

Ihre Schwester stand immer noch auf der Bühne und sah ihr glücklich hinterher. Als sie den Blick des Prinzen bemerkte, legte sich ein entschuldigender Ausdruck auf ihr Gesicht. »Danke«, sagte sie leise und biss sich auf die Unterlippe.

»Wie ist dein Name?«, fragte Lean sie, als die Jubelrufe verstummten und sich die Aufmerksamkeit wieder auf die Bühne richtete.

»Heera«, antwortete das Mädchen.

Lean lächelte zufrieden. Es gefiel ihm, diese vorlaute Person nun beinahe beschämt vor sich zu sehen. »Hast du heute nur deine Schwester begleitet oder bist du auch hier, um dich für mich zu bewerben?«

Widerwillig hob sie den Kopf und funkelte ihn verärgert an. »Ich möchte mich bewerben«, murmelte sie kleinlaut.

Lean hatte nicht das Gefühl, dass dies ihre Entscheidung war, sondern irgendjemand schien sie dazu aufgefordert zu haben. Ihre Eltern? Das hatten sie beide schon einmal gemeinsam.

Niobe schüttelte warnend den Kopf. Sie ahnte bereits, was Lean vorhatte, aber dies war seine Auswahl. »Was kannst du denn, Heera?«

»Ich …«, setzte sie an, aber brach ab. »Ich kann Holz hacken.«

Die Zuschauer brachen in lautes Gelächter aus.

Das schien Heera nur noch anzuheizen und sie drehte sich wütend zu ihnen um. »Ich kann jagen«, setzte sie stolz hinterher und machte eine Pause, ehe sie offenbar aus purem Trotz und zum

Hohn ergänzte: »Und ich kann mehr Bier trinken als die Hälfte aller anwesenden Männer.«

Niobe hob peinlich berührt die Hände vor ihr Gesicht, während Egeas leise zu lachen begann.

Heera drehte sich herausfordernd dem Prinzen entgegen. »Dich trinke ich locker unter den Tisch«, prahlte sie und missachtete, ihn förmlich anzusprechen. Es klang, als verkehre sie wöchentlich in Schenken, dabei machte sie auf Lean nicht den Eindruck eines Mädchens, das solchen Orten einen Wert beimaß. Gewiss wusste sie ihre Zeit und auch ihr Geld sinnvoller einzusetzen. Allein dass sie mit ihrer Schwester hierhergekommen war, bewies ihm, dass ihre Familie für sie an erster Stelle stehen musste.

Heeras Mut war zurückgekehrt und sie gab sich wieder genauso vorlaut wie zuvor. Auch wenn sie behauptete, sich bewerben zu wollen, nahm sie die Auswahl nicht im Geringsten ernst. Vielmehr schien sie davon auszugehen, dass der Prinz sie ohnehin nicht in Erwägung ziehen würde.

Du wirst dich noch wundern, dachte Lean amüsiert und reichte ihr eine weiße Rose. »Das will ich sehen!«

Heera starrte auf die Blume zwischen ihnen. Ihre Hand war zur Faust geballt.

Für einen Moment glaubte Lean, sie würde ihm eine Abfuhr erteilen, aber schließlich schlossen sich ihre Finger blitzschnell um den grünen Stiel. Sie riss ihm die Rose förmlich aus den Händen.

Ohne ihn anzusehen oder sich zu bedanken, ließ sie sich von der Bühne führen. Es kam Lean fast vor, als hätte er sie gedemütigt, und für den Augenblick bereute er seine Entscheidung.

Einen Wunsch hast du frei, doch
wähle weise,
denn das Herz sehnt sich nach dem,
was man mit Gold
nicht kaufen kann.

7

Heera

Nachdem Prinz Lean sich am Ende der Woche für zwölf Mädchen entschieden hatte, rief er alle zu sich in den Ballsaal des Schlosses.

Die Erwählten bestaunten die prunkvollen Stuckdecken, die edlen Alabasterböden und die prächtigen goldverzierten Wände. Sie konnten sich an all dem Reichtum und der ganzen Schönheit kaum sattsehen. Doch als sie den großen Saal betraten und der königlichen Familie samt ihrem Gefolge gegenüberstanden, fühlten sie sich allesamt verloren. Dies war eine fremde Welt, zu der bisher keine von ihnen Zutritt gehabt hatte. Selbst die Mädchen, deren Eltern ihr ganzes Geld für teure Kleider ausgegeben hatten, wirkten blass und farblos gegen den funkelnden Glanz der Kronleuchter.

Heera machte der Anblick des ganzen unnötigen Protzes wütend. In den Städten und Dörfern wussten die Leute oft nicht, ob sie den nächsten Winter überleben würden, und die königliche Familie speiste derweil von goldenen Tellern. Jene, die sich um ihr Volk hätten kümmern sollen, straften es mit Gleichgültigkeit.

Der Prinz erwartete sie bereits. Er stand in einem purpurfarbenen Mantel vor dem Thron und begutachtete seine Auswahl.

Wie Vieh auf dem Markt, dachte Heera verachtend.

Während die anderen Mädchen davon träumten, den Rest ihres Lebens im Schloss verbringen zu dürfen, konnte Heera es kaum erwarten, dieses so bald wie möglich wieder zu verlassen. Die vergangene Woche war für sie schon schlimm genug gewesen. Es fehlte ihr an nichts, doch sie sorgte sich um ihre Eltern und die jüngste Schwester.

Wie sollte ihr alter Vater die Arbeit auf dem Hof allein bewältigen? Elena und die Mutter würden ihm keine große Hilfe sein.

Wenn sie ihnen wenigstens einen Brief zukommen lassen könnte! Sicher wussten sie schon längst, was geschehen war, und freuten sich für ihre beiden Töchter. Dass sowohl Medea als auch Heera erwählt wurden, bedeutete für ihre Eltern die Hoffnung auf ein besseres Leben. Mit dieser Zuversicht ließ es sich selbst mit knurrenden Mägen besser schlafen.

»Ich freue mich, dass ihr alle gekommen seid«, begrüßte Lean die Bewerberinnen. »Einige von euch haben eine weite Reise auf sich genommen, um mich kennenzulernen.« Sein Blick glitt für einen kurzen Moment zu Heera und ihrer Schwester.

Heera sah, wie Medea errötete und verlegen die Augen niederschlug. Sie selbst hingegen blickte dem Prinzen ungerührt in die Augen, ohne auch nur eine Miene zu verziehen. Sie hatte ihrer Mutter versprochen, sich Mühe zu geben, und ihrem Vater, auf ihre Schwester achtzugeben. Diese Versprechen wollte sie halten, doch Lean war ihr von vornherein unsympathisch gewesen. Allein seine Stellung ließ vermuten, dass er sich für etwas Besseres hielt. In Heeras Augen war er ein verwöhnter Jüngling, der keine Ahnung davon hatte, was harte Arbeit bedeutete.

»Um meiner Wertschätzung auch Taten folgen zu lassen, möchte ich jeder Erwählten etwas schenken. Ganz gleich, was ihr euch wünscht, ich werde es erfüllen. Mein Geschenk ist euer, was auch immer passieren mag. Selbst wenn ich mich gegen euch entscheide, dürft ihr es behalten«, versprach der Prinz und gab sich dabei großzügig.

Heera konnte er damit jedoch nicht beeindrucken. Das, was für manche der Mädchen lebensverändernd sein könnte, war für ihn nur eine Kleinigkeit.

»Aber wählt weise, denn ihr habt nur einen Wunsch frei«, mahnte Lean. »Lasst euer Herz sprechen!«

Die Mädchen begannen aufgeregt zu tuscheln. Es war eine einmalige Gelegenheit und es galt, das Beste herauszuschlagen, ohne dabei unverschämt zu wirken.

Daphne trat als Erste vor den Prinzen. Sie trug ihr blondes, lockiges Haar in einer aufwendigen Hochsteckfrisur, die ihren langen Schwanenhals betonte. Ihr Kopf war erhoben und ihre Nasenspitze streckte sich der Decke entgegen.

Im Gegensatz zu den anderen wirkte sie nicht ängstlich, sondern herausfordernd. »Ich wünsche mir Perlen, die so weiß wie meine Zähne sind.«

Königin Niobe lächelte bei ihren Worten.

»Dein Wunsch soll in Erfüllung gehen«, antwortete Lean monoton.

Daphne verneigte sich mit einem strahlenden Lächeln, das ihre schneeweißen Zähne zeigte.

Nach ihr trat Agnes nach vorne. Sie war von großer Statur. Ihr langes schwarzes Haar fiel ihr wie ein Vorhang über den Rücken und endete erst knapp unter ihrem Hintern.

»Ich wünsche mir ein Kleid aus reinster Seide, die so sehr glänzt wie mein Haar.« Sie warf sich eine Strähne über die Schulter, und das Licht der Kronleuchter spiegelte sich in der dunklen Haarmähne.

»Dein Wunsch soll ebenfalls in Erfüllung gehen«, versicherte Lean ihr unbeeindruckt.

Auch die folgenden Bewerberinnen wünschten sich Kleider, Schuhe, Edelsteine oder Schmuck. Kein Wunsch fiel zweimal. Als nur noch wenige Erwählte übrig waren, versetzte Heera ihrer Schwester einen leichten Schubs, sodass diese vor den Thron stolperte. Wütend warf sie Heera einen Blick über die Schulter zu, bevor sie den Prinzen schüchtern anlächelte.

Wünsch dir etwas Vernünftiges, betete Heera in Gedanken. *Kein Schmuck!*

»Was wünschst du dir von mir, Medea?«, fragte Lean, wobei Heera der sanfte Ton in seiner Stimme nicht entging. Auch schien er ihrer Schwester deutlich mehr Aufmerksamkeit zu schenken als den vorherigen Mädchen. Keine zuvor hatte er beim Namen genannt.

Medea errötete und blickte verlegen zur Seite. »Ich wünsche mir eine zahme Lerche, mit der ich im Duett singen kann«, sagte sie und blickte den Prinzen verträumt an.

Es war kein Schmuck, aber auch nichts, was Heera erwartet hätte. Der Wunsch war ungewöhnlich. Die anderen Mädchen tuschelten gehässig über Medea, doch Lean lächelte sie an.

»Dein Wunsch soll in Erfüllung gehen.«

Vielleicht war Medeas Wunsch gar nicht so dumm gewesen, überlegte Heera.

Immerhin würde der Prinz sie so in Erinnerung behalten. Nachdem sich alle erst Schmuck und Kleidung gewünscht hatten, nahmen sich nun die restlichen Bewerberinnen an Medea ein Beispiel und wünschten sich die sonderbarsten Dinge – Einhörner, fliegende Hunde oder sprechende Katzen.

Schließlich blieben nur noch Heera und ein anderes Mädchen übrig. Dieses hatte sich die ganze Zeit schüchtern hinter den anderen Erwählten versteckt und war geradezu winzig. Die Kleine hatte blasse Haut und eine geduckte, fast ängstliche Haltung. Trotzdem konnte Heera auf den ersten Blick sagen, was dazu geführt haben musste, dass das Mädchen nun eine der Erwählten war. Ihr Haar besaß die Farbe von reifen Hagebutten, doch das war nichts im Vergleich zu ihren Augen: so grün und funkelnd wie Smaragde. Dazu ihre zierliche Gestalt, beides gab ihr das Aussehen einer Elfe.

Verstohlen blickte sie zu Heera, doch als diese nur die Arme vor der Brust verschränkte und keine Anstalten machte, vor den Thron zu schreiten, ging sie zögerlich auf den Prinzen zu.

»Erina, richtig?«, fragte Lean und grinste sie an.

Sie nickte aufgeregt und konnte ihre Freude darüber, dass er sich an ihren Namen erinnerte, nicht verbergen.

»Was wünschst du dir?«, wollte Lean behutsam von ihr wissen.

»Ich wünsche mir nichts mehr, als einen Tag mit Euch verbringen zu dürfen, mein Prinz«, sagte sie unerwartet mutig und blickte den Prinzen sehnsüchtig an.

Dieser wirkte leicht überrumpelt, aber seine Mutter übernahm das Wort. Sie schlug begeistert in die Hände, stieg von ihrem Thron, ging auf das Mädchen zu und schloss es herzlich in die Arme.

»Was für eine wundervolle Antwort«, lobte sie. »Du sollst die Erste sein, die ein Treffen mit dem Prinzen bekommen wird.«

Lean wurde nicht einmal gefragt, dennoch nickte er zustimmend.

Erneut brach das neidische Getuschel unter den anderen Bewerberinnen aus, welches der Prinz ignorierte. Er wandte seine ganze Aufmerksamkeit Heera zu. Sie stand nun als Einzige vor dem Thron, während die anderen Mädchen bereits zur Seite getreten waren.

»Was ist mit dir? Wünschst du dir ein Fass Bier?«, zog Lean sie amüsiert auf.

Heera ließ sich auf sein Spiel ein. »*Du* wolltest mich noch unter den Tisch trinken«, erinnerte sie ihn frech.

»Ein anderes Mal«, unterbrach Niobe sie bestimmt.

Heera ahnte, dass sie der Königin ein Dorn im Auge war. Als Braut kam sie nicht einmal im Geringsten infrage. Vermutlich hatte Lean sie ohnehin nur erwählt, um seine Mutter zu provozieren.

»Bitte nenn uns deinen Wunsch!«, forderte diese ungeduldig.

Heera hatte lange darüber nachgedacht und war sich gewiss, die richtige Wahl getroffen zu haben. Dabei hatte sie weniger an den Prinzen, sondern vor allem an ihre Eltern gedacht. »Ich wünsche mir ein Pferd, aber keines für die Dressur oder die Jagd, sondern ein Arbeitstier, das meinem alten Vater den Karren zieht, um das Feld zu bestellen.«

Es wurde still im Saal, und Lean musterte sie ernst. »Ist dir deine Familie so wichtig?«

»Wichtiger als alles andere«, erwiderte Heera, ohne zu zögern, und suchte den Augenkontakt zu ihrer Schwester, doch diese sah nur schuldbewusst zu Boden.

Ihr war es nicht eingefallen, nach etwas zu verlangen, dass das Leben ihrer Familie leichter machen könnte. Aber Heera nahm es ihr nicht übel. Medea würde Königin werden und ihren Eltern ein schönes Leben schenken sowie Elena eine gesicherte Zukunft. Heera dachte nur an den Plan B, falls der Prinz zu dumm sein sollte, die richtige Wahl zu treffen.

Lean sah zu seiner Mutter und seinem Vater, bevor er erwiderte: »Dann geht es dir wie mir. Deine Familie soll nicht nur ein Pferd, sondern auch noch eine Kuh bekommen.«

Mit einer Kuh würden sie immer Milch haben und könnten sogar Käse und Quark herstellen. Besonders die Mutter würde sich darüber sehr freuen.

Heera konnte nicht anders, als den verhassten Prinzen anzulächeln. Vielleicht war er ein Angeber und Taugenichts, aber zumindest schien er einen guten Kern zu haben.

»Ich danke dir von Herzen«, sagte sie ehrlich.

Der Gedanke daran, wie ihre Eltern die Tiere überreicht bekommen würden, ließ ein zufriedenes Lächeln auf ihrem Gesicht zurück.

Wenn Mädchen zu Furien werden
und Prinzen zur Beute,
so ist der Kampf um die Krone
eröffnet.

8

Lean

Lean ging durch das Zimmer, welches durch eine Trennwand vom Ballsaal separiert war. Hier warteten die Geschenke, die seine Erwählten sich von ihm gewünscht hatten. Den Schmuck und die Kleider zu besorgen, war das Leichteste gewesen. Schwieriger wurde es bei dem Einhorn, dem fliegenden Hund und der sprechenden Katze.

Im Nebenraum erklangen bereits die Töne der Musiker, die sich für den Eröffnungsball einspielten. Speisen und Getränke wurden aufgetragen und die letzten Diener in ihre Aufgaben eingewiesen.

Amphion stand neben dem Prinzen und begutachtete seine Arbeit. »Du musst zugeben, mit dem Einhorn ist mir eine Meisterleistung geglückt«, lobte er sich selbst.

Das Fabeltier war zuvor ein gewöhnlicher weißer Schimmel gewesen, doch dem Zauberer war es gelungen, ihm innerhalb weniger Sekunden ein Horn wachsen zu lassen.

»Ein Einhorn ist auch nicht nützlicher als ein gewöhnliches Pferd«, konterte Lean verständnislos. Er ließ seine Hände durch eine Truhe voll Gold gleiten, die eine Kandidatin sich gewünscht hatte. »Perlen, Edelsteine, Gold und edle Stoffe, das ist alles, was die Mädchen interessiert. Sie sind nicht meinetwegen hier, sondern wegen des Reichtums.«

»Das stimmt doch gar nicht«, widersprach ihm sein Freund. »Wie war noch gleich der Name der kleinen Rothaarigen?«

»Erina«, antwortete Lean sofort und sah neugierig zu seinem Freund. Auch ihm war sie im Gedächtnis geblieben. Sie hatte etwas Zauberhaftes an sich.

»Sie hat sich nicht mehr als ein Treffen mit dir gewünscht. Wenn das nicht ehrliches Interesse ist, weiß ich auch nicht«, verteidigte Amphion das Mädchen.

»Vielleicht auch einfach nur Taktik«, überlegte der Prinz und kraulte den Hund hinter seinen Ohren, wobei dieser aufgeregt mit den braunen Flügeln eines Adlers schlug.

Was wollten die Mädchen mit fliegenden Hunden oder Einhörnern, wenn Lean sie wieder nach Hause schickte? Davon könnten sie nicht ihre Familien ernähren. Es war bloßer Unfug und dumm dazu!

»Das glaube ich nicht! Das Mädchen war so aufgeregt, dir nur gegenüberzustehen, dass es kaum ein Wort herausgebracht hat. Vielleicht tust du ihnen unrecht. Die meisten von ihnen wissen über dich genauso wenig wie du über sie.«

Lean hob den Käfig mit der Lerche an. »Die beiden Schwestern wirken ehrlich auf mich.«

»Ehrlich vielleicht, aber die Ältere der beiden scheint weder ein Interesse an dir noch an deiner Krone zu haben«, konterte Amphion.

Lean funkelte ihn kampflustig an. »Wenigstens spielt sie mir nichts vor. Ich an ihrer Stelle hätte mir auch etwas Nützliches gewünscht.«

»Gib doch wenigstens zu, dass du sie nur ausgewählt hast, um deine Mutter zu ärgern«, stichelte der Zauberer. Er war mit Lean groß geworden und kannte ihn gut.

Der Prinz konnte ein Grinsen nicht verbergen und zuckte mit den Schultern. »Vielleicht«, murmelte er schelmisch. »Hast du gesehen, wie blass meine Mutter geworden ist, als ich Heera gefragt habe, wann wir uns zusammen betrinken?«

Amphion musste bei der Erinnerung ebenfalls schmunzeln. Er wusste nur zu gut, wie gern der Prinz Niobe zur Weißglut trieb. Kaum etwas bereitete ihm mehr Freude.

»Ich gönn dir deinen Spaß, aber du solltest nicht vergessen, dass es darum geht, die Frau zu finden, die ein Leben lang an deiner Seite bleiben wird. Willst du wirklich ein ungehobeltes Mädchen ohne Manieren wählen, nur um deine Mutter zu ärgern? Streit wäre dabei vorprogrammiert.«

Der Prinz stöhnte genervt. »Langweiler!«, feixte er. »Wer sagt, dass eine der Erwählten meine Zukünftige sein wird? Es gibt noch genug Prinzessinnen, zwischen denen ich wählen kann. Solange könntest du mir ruhig meinen Spaß lassen.«

Er kehrte seinem Freund den Rücken zu und begab sich in das Getümmel des Ballsaals.

Alle Mädchen waren neu eingekleidet worden, bevor sie den Ballsaal betraten. Es waren schlichte Kleider, aber dennoch prunkvoller als alles, was sie besessen hatten. Jede trug ein Kleid in einer anderen Farbe. Doch alle waren aus edler Seide gefertigt, passgenau auf jede Erwählte zugeschnitten.

Anders als am Vormittag wurden die Kandidatinnen am Abend einzeln namentlich hereingerufen. Nicht nur der Prinz sollte ihre Namen kennen, sondern der ganze Hofstaat.

Es war eine Bewährungsprobe für jede der Erwählten. Man würde sie beäugen, von allen Seiten mustern und nach Makeln absuchen. Hinter vorgehaltener Hand würden vor allem die Damen des Schlosses ihre Schlüsse über sie ziehen, Königin Niobe ganz vorne mit dabei. Sie wollte die Beste für ihren Sohn, doch keine wäre ihr gut genug.

Ein Trompetenkonzert verkündete das Eintreffen der ersten Bewerberin.

»Daphne, siebzehn Jahre alt, einzige Tochter des Kaufmanns Jannis, erste Erwählte«, verkündete der Sprecher, und die großen Flügeltüren öffneten sich.

Über einen weißen Teppich betrat die Kandidatin den Ballsaal. Wie bereits beim Vorsprechen trug sie ein silbernes Kleid, doch dieses schmiegte sich hauteng um ihren wohlgeformten Körper. Ihre blonden Locken steckten in einer Hochsteckfrisur, die mit Steinen in der Farbe des Kleides verziert waren. Sie funkelten im Licht der Kronleuchter und Kerzen.

Demütig verneigte sich Daphne vor der königlichen Familie.

Ein Diener brachte Lean eine Schatulle mit dem Geschenk für Daphne. Der Prinz ging seiner Erwählten entgegen und gebot ihr, sich zu erheben.

Sie dankte ihm mit einem Lächeln ihrer strahlenden, nahezu perfekten Zähne, woraufhin er das Kästchen öffnete und damit ihre Augen in Verzückung brachte. Denn sie erblickte ein Collier aus weißen Perlen, so wie sie es sich gewünscht hatte.

Lean nahm die Kette in seine Hand, trat hinter Daphne und legte sie ihr um den schlanken Hals.

Gerührt fuhr sie mit den Fingerspitzen über das neue Schmuckstück und zog durch die Geste die Blicke auf ihr üppiges Dekolleté. Eine gewisse Anziehungskraft konnte auch Lean ihr nicht absprechen.

Daphne bemerkte seinen Blick und belohnte ihn mit einem aufreizenden Lächeln, bevor sie an ihm vorbei zur Seite trat. Dort würde sie sich den Blicken aller Anwesenden stellen müssen, bis alle erwählten Mädchen den Saal betreten hatten.

Ein erneutes Trompetenspiel kündigte die nächste Kandidatin an.

»Medea, sechzehn Jahre alt, zweite Tochter des Bauern Theo, zweite Erwählte.«

Die schöne Medea betrat den Saal. Ihr Haar fiel ihr seidig über die Schultern und rahmte ihr hübsches Gesicht ein. Aufrecht schritt sie über den Teppich, ohne zu stolpern oder auch nur den Blick zu senken. Sie strahlte in dem blauen Kleid eine klassische Schönheit aus, wie sie einer Königin würdig wäre.

Erst als sie vor den Prinzen trat, erkannte Lean ihre Nervosität an ihren geröteten Wangen. Trotzdem sah sie ihm tapfer in die Augen.

Die Diener brachten Lean den Käfig mit der Lerche, den er Medea überreichte. Ihre Hände berührten sich für einen kurzen Augenblick. Medeas Haut war zart, so weich wie Samt.

Sie nahm den Käfig entgegen und lächelte den zahmen Vogel liebevoll an. Doch anstatt zur Seite zu treten, nahm sie allen Mut zusammen und räusperte sich für alle hörbar.

»Mein Prinz, Ihr habt mir meinen Wunsch erfüllt und zum Dank würde ich gerne für Euch und alle Anwesenden singen, wenn es Euch beliebt.«

Lean sah, wie ihre Hand, die den Käfig hielt, kaum merklich zitterte. Sie war wahnsinnig aufgeregt und trotzdem traute sie sich zu, vor dem ganzen Hof zu singen. Das beeindruckte ihn, auch wenn Medea wahrlich keinen Grund hatte, ihre Stimme zu verstecken. Bereits beim Vorsprechen war ihre Stimme so rein und klar gewesen, wie er es noch nie zuvor in seinem Leben gehört hatte.

»Es wäre mir eine Freude«, sagte er aufrichtig.

Die Musiker stimmten eine sanfte Melodie mit den Geigen an. Medea schloss für einen Moment die Augen, wiegte sich im Takt der Musik und begann zu singen. Lean war der Ansicht, dass er ihren Gesang noch gut in Erinnerung gehabt hätte, doch jetzt erschien ihm ihre Stimme noch viel schöner als zuvor.

Alle Anwesenden waren verstummt und lauschten Medeas Lied.

Während sie sang, blühte sie förmlich auf. Ihre Augen leuchteten wie Sterne und ihr Lächeln nahm jeden in seinen Bann. Sie wirkte nicht gekünstelt, sondern strahlte eine Herzenswärme aus, die Lean ergriff. Vielleicht hatte er sich geirrt und nicht jedes Mädchen hatte es nur auf seinen Reichtum abgesehen.

Gegen Ende des Liedes stimmte die Lerche in zartem Zwitschern mit ein, was für begeistertes Staunen sorgte. Auch wenn sie für ein Duett wohl noch etwas Übung brauchen würden.

Der Hof applaudierte, als die letzten Töne erklangen.

Medea verneigte sich dankbar zu allen Seiten und warf glücklich Küsse mit ihrer freien Hand in die Luft. Sie ließ die Menschen mit einem Lächeln zurück, als sie zur Seite neben Daphne trat.

Die Trompeten kündigten den Auftritt der nächsten Kandidatin an.

»Heera, neunzehn Jahre alt, erste Tochter des Bauern Theo, dritte Erwählte.«

Lean erwartete, ein Mädchen mit griesgrämigem Blick und steifem Schritt den Raum betreten zu sehen. Bockig, wie er es kennengelernt hatte, und ungeachtet der Meinung anderer.

Doch auf dem Teppich schien eine andere zu stehen. Heeras haselnussbraunes Haar fiel ihr in sanften Wellen über die Schultern. Ihr Gesicht hatte nicht den üblichen störrischen Ausdruck, sondern sie lächelte glücklich und aus tiefstem Herzen. Sie schwebte förmlich über den Boden in seine Richtung, aber ihr Blick galt nicht ihm, sondern ihrer Schwester.

Kaum dass sie vor ihm angekommen war, reckte sie stolz ihren Daumen in die Luft und rief: »Du warst wundervoll, Medea.«

Lean konnte nicht anders, als über ihre Begeisterung zu lachen, genau wie Heera selbst. Erst als ihr auffiel, dass sie gemeinsam mit ihm lachte, verstummte sie und sah ihn mit derselben Herausforderung im Blick an wie bereits am ersten Tag.

Wenn der Prinz ihr gegenüberstand, hatte er nicht das Gefühl, einer Erwählten ins Gesicht zu blicken, sondern eher einem Kontrahenten.

Ihr Kleid hatte denselben Ton wie ihre Augen, die alle Farben des Waldes in sich zu vereinen schienen und ihm seltsam bekannt vorkamen. Ihm war, als hätte er diese Augen schon einmal in einem fremden Gesicht gesehen.

Der Diener führte ein großes Pferd mit breiten Hufen in den Saal – ein Arbeitstier, wie sie es sich gewünscht hatte.

Doch Heera schien dem Prinzen zu misstrauen, denn anstatt sich zu bedanken, ging sie prüfend um das Tier herum. Sie hob seine Hufe, strich ihm über das hellbraune Fell, fuhr mit den Fingern durch die weiße Mähne und kontrollierte schließlich auch noch die Zähne. Der Prinz bemerkte den abfälligen Blick der Hofdamen und hörte das Getuschel.

»Was ist los, Heera? Glaubst du etwa, ich würde dir ein krankes Tier schenken? Misstraust du den Fähigkeiten meines Stallmeisters?«, erkundigte er sich spöttisch bei ihr.

»Vertrauen ist gut, aber Kontrolle ist besser«, erwiderte sie nur schulterzuckend.

»Und wie lautet dein Urteil?«

Sie sah ihn belustigt an. »Es ist etwas schmächtig.« Sie zögerte, doch dann fügte sie hinzu: »Es erinnert mich an dich. Ich werde es Lean nennen.«

Königin Niobe schnappte empört nach Atem und erhob sich aus ihrem Thron. »Wie kannst du es wagen, deinen zukünftigen König mit einem Pferd zu vergleichen?«, fuhr sie Heera zornentbrannt an.

Ehe Heera etwas entgegnen konnte, ergriff Lean bereits das Wort. »Liebe Mutter, sei ihr nicht böse. Es ist mir eine Ehre, dass sie dem Tier, das ihre Familie ernähren wird, meinen Namen gibt«, versuchte er sie zu besänftigen und nahm Heera damit erneut vor ihr in Schutz. Er wusste, dass das Mädchen ihn provozieren wollte, und tat ihm diesen Gefallen nicht.

Niobe warf Heera einen vernichtenden Blick zu, bevor sie sich wieder niederließ.

Der Prinz wandte sich erneut der unverschämten Erwählten zu. Sie hatte ihn nicht enttäuscht. Ganz im Gegenteil, so viel Respektlosigkeit hätte er sich in seinen kühnsten Träumen nicht ausgemalt. »Ich bedauere, dass das Pferd nicht deinen Ansprüchen genügt. Aber vielleicht kann dich die Kuh besänftigen.«

Ein Diener führte das zweite Tier herein. Dieses Mal begutachtete Lean es mit Heera gemeinsam.

Er strich über das Fell. »Siehst du, wie seidig es ist?« Die Zähne der Kuh kommentierte er mit: »Gesünder könnte eine Kuh kaum sein.« Schließlich deutete er auf die Euter. »Prall und fest. Sie wird nicht nur deine Familie, sondern auch ihre Kälber mit genug Milch versorgen können.« Bewusst provokant ließ er den Blick über

Heeras Oberweite gleiten. »Ich würde dir gern sagen, dass sie mich an dich erinnert. Aber tut mir leid, dem ist nicht so.«

Der Hofstaat brach in schallendes Gelächter aus, während Heera beleidigt die Arme vor der Brust verschränkte. Ihre Wangen färbten sich rot und ihre Augen sprühten Funken in Leans Richtung.

Das war seine Rache, doch seltsamerweise erfreute er sich an ihr nicht so sehr, wie er es erwartet hätte. Er hatte das Mädchen vor allen gedemütigt und schien Heera damit wahrhaft verletzt zu haben, denn zum ersten Mal sah sie an ihm vorbei anstatt in seine Augen.

Der König gebot dem Gelächter Einhalt. »Sowohl Pferd als auch Kuh werden morgen deinen lieben Eltern übergeben«, wandte er sich an Heera.

Sie verneigte sich, doch es sah so hölzern aus wie bei einer Puppe, deren Körper man biegen musste.

Sie trat, ohne den Prinzen eines Blickes zu würdigen, neben ihre Schwester, die aufgeregt auf sie einredete.

Lean fragte sich immer noch, ob er sie tatsächlich mit seinem Scherz getroffen haben sollte oder ob sie bereits die Vergeltung an ihm plante, als die nächste der zwölf angekündigt wurde.

Als alle Erwählten den Ballsaal betreten hatten, begannen die Musiker zu spielen. Es war an dem Prinzen, den Tanz zu eröffnen. Er trat vom Podest, auf dem der Thron stand, und ging an der Reihe der Kandidatinnen auf und ab.

Eine jede schenkte ihm ihr herzlichstes und anziehendstes Lächeln – mit einer Ausnahme.

Doch Lean beschloss, dass er Heera für diesen Tag bereits genug gequält hatte. Er war sich sicher, dass sie noch miserabler tanzte als er selbst. Zudem hätte er seine Mutter erzürnt, wenn er dem dreisten Gör die Ehre des ersten Tanzes erwiesen hätte.

Vielleicht Medea? Ihre wundervolle Stimme summte noch in seinen Ohren und sie errötete jedes Mal, wenn er sie ansah. Doch er ging an ihr vorüber.

Sein Blick blieb an der grazilen Agnes hängen. Ihr Kleid war schwarz wie die Nacht, passend zu ihrem seidigen Haar. Sie hatte eine unnahbare Ausstrahlung und wirkte geheimnisvoll auf ihn. Ihr Lächeln war erhaben, so als wüsste sie bereits alles über ihn.

Erina war mit ihren vierzehn Jahren nicht nur das jüngste, sondern auch das kleinste der Mädchen. Ihr rotes Kleid betonte ihre feurige Haarmähne.

Gewiss hätte sie sich über seine Aufforderung gefreut, doch er würde schon einen ganzen Tag mit ihr verbringen müssen. Sie wirkte nicht nur schüchtern, sondern geradezu wortkarg auf ihn.

Wie sollte er sich nur die Zeit mit ihr vertreiben? Auch an ihr ging er vorbei.

Schließlich fiel seine Wahl auf die Letzte der zwölf: Xenia – ein Mädchen von sechzehn Jahren mit mandelförmigen Augen und langen braunen Haaren, die ihr in einem Zopf auf den Rücken fielen. Das Gelb ihres Kleides betonte ihre sonnengebräunte Haut. Sie knickste vor ihm, bevor sie kichernd seine Hand ergriff und sich von ihm auf die Mitte der Tanzfläche führen ließ.

Lean war kein guter Tänzer. Er verbrachte seine Zeit lieber im Wald mit seinen Freunden als im Tanzsaal mit der verbitterten Lehrerin. Doch er hatte Glück, denn Xenia war eine umso bessere Tänzerin, die seine Fehler durch ein Lächeln ausbügelte. Sie beschwerte sich nicht einmal darüber, dass er ihr auf die Füße trat. Ganz im Gegenteil, sie schien es sogar zu genießen.

So entspannte sich auch der Prinz. Er musste zugeben, dass er beinahe Gefallen am Tanz fand, solange er ein Mädchen an seiner Seite hatte, das sich zu bewegen wusste.

Obwohl alle zwölf aus bürgerlichem Hause stammten, waren sie gut vorbereitet worden, um sich am Hof nicht zu blamieren.

Auch Leans Freunde Silas und Yanis tanzten mit den Erwählten.

Xenias anmutigem Beispiel folgten Daphne, die Lean als Zweite aufforderte, und Phoibe als Dritte.

9

Heera

Heera erkundete derweil das Buffet. Es war eine Unzahl an Speisen aufgetischt worden, doch kaum einer schien sich dafür zu interessieren. Wenn die anderen Mädchen nicht tanzten, sahen sie sehnsüchtig dem Prinzen hinterher.

Im Schloss diente Nahrung wohl mehr der Dekoration. Heera machte der Gedanke wütend. Von dem Buffet hätte ein ganzes Dorf satt werden können, aber stattdessen würden die Gerichte nach dem Fest vermutlich im Schweinetrog landen.

Grimmig schob sie sich eines der Törtchen in den Mund. Der Geschmack von süßer Sahne, herber Schokolade und in Rum eingelegten Kirschen breitete sich aus. Sie hatte nie etwas Köstlicheres gegessen. Wenn sie könnte, hätte sie alles eingepackt und ihrer kleinen Schwester Elena mitgebracht.

Zu Hause hatten sie nur selten Geld für Süßigkeiten und dann war es meist nicht mehr als ein Bonbon.

Wie konnte Medea nur dem ganzen Essen widerstehen? Obwohl der Prinz noch nicht mit ihr getanzt hatte, war sie von dem Parkett nicht herunterzubekommen. Ein Adliger nach dem anderen forderte sie auf. Selbst wenn Lean sich gegen sie entscheiden sollte, so würde es sicher nicht einmal eine Woche dauern und einer der anderen Höflinge würde um ihre Hand anhalten.

Heera schob sich eine Praline zwischen die Zähne: Schokolade mit Nüssen und Rosinen. So lecker!

»Schmeckt es dir?«, sprach sie plötzlich eine männliche Stimme an.

Erschrocken fuhr sie zusammen und verschluckte sich prompt. Sie begann zu husten, doch da berührte sie sanft eine Hand am Rücken, und mit einem Mal bekam sie wieder Luft.

Peinlich berührt sah sie in das Gesicht ihres Gegenübers. Der Mann trug eine dunkelblaue Robe, die ihn als den königlichen Hofzauberer auswies.

»Ich habe nie etwas Besseres gegessen«, gestand sie ihm ehrlich und fühlte sich ertappt.

»Solltest du nicht lieber wie die anderen das Tanzbein schwingen?«, hakte Amphion nach. »Wenn du dich hinter dem Buffet versteckst, wird dich niemand bemerken. Erst recht nicht der Prinz.«

Sie grinste. »Das war eigentlich mein Plan.«

Er musterte sie. »Ich fürchte, es ist bereits zu spät. Nach deiner Beleidigung dürfte jeder deinen Namen kennen.«

Heera zuckte unbeeindruckt mit den Schultern. »Warum tanzt du denn nicht?«

Amphion schien von der Frage überrumpelt. »Ich? Ich bin ein Zauberer und kein Tänzer!«

»Und ich bin eine Bäuerin und keine Prinzessin«, konterte Heera lachend. »Gerade für dich als Zauberer müsste es doch ein Leichtes sein, über das Parkett zu schweben. Du kannst sein, was immer du willst. Selbst ein Tänzer, wenn dir danach ist.«

»Ich habe meine Magie noch nie eingesetzt, um mir einen Vorteil dadurch zu verschaffen«, entgegnete Amphion stolz. »Seitdem ich ein kleiner Junge war, lebe ich bereits im Schloss und bin dem König zu Diensten. Ich zaubere nur das, was die königliche Familie von mir verlangt.« Bekümmert senkte er den Kopf und murmelte: »Außerdem würde ohnehin niemand mit mir tanzen.«

»Ich wüsste jemanden«, entgegnete sie mit vielsagendem Lächeln.

Der entsetzte Blick, mit dem er sie bedachte, ließ sie vermuten, dass er fürchtete, sie könne sich selbst meinen. Die Vorstellung entlockte ihr ein amüsiertes Lachen, bevor sie ihn erlöste und mit einem Kopfnicken auf ihre wunderschöne Schwester Medea deutete, die gerade in ihre Richtung kam. Ihre Wangen waren gerötet und das Haar vom Tanz leicht zerzaust.

Amphion trat panisch zurück, doch Heera hielt ihn an den Armen fest. »Beruhige dich! Du brauchst dich nicht vor ihr zu fürchten. Medea ist nicht nur hübsch, sondern auch nett. Sie mag jeden, und jeder mag sie!«

»Nie… nie… niemals würde sie mit … mit … mir tanzen«, stotterte der junge Zauberer panisch und blickte sich nach einer Fluchtmöglichkeit um. »Mädchen wie sie haben nicht mehr als ein höfliches Nicken für mich übrig.«

Heera hielt ihn bestimmt an den Schultern fest. »Du darfst dich von ihrer Schönheit nicht einschüchtern lassen! Mit mir sprichst du doch auch, trotz meines fragwürdigen Rufs.«

»Das ist etwas anderes«, wehrte Amphion ab und versuchte sich aus ihrem Griff zu befreien. Offenbar war er nicht nur schüchtern, sondern hatte richtig Angst vor Mädchen.

Doch zu einem Tanz sollte es nicht kommen, denn plötzlich stellte sich die groß gewachsene Agnes Medea in den Weg. Die

Mädchen hatten durch ihr langes schwarzes Haar eine gewisse Ähnlichkeit, trotzdem waren sie verschieden wie Tag und Nacht. Medea sanft und zurückhaltend, Agnes selbstbewusst und fordernd.

Agnes rempelte gegen ihre Konkurrentin und verschüttete dabei den Inhalt ihres Glases. Dunkelroter Wein ergoss sich über Medeas blaues Kleid. Augenblicklich sammelten sich in Medeas Augen Tränen angesichts einer solchen Gemeinheit, und sie starrte ungläubig zu Agnes empor.

Diese warf sich theatralisch die Hände vor den Mund und jammerte laut: »Oh nein, das tut mir aber leid!«

Amphion nahm ihr die Reue keine Sekunde ab. Genauso wenig Heera, die sich bereits an den Schaulustigen vorbeidrängte.

Medea sah abwechselnd zwischen ihrem Kleid und Agnes hin und her. Anscheinend unschlüssig darüber, wie sie reagieren sollte. Schließlich schluchzte sie laut auf und rannte weinend aus dem Saal.

Agnes schaute ihr triumphierend hinterher, doch die Freude hielt nicht lange an. Denn bereits im nächsten Moment erklang ein lautes Klatschen, und auf Agnes' Wange glühte rot der Handabdruck von Heera.

»Du miese Schlange!«, fuhr sie Agnes wutentbrannt an.

Agnes' Augen formten sich zu Schlitzen und sie zog heftig an Heeras braunem Haar.

Diese schrie und trat Agnes gegen das Schienbein. Ein Schlag folgte dem nächsten. Selbst ausgewachsene Männer hätten keinen besseren Kampf geliefert.

Bald war der ganze Hof um die beiden Mädchen versammelt, die aufeinander eintraten, schlugen, an den Haaren zerrten, die Kleidung zerrissen und sich die Gesichter zerkratzten.

Erst Königin Niobe beendete den Kampf.

»Aufhören!«, brüllte sie wütend. »Das ist doch kein Benehmen für eine Dame, geschweige denn für eine zukünftige Königin.«

Agnes ließ von Heera ab. Ihre Frisur war völlig ruiniert und der rechte Ärmel ihres Kleides hing ihr von der Schulter.

Heera sah nicht besser aus. Über ihre Wange zog sich ein blutiger Kratzer, und braune Flecken bedeckten den Stoff ihres Kleides. Doch im Gegensatz zu Agnes zeigte sie keine Reue.

Sie fühlte sich völlig im Recht, was sie nun auch noch lauthals verkündete. »Ich habe nur meine Schwester verteidigt!«

Niobe wurde ganz bleich im Gesicht und schnappte entrüstet nach Luft.

König Egeas kam ihr zu Hilfe. »Es schickt sich nicht für ein Mädchen, die Ehre seiner Schwester zu verteidigen. Dafür gibt es Männer!«

Heera lachte laut auf. »Männer? Tz … Wo war denn der Prinz, als Agnes den Wein über Medea geschüttet hat?«

Alle Augenpaare schnellten zu Lean. Dies war ein Abend ganz nach dem Geschmack des Hofstaates: Skandale, Intrigen, Eifersucht und hitzige Wortgefechte.

Prinz Lean trat hinzu. »Ich bin sicher, es war keine Absicht von Agnes.«

Eilig nickte diese mit dem Kopf, während Heera wütend nach einem Getränk vom Buffet griff und damit auf Lean zumarschierte.

»Dann ist das auch keine …«, setzte sie an, doch weiter kam sie nicht, denn Amphion ließ sie stolpern, sodass ihr das Glas aus den Händen fiel und am Boden zersprang.

Die Flüssigkeit spritzte auf den Saum ihres Kleides. Obwohl sie vor Wut schäumte, erkannte sie noch im selben Moment, dass

Amphion dies nicht getan hatte, um sie zu blamieren, sondern sie dadurch gerettet hatte. Nicht auszudenken, wenn sie den Inhalt über dem Prinzen vergossen hätte, so wie es ihre Absicht gewesen war. In jedem Fall wäre sie vom Hof verwiesen worden, wenn nicht noch Schlimmeres.

Erneut brachen die Anwesenden in Gelächter aus und Heera ballte ihre Fäuste vor Scham. All die Beleidigungen, die ihr auf der Zunge lagen, schluckte sie herunter. Sie machte auf dem Absatz kehrt und stürmte aus dem Ballsaal.

Die Musik setzte wieder ein und alle widmeten sich erneut dem Tanz.

10

Lean

Niobe nahm ihren Sohn beiseite. »Es reicht«, zischte sie zwischen zusammengebissenen Zähnen hervor. »Schick dieses Mädchen fort oder ich tue es! Sie ist eine Beleidigung für die ganze Familie.«

Lean verschränkte die Arme vor der Brust. »Wähle ich meine Braut oder du?«

»Das ist keine Braut! Das ist nicht einmal ein richtiges Mädchen, sondern eine wildgewordene Furie. Ich will sie nicht mehr sehen!«

Egeas legte den Arm um seine Frau und versuchte die Wogen zu glätten. »Nun beruhige dich doch, immerhin ist sie unterhaltsam.«

»Wir suchen aber keinen Hofnarren, sondern eine zukünftige Königin«, fauchte Niobe aufgebracht und wirkte empört darüber, dass ihr Mann es wagte, ihr in den Rücken zu fallen.

»Ich entscheide, welches Mädchen bleibt und welches geht«, stieß Lean herrisch aus. Es ärgerte ihn, dass seine Mutter ihn bevormundete. Er war kein kleiner Junge mehr, sondern der zukünftige König! Wenn sie ihn schon dazu zwang, sich eine Braut zu wählen, dann sollte sie zumindest ihm die Entscheidung überlassen. Zwar konnte auch er sich Heera nicht als seine zukünftige Gattin vorstellen, aber er genoss ihre Machtkämpfe. Es bereitete ihm Freude, sie herauszufordern. Das war eine willkommene Abwechslung zu den steifen Gesprächen, die er mit den meisten anderen Erwählten führen musste.

»Lieber würde ich zur Ziege, als dabei zuzusehen, wie dieses Trampel den Thron besteigt«, stichelte Niobe weiter und brachte damit ihren Sohn zum Grinsen.

»Hüte dich vor dem, was du dir wünschst, Mutter. Es könnte in Erfüllung gehen.« Er schielte in Amphions Richtung, der sofort abwehrend die Hände hob.

Niemals würde er es wagen, die Königin zu verzaubern, nicht einmal, wenn Lean es ihm befahl.

Niobe bebte vor Zorn und zog sich in ihre Gemächer zurück.

Der König indes packte seinen Sohn am Arm. »Junge, treib es nicht zu weit. Du hattest deinen Spaß! Überlege dir gut, ob du dir wirklich von diesem Mädchen weiter auf der Nase herumtanzen lassen möchtest. Sie macht dich zum Gespött vor deinem eigenen Volk.«

Egeas meinte es nur gut mit Lean, doch dieser blieb stur wie ein Esel. Erst als auch der König ihn allein ließ, wagte es Amphion, sich seinem Freund zu nähern.

»Lean, muss das sein?«, fragte er vorwurfsvoll.

»Ich lasse mir von niemandem vorschreiben, was ich zu tun und was ich zu lassen habe!«

»Sturkopf!«, schimpfte ihn Amphion. »Deine Mutter hat nicht unrecht. Heera ist nicht die rechte Braut für dich.«

»Ich habe gesehen, wie du mit ihr gesprochen hast. Worüber habt ihr geredet?«, erkundigte sich Lean stattdessen.

»Hörst du mir überhaupt zu?«, entgegnete der Zauberer verärgert.

»Nun sag schon!«

»Sie meinte nur zu mir, wie gut das Essen sei«, gab Amphion nach, aber ließ dabei unerwähnt, dass sie ihm einen Tanz mit ihrer Schwester versprochen hatte.

Lean hielt sich lachend den Bauch. »Alle Leute tanzen und sie erfreut sich am Essen. Das hätte ich vielleicht auch besser mal tun sollen. Was hat sie noch gesagt?«

»Sie findet dich unausstehlich«, erinnerte ihn Amphion.

»Wunderbar, dann geht es uns gleich. Sie ist eine echte Plage«, freute sich der Prinz.

»Deine Mutter sollte dir den Hintern versohlen lassen«, fand Amphion kopfschüttelnd. »Du benimmst dich schlimmer als jeder Knabe, der noch grün hinter den Ohren ist. Als König solltest du Kinder zeugen, aber du bist selbst noch eins. Wie kann man nur so unvernünftig sein?«

Lean zeigte sich versöhnlich und legte den Arm um seinen besten Freund. »Amphion, ich hab noch Wochen Zeit, um mich zu entscheiden. Warte nur die ersten Prüfungen ab, dann wird Heera von ganz alleine das Weite suchen. Ich denke mir für sie etwas besonders Schönes aus. Wollen wir doch mal sehen, wie mutig sie wirklich ist!«

Wer artig und gut,
von reinem Herzen und froher Natur,
dem sollen im tiefsten Winter
Erdbeeren wachsen.

11

Medea

Medea lag weinend auf ihrem Bett. Immer, wenn sie sich gerade wieder beruhigte, dachte sie daran, wie Agnes ihr vor allen Gästen den Wein über das Kleid geschüttet hatte, und fing erneut an zu schluchzen. Aber damit nicht genug, hatte Heera danach auch noch eine Szene machen müssen. Sie meinte es nur gut, das wusste Medea, und konnte wahrscheinlich einfach nicht anders, aber sie zog Medea durch ihr Verhalten mit ins Gespött. Niemand hätte am nächsten Tag mehr über den Vorfall gesprochen. Doch nun war er in aller Munde. Heera hatte weder ihre Ehre verteidigt noch ihr geholfen, sondern alles nur schlimmer gemacht.

Agnes hatte ihr die Chance genommen, mit Prinz Lean zu tanzen. Zwar hatte er sie bis zu dem Zeitpunkt nicht aufgefordert, aber seine Blicke waren ihr nicht entgangen. Vielleicht wäre sie bereits die Nächste gewesen. Sie hätte ihn positiv beeindrucken können, so würde er aber nur Heeras unverschämte Beleidigungen und Vorwürfe in Erinnerung behalten. Zum Glück war er gütig und bestrafte sie nicht dafür. Dadurch fand Medea ihn nur noch anziehender. Lean sah nicht nur gut aus, sondern hatte auch einen guten Charakter. Er war charmant, zuvorkommend, hilfsbereit und einfühlsam – genau so, wie sie ihn sich immer vorgestellt hatte.

Es würde ihr das Herz brechen, wenn sie dabei zusehen musste, wie er eine andere heiratete.

Erneut bahnten sich Schluchzer aus ihrer Kehle. Ihre Mutter hätte sie zur Ruhe gerufen, damit ihre Augen am nächsten Morgen nicht verquollen wären, doch sie war nicht da, um Medea mit Rat beizustehen.

Auch ihre jüngste Schwester Elena fehlte ihr sehr. Sie hätte sich zu Medea ins Bett gekuschelt, ihr übers Haar gestrichen und sie mit flüsternden Worten getröstet.

Die Einzige, die ihr blieb, war Heera, die sich nicht in sie hineinversetzen konnte. Heera war mehr wie ein großer Bruder. Sie ließ ihre Fäuste sprechen und brachte sich mit ihrer spitzen Zunge noch um Kopf und Kragen.

Ein leises Zwitschern drang von dem Vogelkäfig auf ihrer Fensterbank. Medea sah ungläubig auf. Die Lerche blickte in ihre Richtung.

Hatte sie den kleinen Vogel mit ihren Tränen geweckt? Für gewöhnlich schliefen Singvögel, wenn der Mond hoch am Himmel stand.

»Liebe Lerche, findest du meinetwegen keine Ruh?«, fragte sie und tapste auf blanken Füßen zum Fenster.

»Schöne Medea, wenn dein Herz leidet, so spüre ich den Schmerz, als wäre es mein eigener«, antwortete ihr die Lerche in menschlicher Sprache.

Medea erschrak und wich vor dem Käfig zurück. Nur Kinder und Dummköpfe glaubten an sprechende Tiere.

»Fürchte dich nicht, ich will dir helfen«, zwitscherte ihr der braune Vogel tröstend zu.

»Ach Vögelchen, wie willst du mir denn helfen?«, seufzte Medea laut und trat zurück an den Käfig.

Vielleicht war sie bereits dem Wahnsinn verfallen.

»Reiß eine Feder aus meinem Gefieder und streiche diese über dein Kleid, so soll es schöner sein als je zuvor.«

Medea zögerte. Sie öffnete die Tür des Käfigs und als der Vogel nicht davonflog, klagte sie: »Ich möchte dir nicht wehtun.«

»Lieber schenke ich dir eine meiner Federn, als dich länger weinen zu sehen«, erwiderte die Lerche.

Das Mädchen nahm seinen Mut zusammen, strich über das braune Gefieder und zog mit einem Ruck eine der Federn heraus. Sie war winzig und gewöhnlich. Kein Glanz. Kein Gold.

Doch Medea folgte dennoch dem Rat des Vogels und strich mit der Feder über die Flecken, die der Wein auf ihrem Kleid hinterlassen hatte. Wie von Zauberhand verschwanden sie bereits bei der kleinsten Berührung. Doch nicht nur das. Am Kragen des schlichten Kleides entstanden wunderschöne Stickereien aus silbernem Garn.

Ein Jauchzen entfuhr ihren Lippen und sie sprang erfreut zurück zu der Lerche am Fenster. »Liebste Lerche, wie soll ich dir nur danken?«

»Dich lächeln zu sehen, ist mir Dank genug«, flötete der Vogel. »Sing und sprich mit mir jede Nacht, so will ich dir nimmermehr von der Seite weichen.«

»Nichts lieber als das«, freute sich das Mädchen.

12

Heera

Als Heera am nächsten Morgen den Frühstücksraum betrat, herrschte bereits helle Aufruhr unter den Kandidatinnen. Sie drängten sich alle in einer Ecke vor einer großen Tafel zusammen. Neugierig trat sie näher und erkannte, dass auf der Tafel die Namen der Erwählten standen. Sie waren mit Ziffern in einer Reihenfolge geordnet.

Erina schlich aus der Gruppe hervor und verzog mitleidig den Mund, als sich ihre Blicke begegneten. Weitere Mädchen traten zurück, sodass Heera nun die ganze Tafel sehen konnte.

1. *Xenia*
2. *Daphne*
3. *Medea*
4. *Phoibe*
5. *Acelya*
6. *Celestia*
7. *Erina*

8. *Jone*
9. *Lenja*
10. *Selene*
11. *Agnes*
12. *Heera*

Die Liste zeigte offenbar die Rangfolge, in der die Kandidatinnen in der Gunst des Prinzen standen. Nur drei von ihnen würden die nächste Runde erreichen und sich gegen die Prinzessinnen aus den vier Himmelsrichtungen bewähren müssen.

Heera erfüllte ihre Platzierung mit Genugtuung. Der Prinz wollte sie wohl bestrafen, weil sie es wagte, ihm die Meinung zu sagen. Sollte er nur, das war ganz in ihrem Sinne!

Sie bemerkte, dass sie die Einzige war, die noch vor der Tafel stand, und alle sie beobachteten. Ihr Gefühl des Triumphs verflüchtigte sich und sie fühlte sich mit einem Mal schäbig in ihrem Bauernkleid unter den ganzen eleganten Mädchen. Doch sie konnte das Kleid, welches der Prinz ihr geschenkt hatte, nicht mehr tragen. Es war schmutzig und zerfetzt.

Sie drehte sich zu dem Tisch herum und stellte fest, dass Medea nicht nur ein sauberes Kleid trug, sondern sich auch auf einen anderen Platz gesetzt hatte. Zwischen Xenia und Phoibe – weg von Heera. Sie beachtete sie nicht einmal mehr, sondern plauderte aufgeregt mit den anderen beiden Erwählten.

Heera freute sich über die hohe Platzierung ihrer Schwester, aber ihre Abweisung tat weh. Geknickt nahm sie am Ende des Tisches neben Erina Platz.

Diese deutete ihren Kummer jedoch völlig falsch. »Sorge dich nicht. Wir haben nicht einmal die erste Prüfung hinter uns. Der

Prinz kann seine Meinung jederzeit ändern«, versuchte das Mädchen ihr Mut zu machen.

Heera wollte bereits widersprechen und sagen, dass der Prinz sie nicht interessierte, doch sie verbiss sich den Kommentar und nickte stattdessen.

Warum beachtete Medea sie nicht? Wollte sie etwa nichts mehr mit ihrer eigenen Schwester zu tun haben, nur weil sie das Schlusslicht einer dämlichen Rangfolge bildete? Würde womöglich das ganze Volk diese Liste zu Gesicht bekommen?

Ihre Mutter würde sich für sie schämen, ganz gleich, dass Medea unter den ersten dreien war. Der letzte Platz war nicht akzeptabel. Auch wenn Heera der Prinz und der ganze Hof gleichgültig waren, so wollte sie dennoch nicht, dass Medea oder ihre Mutter sich für sie schämten. Vielleicht sollte sie in Zukunft besser gar nicht mehr den Mund aufmachen.

13

Lean

Lean betrat den Raum, in dem die Erwählten ihr Morgenmahl einnahmen. Sofort verstummten alle munteren Gespräche, und eine drückende Stille legte sich über den Tisch. Er hasste es, dass er jedes Mal diese Wirkung bei den Mädchen erzielte. Wenn sie schwiegen wie Fische, konnte er sie schlecht kennenlernen. Gerne hätte er gewusst, worüber sie gelacht hatten.

Sein Blick traf Heera, die am anderen Ende des Tisches saß, weit entfernt von ihrer Schwester. Sie fiel ihm allein durch ihre ärmliche Kleidung auf. Medea hatte ihr Kleid offenbar selbst gesäubert und Agnes glänzte in dem prunkvollen Ballkleid, welches sie sich von ihm gewünscht hatte.

Alle Mädchen hatten sich die Haare gekämmt und die Lippen geschminkt, nur Heera trug das haselnussbraune Haar in einem Zopf, ohne große Sorgfalt.

Er rechnete beinahe mit einem störrischen Blick ihrerseits, sehnte sich fast danach. Doch sie blieb still und sah an ihm vorbei, so als wäre er gar nicht da. Hatte sie ihre Platzierung etwas verletzt?

Es schien ihm unmöglich, dass er in der Lage wäre, mit irgendetwas, das er sagte oder tat, die furchtlose Heera zu treffen. Doch er erinnerte sich wieder daran, dass er sich schon einmal gefragt hatte, ob er zu weit gegangen war. Als er sie mit der Kuh verspottet hatte, wirkte sie auch für einen Augenblick verletzt. Hatte er sich das nur eingebildet?

Das würde nämlich bedeuten, dass ihr mehr an der Auswahl lag, als sie nach außen zeigte. Er wusste nicht, warum sie sich für ihn beworben hatte, aber um ihn ging es ihr dabei sicher nicht. Gewiss fragte sie sich ebenfalls, warum er sie erwählt hatte. Vielleicht hegte sie den Verdacht, dass er sich nur über sie lustig machen wollte. Ganz falsch läge sie damit nicht, deshalb konnte er ihr die Abneigung nicht verübeln.

Er räusperte sich verlegen. Es war nicht nötig, auf sich aufmerksam zu machen. Die Mädchen starrten ihn ohnehin schon alle an. »Guten Morgen, die Damen.«

»Guten Morgen, Prinz Lean«, flöteten sie im Chor. Sein Vater hätte sich köstlich darüber amüsiert.

»Ich bedanke mich bei einer jeden von euch für den wundervollen vergangenen Abend. Nie zuvor habe ich so viel getanzt und nie zuvor befand ich mich in solch reizender Gesellschaft.« Seine Worte klangen in seinen eigenen Ohren hohl und auswendig gelernt, so wie seine Mutter sie ihm diktiert hatte. Doch die Mädchen strahlten und lächelten ihn voller Zuversicht und Hoffnung an.

»Des Weiteren hoffe ich, dass ich keine von euch durch ihre vorläufige Platzierung verletzt habe. Alles ist noch offen und ich wollte niemanden beleidigen. Unsere gemeinsame Zeit war zu kurz, um jede von euch kennenzulernen.« Er kannte nicht eine von ihnen. Keine war ihm lieber als die andere. Die Platzierung entstammte mehr der Feder seiner Mutter als seiner eigenen. »Bereits heute kann sich eure Position verändern, denn eure erste Prüfung steht euch bevor.«

Ein Raunen ging durch die Mädchen, und Sorge zeichnete sich in ihren Gesichtern ab.

»Keine Angst, es ist nichts Schwieriges«, versicherte Lean ihnen und verkniff sich ein schadenfrohes Grinsen. *Schwer* lag im Auge des Betrachters. »Meine Mutter sehnt sich nach frischen Erdbeeren. Jede von euch wird deshalb in den Wald gehen und ihr ein Körbchen voll pflücken.«

Er hatte es kaum für möglich gehalten, doch die Mädchen wurden noch stiller, als sie ohnehin schon waren. Sie schienen nicht einmal mehr zu atmen. Er hätte wetten können, wer als Erste das Schweigen brechen würde: Heera.

»Soll das ein schlechter Scherz sein?«, fragte sie kühl und ohne den nötigen Respekt.

Lean zuckte mit den Schultern und tat, als hätte er keine Ahnung, worauf sie hinauswollte. »Königin Niobe beliebt es nicht zu scherzen.«

»Im Winter wachsen keine Erdbeeren. Die Erde ist gefroren und der Schnee hat alles zugedeckt«, sprach sie aus, was jede Erwählte gedacht haben musste, als sie die Prüfung vernommen hatte.

»Die Prüfung besteht nur, wer mit den Erdbeeren ins Schloss zurückkehrt«, sagte Lean streng und überreichte jedem Mädchen ein Päckchen, in dem sich etwas Proviant für den Weg befand. Er musste sich sein Grinsen verkneifen. Während den Erwählten die Aufgabe als unlösbar erscheinen musste, wusste er es besser. Auch Yanis und Silas waren eingeweiht und sie hatten Wetten darüber abgeschlossen, wie viele der Kandidatinnen die Prüfung bestehen würden. Yanis setzte auf neun. Silas wählte die goldene Mitte und sagte sechs. Aber Lean war sich sicher, dass es nicht mehr als drei wären.

Er kannte die Lösung und wusste deshalb auch, was die Bewerberinnen tun mussten, um nicht mit leeren Händen zurückzukehren. Vielleicht würde seine Mutter am Ende des Tages anders über Heera denken. Sie mochte ein loses Mundwerk haben und war vielleicht auch nicht die Schönste der Erwählten, aber zumindest konnte Lean sich ihres Kampfgeistes sicher sein. Wenn eine die Prüfung bestehen würde, dann sie. Sie würde sich niemals die Schmach geben, mit leeren Händen zurückzukehren. Nicht seinetwegen, der Illusion gab er sich nicht hin, sondern nur um sich selbst zu beweisen, dass sie es konnte.

MelisvArt

14

Heera

Heera war als eine der Ersten aufgebrochen. So dämlich, wie sie die Prüfung auch fand, war sie dennoch dankbar für die Gelegenheit, dem Schloss wenigstens für ein paar Stunden zu entfliehen.

Niemand wäre in der Lage, die Prüfungsaufgabe zu lösen. Im Winter gab es keine Erdbeeren.

Wofür stellte der Prinz ihnen einen Auftrag, der nicht erfüllbar war? Wollte er sie allesamt bloßstellen? Oder hoffte er, dass einige von ihnen es nicht wagen würden, ohne die Erdbeeren ins Schloss zurückzukehren, und demnach lieber freiwillig aufgaben?

Vielleicht war es auch ein Trick und mit Erdbeeren waren gar keine Früchte, sondern etwas ganz anderes gemeint.

Doch Heera begab sich nicht, wie geheißen, in den Wald, sondern versteckte sich an dessen Rand in den Ästen einer hochgewachsenen Tanne. Sie sah, wie eine Erwählte nach der anderen loszog, die meisten mit verzweifelten oder gar ängstlichen Gesichtern.

Medea kam als Letzte, aber sie war nicht allein – sie trug den Vogelkäfig mit der Lerche bei sich.

»Willst du deinem Vogel die Freiheit schenken?«, rief Heera von oben herab.

Erschrocken zuckte Medea zusammen, als wäre sie bei etwas Verbotenem erwischt worden. »Was machst du da oben?«

Heera ließ sich geschickt von der Tanne gleiten und landete neben Medea im Schnee. »Ich habe auf dich gewartet.«

»Warum?«, wollte Medea mit skeptischem Unterton wissen. Sie legte offenbar keinen Wert auf die Gesellschaft ihrer Schwester.

»Du kennst dich im Wald nicht aus, deshalb werde ich dafür sorgen, dass du dich nicht verläufst.«

Medea rümpfte die Nase und ging an ihr vorbei. »Ich brauche deine Hilfe nicht!«

Heera lief ihr hinterher. Ihre Schwester war schon immer etwas hochnäsig gewesen, aber mit jedem Tag im Schloss wurde es schlimmer. »Du wirst keine Erdbeeren finden! Niemand wird das.«

»Wenn Prinz Lean uns eine Prüfung stellt, muss es auch möglich sein, sie zu lösen«, beharrte Medea.

Sie lief schnurstracks über den schneebedeckten Boden, so als würde sie einem unsichtbaren roten Faden folgen. Aber Heera ließ sich von ihr nicht täuschen.

»Wohin willst du so eilig?«, wunderte sie sich schmunzelnd.

Medea mochte vielleicht vorgeben zu wissen, was zu tun war, doch sie war völlig ahnungslos. »Ich folge dem Ruf meines Herzens«, entgegnete sie stur, woraufhin die Lerche zu zwitschern begann.

Heera sah sich zögerlich um. Noch waren ihre Spuren im Schnee deutlich zu erkennen, doch schon bald würde der Wind sie verwehen und neuer Schnee sich wie eine Decke über den Boden legen.

Wenn Heera Medea nicht folgte, würde diese bald jede Orientierung verloren haben. Es war Heeras Aufgabe, ihre jüngere Schwester zu beschützen. Das war der einzige Grund, warum sie sich überhaupt für den Prinzen beworben hatte. Sie hatte es ihrem Vater versprochen.

Als so viel Zeit vergangen war, dass die Mädchen nicht mehr sagen konnten, ob sie vor Minuten oder Stunden aufgebrochen waren, entdeckten sie eine kleine Hütte, aus deren Inneren der Schein eines warmen Feuers in den kalten Wald herausleuchtete. Rauch stieg aus dem Schornstein.

»Lass uns dort Rast machen«, schlug Medea vor, doch Heera hielt sie zurück.

»Was, wenn das Haus einer Hexe gehört?«

»Mach dich nicht lächerlich! Wer ist jetzt der Angsthase? Du oder ich?«, verhöhnte Medea sie arglos.

»Ich kenne den Wald besser als jeder andere und bin noch nie an solch einer Hütte vorbeigekommen«, beharrte Heera. »Das kann nur ein Zauber sein.«

Medea beachtete ihre Warnung nicht, sondern trat näher an das Häuschen heran.

Sie blickten vorsichtig mit vor Kälte geröteten Gesichtern durch die Fenster ins Innere. Dort saßen drei kleine Männer mit langen grauen Bärten und lustigen Zipfelmützen vor einem prasselnden Feuer, die mit Schnitzarbeiten beschäftigt waren.

»Zwerge«, raunte Heera staunend. Die kleinen Männer lebten zurückgezogen und mieden den Kontakt zu Menschen. Nur selten suchten sie Städte auf, um dort Edelsteine aus den Minen oder

Handwerksarbeiten gegen andere Waren einzutauschen. Auch wenn ihre geringe Größe eine Einladung zum Spott darstellte, wagte es keiner, sich mit ihnen anzulegen. Es hieß, dass die Zwerge über Zauberkräfte verfügen würden.

Medea warf einen fragenden Blick auf ihre Lerche und als diese aufgeregt zwitscherte, klopfte sie gegen die Tür. Offenbar vertraute sie dem Instinkt eines Vogels mehr als der Erfahrung ihrer Schwester.

»Herein«, rief es aus dem Inneren im Chor, als wäre ihre Ankunft bereits erwartet worden.

Heera und Medea betraten die Stube. Die Hitze des Feuers schlug ihnen entgegen und ließ ihre kalte Haut kribbeln. Wie schön wäre es, sich nun für ein paar Minuten im Feuerschein ausruhen zu können.

»Es ist so kalt, dass wir beinahe erfrieren«, gestand Medea zitternd. »Dürfen wir uns in Eurem Heim wärmen?«

»Setzt Euch nur, so lange Ihr wollt«, antwortete ihr einer der Zwerge freundlich.

Die beiden Schwestern ließen sich dankbar vor dem Feuer nieder und packten ihren Proviant aus. Es handelte sich dabei um appetitlichen Apfelkuchen, der so saftig war, dass er am Morgen noch frisch gebacken worden sein musste.

Als die Zwerge den Duft des Gebäcks rochen, schien sich ihr Hunger zu regen. »So etwas Gutes haben wir schon lange nicht mehr gegessen«, meinte einer von ihnen sehnsüchtig. »Wir sind geübt im Umgang mit Werkzeugen, aber für die Kunst des Backens fehlt uns das nötige Geschick.«

Ohne zu zögern, reichte Heera ihren Kuchen an die Zwerge. »Bedient Euch ruhig als Dank für Eure Güte.«

Ihr Bauch war noch voll von den vielen Naschereien, die sie am Vorabend auf dem Ball verzehrt hatte. Gewiss würde es davon im Schloss bald mehr geben. Zwar sah auch der Apfelkuchen zum Anbeißen aus, aber die kleinen Männer kamen gewiss nur selten in den Genuss von Backwaren.

Angespornt von der Selbstlosigkeit ihrer Schwester reichte auch Medea ihren Proviant den Zwergen. »Lasst es Euch schmecken.«

»Ihr seid beide sehr großzügig«, bedankten sich die Männer erfreut und machten sich sogleich über den Kuchen her.

Erst als sie alles bis auf den letzten Krümel verputzt hatten, streckten sie sich behaglich vor dem knisternden Kamin aus.

»Was macht Ihr zur Winterzeit allein im Wald?«, wollten sie neugierig wissen. »Der Schnee ist reichlich und die Nacht naht bereits.«

»Wir sollen für die Königin Erdbeeren pflücken«, erzählte Heera spöttisch und brachte dadurch zum Ausdruck, wie absurd sie diese Prüfung fand.

»Wenn wir ohne welche zurückkehren, werden wir jede Chance auf den Prinzen verlieren«, seufzte Medea dagegen. »Liebe Zwerge, wisst Ihr Rat?«

Die Zwerge deuteten auf drei Besen in der Ecke der Stube und antworteten zu Heeras Erstaunen: »Kehrt damit an der Hintertür den Schnee weg und wir wollen Euch helfen.«

Verwundert sahen die Schwestern einander an, erhoben sich und traten vor die Tür. Auch ohne eine Gegenleistung hätten sie den Zwergen geholfen, so hatten ihre Eltern sie erzogen.

Der Wind blies kalt in ihre Gesichter und ließ sie frösteln. Trotzdem begaben sie sich an die Arbeit. Als die erste Schicht Schnee fortgekehrt war, kamen lauter reife Erdbeeren zum Vorschein, die dunkelrot aus der weißen Eisdecke hervorguckten.

Medea stieß einen Freudenschrei aus und begann eilig die Erdbeeren einzusammeln. Sie erstarrte, als sie sah, was Heera stattdessen tat. Sie steckte sich eine Beere nach der anderen in den eigenen Mund.

»Was um Himmels willen tust du da?«, rief Medea entsetzt.

»Die Erdbeeren sind köstlich«, erwiderte Heera ungerührt und hielt ihrer Schwester eine entgegen. »Willst du auch?«

»Wir sollen der Königin Erdbeeren bringen und uns nicht selbst den Bauch vollschlagen!«

»Wenn die Königin Erdbeeren will, dann soll sie sich selbst welche pflücken gehen«, entgegnete Heera achtlos. »Ich werde ihr gerne den Weg verraten.« Purer Trotz schwang in ihrer Stimme mit.

Medea fand das überhaupt nicht lustig. »Warum musst du so sein?«

»Wie sein? Ehrlich?«, konterte Heera unbeirrt.

»Wenn es nur um dich ginge, könntest du tun, was dir beliebt. Aber du blamierst mich mit, ist dir das nicht bewusst? Alles, was du tust, fällt auf mich zurück.« Sie war der Verzweiflung nahe, und Tränen schimmerten in ihren Augen.

Ihr Vorwurf traf Heera mit voller Härte. »Hast du mich deshalb am Morgen ignoriert?«

»Ja und das werde ich auch weiterhin tun«, beteuerte Medea. »Ich will nicht mit deinem schlechten Benehmen in Verbindung gebracht werden. Vielleicht ist dir der Prinz gleichgültig, aber mir ist wichtig, was er von mir hält. Du weißt, dass ich seit jeher für ihn schwärme und davon träume, ihn zu heiraten. Bitte mach mir das nicht kaputt!«

Medea zu verletzen, war das Letzte, was Heera wollte. Ganz im Gegenteil: Sie wollte immer nur ihr Bestes.

Auch wenn sie es nicht gern zugab, musste sie sich eingestehen, dass Medea mit ihren Anschuldigungen nicht unrecht haben könnte. »Beruhige dich, ich werde niemandem sagen, dass wir die Erdbeeren zusammen gefunden haben. Du wirst das Lob kassieren, und wenn wir Glück haben, schickt der Prinz mich endlich nach Hause«, meinte sie versöhnlich.

Medea warf ihr einen strafenden Blick zu, nickte dann aber wohlwollend. »Ich verstehe ohnehin nicht, was er an dir findet.«

»Da sind wir schon zwei«, stimmte Heera ihr mit schiefem Grinsen zu.

15

Lean

Prinz Lean saß auf dem Thron, hinter ihm standen seine Mutter und sein Vater. Seit einer Stunde warteten sie auf die Rückkehr der Kandidatinnen.

Agnes war die Erste, die den Saal betrat. Schneeflocken hingen in ihrem glatten Haar, doch ihre Haut war so makellos und rein, als hätte sie den Tag im Warmen und nicht in der eisigen Kälte verbracht. In der Hand hielt sie einen Korb, der mit einem Tuch abgedeckt war.

Sie verneigte sich, ohne den Blick zu senken, vor der königlichen Familie.

»Willkommen zurück, Agnes«, begrüßte Lean sie und versuchte zu erkennen, ob der Korb gefüllt oder leer war.

Sie war eine jener Bewerberinnen, bei denen er die Hand dafür ins Feuer gelegt hätte, dass sie unerledigter Dinge zurückkommen würden.

Doch Agnes erhob sich und schritt der Königin mit einem stolzen Lächeln auf den Lippen entgegen. Erst als sie vor dieser angekommen war, lüftete sie schwungvoll das rote Tuch, und zum Vorschein kam ein Korb voller großer, saftiger Erdbeeren, den sie Niobe überreichte.

Die Königin lächelte gütig. »Ich danke dir.«

Agnes trat zurück, schenkte dem Prinzen ein verführerisches Lächeln und trat aus dem Saal.

Lean wusste nicht, was er von ihr halten sollte. Sie war die größte der Kandidatinnen und von einer kühlen Schönheit. Auf ihn machte sie sowohl einen unnahbaren als auch einen geheimnisvollen Eindruck. Sie weckte seine Neugier, stieß ihn aber gleichzeitig durch ihre scheinbare Kälte ab. Vielleicht hatte er sich in ihr getäuscht, wie sonst hätte sie die Prüfung bestehen sollen?

Als Nächstes trafen Selene, Lenja, Celestia und Jone beinahe zeitgleich ein. Keines der vier Mädchen hatte Erdbeeren gefunden, worüber alle vier sichtlich traurig waren.

Lean taten sie leid, aber er bedauerte ihr Versagen nicht. Er hatte keine von ihnen bisher näher kennengelernt. Sie schienen ihm alle, abgesehen von ihrem hübschen Erscheinungsbild, recht unscheinbar.

Erina betrat vor Kälte zitternd den Saal. Ihre Wangen waren beinahe so rot wie ihr Haar, aber sie war nicht mit leeren Händen gekommen und überreichte Niobe mit scheuem Lächeln die verlangten Erdbeeren.

Die Königin küsste sie dafür liebevoll auf die Wange.

Lean war nicht entgangen, dass seine Mutter Gefallen an dem schüchternen Mädchen gefunden hatte. Erina war erst die Zweite und bisher lag er mit seiner Wette, dass es nur drei schaffen würden, nicht schlecht.

Die Nächste war Daphne. Sobald sie den Raum betrat, wusste Lean bereits, dass sie gescheitert war. Ihre Wut war unübersehbar. Trotzdem zeigte sie ihnen den leeren Korb.

»Hat überhaupt irgendjemand die Prüfung bestanden?«, fragte sie argwöhnisch.

»Bereits zwei Mädchen sind mit vollen Körben zurückgekommen«, erwiderte Niobe süffisant.

Daphne riss ungläubig die Augen auf. »Aber wie haben sie das geschafft? Im ganzen Wald liegt Schnee, und der Boden ist gefroren!«

»Vielleicht haben sie gründlicher gesucht als du.« Lean grinste sie frech an. Er freute sich über ihren Zorn, das machte sie menschlicher und zeigte ihm ihren Ehrgeiz.

»Unmöglich«, stieß Daphne aus. »Da muss ein Zauber am Werk sein!«

Lean konnte seiner Mutter ansehen, dass ihr Daphnes aufgebrachte Art überhaupt nicht zusagte. »Mäßige dich!«, verlangte Niobe. »Es hat dich nicht zu interessieren, auf welche Weise die anderen ihre Prüfung gemeistert haben. Gib dir beim nächsten Mal mehr Mühe!«

Daphne presste die Lippen fest aufeinander. Tränen der Wut funkelten in ihren Augen, als sie den Saal verließ.

Nach ihr traten Medea und Heera gemeinsam ein. Während Medea aufrecht und mit strahlendem Lächeln auf den Prinzen zuschritt, ließ Heera die Schultern hängen und sah nicht einmal auf. Beide verneigten sich vor der Königsfamilie, doch nur Medea übergab der Königin einen Korb mit reifen Erdbeeren.

Gewiss fühlte sich die Königin nun in ihrer Sicht über Heera bestätigt, doch Lean konnte sich nicht vorstellen, dass es ausgerechnet der mutigsten Kandidatin nicht gelungen sein sollte, die Beeren zu pflücken.

»Habt ihr euch nicht zusammen auf die Suche begeben?«, fragte er perplex.

Die Schwestern sahen einander an, aber schüttelten dann beide den Kopf. Keine von ihnen konnte ihm jedoch dabei in die Augen blicken.

»Ich bin sicher, wir wurden beide euren Erwartungen gerecht«, entgegnete Heera mit ausdrucksloser Stimme und gesenktem Haupt, ganz untypisch für sie.

»In der Tat«, stimmte Niobe ihr zu.

»Vielleicht solltest du mich nach Hause schicken«, richtete Heera das Wort an Lean, ohne ihn anzusehen. »Es scheint mir, dass ich nicht hierher passe.«

Lean war überrascht und zugleich geschockt von ihrem Vorschlag, der seiner Mutter gelegen kam.

»Wir werden darüber beraten«, versicherte ihr die Königin, als Lean sie wortlos anstarrte.

Das hatte er nicht erwartet. Ausgerechnet Heera gab nun freiwillig auf? Warum hatte sie sich dann überhaupt beworben? Es schien ihm eher, als hätte das Mädchen nicht einmal angefangen zu kämpfen. Irgendetwas musste im Wald passiert sein und er würde herausfinden, was es war.

Außer Agnes, Erina und Medea gelang es auch Phoibe, Xenia und Acelya, die Erdbeeren zu finden. Somit gewann sein Freund Silas die Wette. Lean hatte ihm dafür versprochen, ihn mit Daphne bekannt zu machen, auf die sein Freund schon von Beginn an ein Auge geworfen hatte.

16

Heera

Heera saß auf dem großen Himmelbett und kämmte sich gedankenverloren das lange Haar. Zu Hause hatten das immer Elena oder Medea für sie übernommen. Sie hatte sich stets dagegen gesträubt, aber jetzt vermisste sie die Nähe ihrer Schwestern.

Medea war nur ein Zimmer von ihr entfernt und erschien ihr trotzdem in weiter Ferne. Das Schloss und der protzende Luxus waren ihr von Beginn an unangenehm gewesen, aber sie hatte sich noch nie zuvor so einsam gefühlt.

Zumindest auf ihre Schwester hatte sie immer zählen können: Wegen ihr war sie überhaupt nur hier.

Auch wenn es sie verletzte, dass Medea sie nicht mehr in ihrer Nähe wollte, versuchte sie Verständnis für ihre Schwester aufzubringen. Die Schlossbewohner und Adligen tuschelten, wann immer Heera einen Raum betrat. Ihr machte dies nichts aus, es erfüllte sie sogar mit aufständischer Genugtuung, aber Medea schämte sich ihrer.

Zwar würde ihre Mutter über eine vorzeitige Rückkehr enttäuscht sein, aber es war Heera wichtiger, Medea glücklich zu sehen. Und wenn die Chancen für Medea, die Gunst des Prinzen zu ergattern, besser standen, indem Heera das Weite suchte, war sie nur zu gerne bereit dazu.

Ein unerwartetes Klopfen riss sie aus ihren trübsinnigen Gedanken. Überrascht schaute Heera auf.

Kam Medea, um sich bei ihr zu entschuldigen?

»Herein«, rief sie gespannt und reckte den Hals in Richtung der Tür, die sich nun mit einem leisen Knarren öffnete.

Prinz Lean betrat das Zimmer.

Heera musterte ihn mit großen Augen. »Was willst du denn hier?«

Unaufgefordert ließ er sich auf einem Stuhl nieder und betrachtete sie aufmerksam. Eine Kerze brannte neben ihrem Bett und spendete spärliches Licht. Heera verschränkte beschämt und trotzig zugleich die Arme vor der Brust. Sie trug nur ein Nachthemd.

»Entschuldige bitte die späte Störung«, setzte Lean höflich an. »Mir geht der heutige Tag nicht aus dem Kopf und ich möchte dich etwas fragen.«

Heera zuckte scheinbar desinteressiert die Schultern. In Wahrheit hatte der Prinz sie mit seinem Auftauchen völlig überrumpelt, damit hätte sie nie im Leben gerechnet. »Möchtest du, dass ich meine Koffer packe?«

»Nein«, erwiderte er etwas zu schnell und energisch, nur um dann in Schweigen zu verfallen. »Um ehrlich zu sein, Heera, fällt es mir schwer nachzuvollziehen, wie du diese Prüfung nicht erfüllen konntest. Hätte man mich zuvor gefragt, wer es schaffen würde, hätte ich auf dich gesetzt.«

Sein Geständnis machte sie sprachlos. Sie hatte immer angenommen, dass er sie genauso wenig leiden könnte wie sie ihn.

Als Lean ihre geweiteten Augen sah, begann er zu lachen. »Keine Sorge, das soll kein Liebesgeständnis werden. Ich nahm lediglich an, dass du dich im Wald am ehesten zurechtfinden würdest.«

Sie atmete erleichtert aus und konterte: »Wir wissen beide, dass Kenntnisse über die Begebenheiten des Waldes für diese Aufgabe nicht nötig waren. Niemand kennt den Wald besser als ich und seit meiner Kindheit bin ich nicht ein Mal auf die Hütte im Wald gestoßen. Woher kam diese so plötzlich?« In ihrer Stimme lag ehrliches Interesse.

»Ich bin der zukünftige König von Chóraleio. Zu meinem Königreich zählen nicht nur die Menschen, sondern auch die Zwerge, Nixen, Elfen und jedes andere magische Wesen. Ihnen ist ebenfalls daran gelegen, mich bei der Wahl der richtigen Braut zu unterstützen. Die Zwerge sollten euch auf Habgier testen. Hast du mit ihnen deinen Proviant geteilt?« Er hielt sie für respektlos und plump, aber nicht für egoistisch.

Heera rümpfte die Nase. »Ja.«

»Die Schwielen an deinen Händen lassen darauf schließen, dass dir körperliche Arbeit nicht fremd ist«, fuhr er fort, was ihm ein Schnauben ihrerseits einbrachte.

Sie verkniff es sich zu erwidern: *Anders als dir.*

Er fuhr unbeirrt fort. »Ich bin überzeugt davon, dass es für dich eine Leichtigkeit gewesen wäre, ein bisschen Schnee wegzukehren. Warum hast du es nicht getan?«

»Wer sagt denn, dass ich das nicht habe?«, konterte sie höhnisch.

Lean runzelte verwirrt die Stirn. »Aber dann musst du doch die Erdbeeren gefunden haben!«

Heera grinste ihn frech an. »Sie waren vorzüglich.«

Lean riss erst ungläubig die Augen auf, begann dann aber laut loszulachen. »Du hast sie selbst gegessen?« Er gluckste.

Sie mochte sein aufrichtiges Lachen. Nicht das charmante Grinsen, dass er für alle zur Schau trug und als Mittel zum Zweck einsetzte, sondern das Lachen, welches aus dem Bauch heraus kam, bis in seine Augen reichte und nicht zu kontrollieren war. Es machte ihn weniger königlich und mehr menschlich. Außerdem gelang es ihm immer wieder, sie mit seinen Reaktionen zu überraschen. Er verhielt sich meist anders, als sie es von ihm erwartete.

»Wenn deine Mutter mitten im Winter Erdbeeren haben möchte, soll sie sich selbst welche pflücken gehen. Außerdem bin ich sicher, dass Amphion ihr welche herbeizaubern könnte.«

»Das könnte er«, stimmte Lean zu. »Du hast einen guten Eindruck bei ihm hinterlassen.«

»Na wenigstens bei einem«, murmelte Heera, bevor sie über ihre Worte nachdenken konnte.

Kaum dass sie ausgesprochen waren, wurde Lean wieder ernst. »Warum hast du dich für mich beworben?«, fragte er sie geradeheraus. Die Frage schien er sich schon länger zu stellen, dabei empfand Heera die Antwort als offensichtlich.

Sie seufzte. Obwohl sie den Prinzen nicht leiden konnte, wollte sie ihn nicht belügen. Er sollte wissen, warum sie gekommen war und warum sie nun wieder gehen wollte. Die Wahrheit war sie ihm schuldig.

»Eigentlich wollte ich nur meine Schwester begleiten. Ich hätte nie erwartet, dass du mich erwählen würdest«, vertraute sie ihm an. »Als du es aber getan hast, blieb mir kaum etwas anderes übrig, als mich zu fügen.« Sie schlug beschämt die Augen nieder. »Hätte meine Mutter erfahren, dass ich mich geweigert habe, deine Einladung anzunehmen, dann hätte ich gar nicht mehr nach Hause zu kommen brauchen.« Ein Teil von ihr wünschte sich, dass er ihr erklären würde, warum er sich für sie entschieden hatte.

»Den Ärger einer Mutter sollte man besser nicht auf sich ziehen. Damit kenne ich mich aus«, feixte er.

Heera bezweifelte jedoch, dass er sie wirklich verstand. Wenn seine Mutter wütend auf ihn war, würde sie vielleicht eine Weile nicht mit ihm sprechen, aber mehr konnte ihm nicht geschehen. Für Heeras Familie hing von der Auswahl ein besseres Leben ab. Es wäre ihren Eltern schwergefallen zu akzeptieren, dass Heera eine solche Chance einfach vergab.

»Und warum möchtest du nun wieder gehen?«, hakte er weiter nach.

Heera zuckte mit den Schultern. »Zumindest könnten meine Eltern mir nun nicht mehr vorwerfen, es nicht wenigstens versucht zu haben.« Das war nicht der einzige Grund. »Außerdem dachte ich, dass Medea jemanden brauchen würde, der sie beschützt, aber es hat sich herausgestellt, dass sie besser ohne mich zurechtkommt. Ich stehe ihr nur im Weg.« Sie konnte das Bedauern in ihrer Stimme nicht verbergen.

»Du gibst ihretwegen auf?«

Heera lächelte unglücklich. »Seien wir doch ehrlich, ich wäre eine schreckliche Königin und eine noch schlimmere Ehefrau dazu. Wir würden beide unglücklich werden.«

Lean schien über ihre Worte nachzudenken, doch dann schüttelte er den Kopf. »Ich glaube, dass mehr in dir steckt als die Rebellin. Vielleicht könntest du versuchen, in mir mehr als einen hochnäsigen und verwöhnten Prinzen zu sehen?«

Ein schwaches Lächeln huschte bei seinen Worten über ihre Lippen. Er schien ihre Gedanken gelesen zu haben.

»Wenn du eine gute Braut finden möchtest, solltest du Medea wählen. Sie himmelt dich an, seitdem sie auf der Welt ist.«

Lean schmunzelte über ihre Äußerung, ging jedoch nicht weiter darauf ein, stattdessen beugte er sich vertraulich näher zu Heera. »Soll ich dir etwas verraten?«

Das flackernde Licht der Kerze spiegelte sich in seinen dunklen Augen.

Sie hatte keine Idee, was er ihr anvertrauen könnte, und nickte neugierig.

»Ich will eigentlich gar nicht heiraten.«

Ungläubig und mit großen Augen sah sie ihn an. Sie hatte angenommen, dass er es kaum erwarten könnte, den Thron zu besteigen, und die erste Hürde dafür war nun mal, eine Braut zu finden und diese zu heiraten.

Als sie nichts sagte, fuhr Lean fort: »Mein Vater ist ein guter König. Ich hätte nichts dagegen, wenn er das noch einige Zeit bleiben würde, aber meine Eltern und auch das Volk erwarten, dass ich bald seinen Platz einnehme. Jeder in Chóraleio freut sich auf das große Hochzeitsfest und ich bin es dem Volk schuldig, ihm eine Königin zu geben, die es verdient, und das ist nur die Beste. Es liegt an mir, diese zu finden.«

Nachdenklich beobachtete Heera sein Gesicht, während er sprach. Sie fühlte sich verantwortlich für ihre Familie. Lean musste sich nicht nur um eine Handvoll Menschen kümmern, sondern um viele Tausende. Er schien das Beste für das Volk zu wollen, dabei hatte sie immer angenommen, dass ihm alles, was sich außerhalb des Schlosses ereignete, gleichgültig wäre.

Es musste schwer sein, nicht über sein Leben frei entscheiden zu können, sondern immer nur den Erwartungen der anderen gerecht zu werden. Sein ganzes Leben wurde bereits für ihn geplant und er hatte sich zu fügen, ob er nun wollte oder nicht.

Sie hätte nie erwartet, dass sie mal so etwas wie Mitleid mit einem Prinzen empfinden würde.

Lean erhob sich von seinem Stuhl. »Ich lasse dich jetzt wieder alleine. Danke für deine Ehrlichkeit, aber ich wünschte, du gäbst mir doch noch eine Chance.«

Sie begann leise zu kichern.

Lean sah irritiert zu ihr hinab. »Worüber lachst du?«

»So wie du sprichst, könnte man meinen, unsere Rollen wären vertauscht und *ich* hätte eine Wahl, dabei solltest *du* doch derjenige sein, der die Entscheidungen trifft.«

Lean erwiderte ihr Grinsen. »Das ist der Grund, warum ich mich für dich entschieden habe. Es ist leicht, jemanden für sich zu gewinnen, der ohnehin für einen schwärmt. Aber du bist wie eine Prüfung, deren Ausgang stets ungewiss ist.«

Für einen kurzen Moment sahen sie einander in die Augen in stillem Einverständnis.

Beinahe nervös strich sich Lean die braunen Haare aus dem Gesicht und trat zurück. »Gute Nacht, Heera.«

»Gute Nacht, Lean«, murmelte sie gedankenverloren, als er ging.

Erst als die Tür ins Schloss gefallen war, fiel ihr auf, dass sie zum ersten Mal ein normales Gespräch mit Lean geführt hatte. Sie hatten sich unterhalten, ohne einander zu beleidigen oder mit Vorurteilen zu bombardieren.

Wenn sie zu sich selbst ehrlich war, musste sie sich eingestehen, dass er vielleicht doch nicht der arrogante Kerl war, für den sie ihn gehalten hatte. Vielleicht würde er ihre Schwester tatsächlich glücklich machen.

Ein wahrer Prinz
zeichnet sich nicht durch seine
Geburt,
sondern durch seine Taten aus.

17

Heera

Als Heera am nächsten Morgen den Frühstückssaal betrat, reagierten die anderen Mädchen noch feindseliger auf sie als am Vortag. Eilig blickte sie zu der Wand, an der noch dieselbe Rangliste der Kandidatinnen wie vom Vortag hing. Nichts hatte sich daran verändert.

Verunsichert ließ sie sich am Ende des Tisches neben Erina nieder, die ihr ein scheues Lächeln schenkte.

Als Heera die Ungewissheit nicht länger ertrug, beugte sie sich zu ihr und flüsterte: »Weißt du, was ich verbrochen habe?«

Erina machte ein entschuldigendes Gesicht. »Du hattest Besuch vom Prinzen.«

Heera spürte, wie ihre Wangen zu glühen begannen. Sie hatte gehofft, dass niemand ihn gesehen hätte, aber im Schloss schienen überall Spitzel zu sitzen, die alles hörten und sahen. Es passierte nichts, ohne dass am nächsten Tag bereits jeder darüber Bescheid wusste.

»Ich wollte freiwillig aufgeben und er fragte lediglich, warum«, erklärte Heera beschämt.

Vermutlich kursierte nun das Gerücht, sie hätte auf unmoralische Weise versucht ihren Listenplatz zu verbessern. Nichts könnte Heera fernerliegen. Wer sie auch nur ein bisschen kannte, musste das wissen.

»Ich glaube dir«, zeigte Erina sich einfühlsam. »Aber die anderen behaupten, das sei nur eine Masche von dir, um dich interessanter zu machen.«

Heera schnappte empört nach Luft und suchte das Gesicht ihrer Schwester.

Doch Medea wandte ihr stur den Rücken zu, so als wäre Heera gar nicht da.

Glaubte sie das etwa auch? Das konnte unmöglich sein! Medea kannte sie bereits, seit sie auf der Welt war, und wusste, dass Heera nicht der Typ Mädchen war, das sich Männern an den Hals warf – Prinz hin oder her. Sie hatte ihr schon mehr als einmal deutlich gemacht, dass sie kein Interesse an Lean hatte.

Erina entging nicht, wie aufgebracht und verletzt Heera reagierte, und versuchte sie mit einem sanften Lächeln zu beruhigen. »Ich glaube, du bist die Einzige, die dem Prinzen nicht etwas vorspielt. Die anderen verstellen sich doch alle, nur um ihm zu gefallen.«

»Verstellst du dich auch?«, hakte Heera interessiert nach.

Erina schüttelte betrübt den Kopf. »Nein, aber ich bin so schüchtern, dass ich in seiner Gegenwart kein Wort herausbekomme. Er wird sich niemals in mich verlieben.«

Wie bereits am Vortag betrat der Prinz unangekündigt den Saal und verneigte sich zur Begrüßung. »Guten Morgen, die Damen.«

»Guten Morgen, Prinz Lean«, flöteten sie im Chor zurück. Er schritt, ohne zu zögern, auf das Ende des Tisches zu.

Heeras Herz begann heftig zu klopfen. Schickte er sie nun nach Hause?

Doch anstatt sie zu beachten, hielt er Erina einladend seine Hand entgegen. »Erina, ich halte meine Versprechen. Deshalb erweise mir bitte die Ehre und verbringe den Tag mit mir.«

Erina errötete so sehr, dass ihr Gesicht beinahe dieselbe Farbe wie ihr Haar annahm. Eilig nickte sie und legte ihre zierliche Hand in die des Prinzen. Aus ihrem Mund entwich ein schwaches, nicht deutbares Piepsen. Aber das Strahlen ihrer Augen verriet mehr als tausend Worte.

Als sie mit ihm den Raum verließ und erneut das Geläster laut wurde, konnte Heera den Gedanken, dass Erina vielleicht die bessere Braut als ihre Schwester wäre, nicht abschütteln. Sie wirkte nett, ehrlich und selbstlos. Medea hingegen wurde mit jedem Tag im Schloss hochnäsiger.

Heera schob ihren Stuhl zurück und verließ den Saal. Sie ertrug die Anwesenheit der anderen nicht länger. Es gab im Schloss keinen Ort, an den sie sich zurückziehen konnte. Gleichzeitig durfte sie das Schloss nicht verlassen.

Sie fühlte sich wie eine Gefangene. Fast beneidete sie Erina um die Gelegenheit, den Mauern entkommen zu können und mal etwas anderes zu sehen.

18

Lean

Lean wartete in einer Kutsche auf Erina. Er musste sich selbst eingestehen, dass er tatsächlich nervös war. Es war nicht nur der erste Tag, den er mit einer der Kandidatinnen allein verbringen würde, sondern auch der erste Tag überhaupt, den er mit einem Mädchen verbrachte.

Wenn er hätte wählen können, hätte er sich vermutlich für jemand anderen als Erina entschieden. Sie war verschwiegen und scheu, sodass es schwer werden würde, ein Gespräch mit ihr zu führen, aber sie war ihm zumindest lieber als Agnes, in deren Gegenwart er sich beinahe fürchtete. Es war ihm weiterhin ein Rätsel, wie gerade sie die Erdbeeren hatte finden können.

Erwartungsvoll hob er den Kopf, als eine Person das Schloss verließ, doch es war nicht Erina, sondern seine Mutter, die ihm eilig entgegenlief. Ungehalten riss sie die Tür auf und stieg ins Innere. Sie war außer Puste und offenbar in Sorge, doch Lean konnte sich nicht erklären, was der Grund dafür sein könnte.

»Wolltest du uns etwa begleiten?«, zog er seine Mutter frech wie eh und je auf.

Aber ihr war nicht zum Spaßen zumute und sie funkelte ihn strafend an. »Dachtest du etwa, ich würde es nicht erfahren?«

»Wovon sprichst du?« Er war wirklich ratlos, was sie meinen könnte.

»Du warst gestern Abend bei diesem schrecklichen Mädchen«, stieß sie vorwurfsvoll aus. »Allein!«

»Heera?«, fragte Lean lachend. Ihm war schleierhaft, worauf sie hinauswollte. »Na und? Was hätte schon passieren können?«

»Was, wenn sie die Situation ausgenutzt hätte, um dir näherzukommen? Du hast dich doch nicht etwa von ihr küssen lassen?«

Lean starrte sie erst ungläubig an und brach dann in lautes Gelächter aus. Tränen standen ihm in den Augen, so absurd erschien ihm die Sorge seiner Mutter. »Heera würde mich niemals küssen! Lieber würde sie einen Frosch küssen.«

Je mehr er lachte, umso wütender wurde Niobe. »Und was ist mit dir? Ich weiß, dir gefällt ihr ungehaltenes Benehmen!«

»Heera zu küssen, wäre, wie Silas oder Yanis zu küssen«, behauptete Lean und verzog angewidert den Mund. In Wahrheit war ihm bisher nicht einmal der Gedanke gekommen.

Niobes besorgtes Gesicht glättete sich etwas und sie musterte ihren Sohn misstrauisch. »Ich weiß, es ist sicher nicht leicht, im Alter von zwanzig Jahren noch ungeküsst zu sein. Deine Freunde sind dir einiges voraus und werden sicher nicht müde, dich damit aufzuziehen, aber du musst darüberstehen. Nicht mehr lange und du wirst all ihre Erfahrungen teilen können, aber nur mit der Richtigen. Das Mädchen …«

Lean unterbrach sie genervt. Es war ihm peinlich und unangenehm, mit seiner Mutter über Liebesdinge zu reden. »Ja, ich weiß, Mutter«, stöhnte er.

In Wahrheit war er nicht einmal der Einzige seiner Freunde, der noch ungeküsst war. Amphion ging es nicht anders. Das war einer der Gründe, warum Lean seinen Freund so schätzte. Sie teilten ihr Leid miteinander, auch wenn Amphion andere Gründe hatte als er selbst.

Es war albern, aber der König und die Königin bestanden darauf, dass er die Tradition aufrechterhalten und ungeküsst in die Ehe gehen würde. Um seine Tugend zu wahren, hatten sie bisher immer zu verhindern gewusst, dass er je mit einem Mädchen allein war. Doch die Auswahl verlangte es, dass er seine Kandidatinnen besser kennenlernte. Wie sollte er sonst eine Entscheidung fällen?

Niobe strich ihm versöhnlich über die Wange. »Ich mache mir nur Sorgen um dich. Versprich mir, dass du vorsichtig sein wirst! Es ist noch zu früh, um zu wissen, welche Mädchen es ehrlich mit dir meinen.«

»Ich verspreche es«, erwiderte Lean gutmütig.

»Bleib mit Erina bitte immer unter Leuten. Nur wenn ihr alleine seid, könnte es zu einem Kuss kommen.«

Lean schüttelte sowohl verlegen als auch ärgerlich den Kopf. »Es wird zu keinem Kuss kommen!«

Er glaubte nun auch zu wissen, warum sie Erina am meisten mochte. Diese war so schüchtern, dass sie es niemals wagen würde, ihn zu küssen.

Die Königin verabschiedete sich und stieg aus der Kutsche.

Kurze Zeit später trat Erina aus dem Schloss. Der Wind zerrte an ihrem gewellten Haar. Sie trug ein Kleid aus hellblauer Seide und einen weißen Pelzmantel.

Er reichte ihr seine Hand, um sie in die Kutsche zu geleiten. Sie schenkte ihm ein scheues Lächeln. Kaum dass die Tür sich hinter ihnen schloss, schnalzte der Kutscher mit der Zunge, und die Pferde liefen los.

Als Erina nichts sagte, begann Lean: »Wir verbringen den Tag heute außerhalb des Schlosses bei einer befreundeten Adelsfamilie. Sie haben ein wundervolles Anwesen im Grünen und sind alle schon unglaublich gespannt darauf, dich kennenzulernen.«

Erina nickte eilig, doch Lean konnte sehen, wie die Farbe aus ihren geröteten Wangen wich. Vielleicht hätte er ihr lieber nicht sagen sollen, dass alle Augen sich nur auf sie richten würden. Er kannte es nicht anders, doch für jedes der erwählten Mädchen musste es einschüchternd sein. Sie kamen alle aus gewöhnlichen bis armen Verhältnissen.

»Wie verbringst du normalerweise deine Tage?«, fragte er sie neugierig.

Erina starrte ihn erschrocken an. Als sie ihm antwortete, blickte sie aus dem Fenster. »Ich verkaufe Schwefelhölzer«, sagte sie mit leiser, hoher Stimme.

Lean bezweifelte, dass sich damit genug verdienen ließ, um davon zu leben. »Und deine Eltern?«

Sie richtete ihre grünen Augen auf ihn, die ihn an einen verwunschenen Weiher im Wald erinnerten. »Beide tot.«

Eine Woge des Mitleids überkam ihn. »Das tut mir leid.«

Vermutlich legte sie ihre ganze Hoffnung in die Auswahl.

»Hast du Geschwister?«, fragte er weiter, woraufhin sie den Kopf schüttelte. Sie war völlig allein auf der Welt. Er konnte sich kaum vorstellen, dass eines der anderen Mädchen es noch schwerer haben könnte als sie.

»Wo wohnst du denn?«

Sie blickte beschämt auf ihre Hände. »Wenn ich genug verdient habe, kann ich mir ein Zimmer im Armenhaus leisten.«

Lean traute sich fast gar nicht zu fragen, aber seine Neugier war doch größer: »Und wenn nicht?«

Sie zuckte mit den Schultern.

Das war Antwort genug. Wenn nicht, schlief sie im Freien und das mitten im Winter. Er wusste nicht, wie lange ihre Eltern bereits tot waren, denn es erschien ihm unmöglich, mehr als einen Winter ohne Dach über dem Kopf zu überleben. Ihre Wahl, sich einen Tag mit ihm zu wünschen, kam ihm nicht mehr verträumt, sondern beinahe dumm vor. Sie hätte sich so viel Sinnvolleres wünschen können, aber sie hatte ihn gewählt.

»Warum hast du dir von mir nicht ein Haus gewünscht?«, wollte er von ihr wissen und konnte sein Unverständnis nicht verbergen.

»Ich habe meine Hoffnungen auf Euch gesetzt, mein Prinz.« Sie sah ihm fest in die Augen, ließ ihn spüren, wie ernst ihr die Auswahl war.

Lean wurde es schwer ums Herz. Er hatte bisher nicht einmal in Betracht gezogen, Erina zu heiraten. Sie war hübsch, aber das waren alle Mädchen. Er erkannte, dass es für viele von ihnen nicht nur um den Titel als Königin ging, sondern auch ums blanke Überleben.

Er wünschte sich eine Braut, die sich für ihn und nicht für seinen Status oder seinen Reichtum interessierte, aber er konnte Erina nicht verübeln, dass sie ihre Chance auf ein besseres Leben ergriffen hatte.

Selbst wenn er sie nicht heiratete, würde sie als Kandidatin der Auswahl gute Chancen auf dem Heiratsmarkt haben. Es gab viele Männer, die eine schweigsame Frau bevorzugen würden.

Die restliche Fahrt schauten sie beide aus dem Fenster. Die weiße Winterlandschaft zog an ihnen vorüber. Als sie das Anwesen erreichten, fielen dicke Schneeflocken vom Himmel. Die Adligen standen bereits neugierig vor dem Gebäude, um sie in Empfang zu nehmen und den ersten Blick auf Erina zu erhaschen.

Lean stieg als Erstes aus der Kutsche und half seiner Erwählten heraus. In ihren Augen lag Furcht. Sie machte einen so erbärmlichen Eindruck, dass Lean es bereute, sich nicht etwas anderes für sie überlegt zu haben.

Er hatte gedacht, ein Tag unter Menschen würde sie aus der Reserve locken. Anstatt ihre Hand loszulassen, drückte er sie aufmunternd und zog Erina mit sich zu den Gastgebern. Neben der Adelsfamilie waren noch weitere Gäste anwesend. Es waren fünfzehn an der Zahl, die sich nun alle vor ihm verneigten.

»Genug«, entschied Lean sogleich, und alle richteten sich wieder auf. Er hatte schon von Herrschern gehört, die ihre Untergebenen minutenlang so stehen ließen, nur um ihre Macht zu demonstrieren. Aber ihm war diese Etikette unangenehm, ganz besonders vor Erina. Sie sollte ihn nicht für arrogant halten.

»Prinz Lean, es ist uns eine große Ehre«, verkündete der Hausherr.

»Baron Loradios, darf ich euch meine reizende Begleitung vorstellen? Das ist Erina.« Er ließ ihre Hand los und schob Erina leicht vor sich.

Der Baron bedachte sie mit einem höflichen Lächeln. »Eine wahre Schönheit!«, verkündete er und küsste ihr die Hand, woraufhin das Mädchen errötet die Wimpern niederschlug.

In Erinas rotem Haar hatten sich Schneeflocken verfangen und ihre Haut war beinahe so weiß wie der Schnee. Sie hatte nie schöner ausgesehen.

»Und so bescheiden!«, rief die Frau des Barons begeistert aus. Es ertönte zustimmendes Gemurmel der Gäste.

Lean wusste jedoch, dass sie auf dieselbe Weise reagiert hätten, wenn er eine Sau mitgebracht und sie ihnen als Kandidatin vorgestellt hätte. Oft genoss er die Gesellschaft des einfachen Volkes mehr als die der Adligen, die ihm tagein, tagaus Honig ums Maul schmierten.

Sie wurden ins Haus geführt. Im Speisezimmer erwartete sie eine festlich gedeckte Tafel. Ein Feuer brannte im Kamin, und große Fenster gaben den Blick auf das umliegende weiße Land frei.

Der Prinz nahm am Kopf des Tisches Platz. Erina setzte sich zu seiner Linken und Loradios zu seiner Rechten. Die Dienstmägde verteilten dampfenden Glühwein an die Gäste. Erina nippte schüchtern an ihrer Tasse und schien es nicht zu wagen, jemanden anzusehen.

Als die Vorspeise aufgetischt wurde, lenkte der Baron erneut das Gespräch auf die anwesende Kandidatin. »Prinz, verratet mir, warum habt Ihr Euch für Erina entschieden?«

Alle Anwesenden verstummten und erwarteten gespannt seine Antwort – einschließlich Erina.

Lean lächelte sie an. »Sie hat die schönsten Augen von allen«, verkündete er, woraufhin die Gäste eilig nickten und ihre Zustimmung kundtaten, obwohl ihr bisher sicher keiner von ihnen in die Augen geblickt hatte.

Erina erwiderte scheu sein Lächeln. Er konnte sehen, wie viel ihr sein Kompliment bedeutete. Jedes Wort von ihm wurde auf die Goldwaage gelegt. Er hatte nicht nur Macht, sondern auch Verantwortung.

Für den Hauptgang hatte der Baron keine Kosten und Mühen gespart und ließ neben einem Fasan auch Austern auftischen. Die Mägde luden jedem Gast direkt drei auf den Teller. Erst als alle zu essen begannen, bemerkte Lean, wie Erina ungläubig auf ihre

Speise hinabblickte. Sie betrachtete die Austern, als wären es krabbelnde Insekten.

Lean ahnte, dass sie noch nie zuvor Austern probiert hatte. »Schmeckt wie Meerwasser«, raunte er ihr schmunzelnd zu und schlürfte eine der Muscheln vor ihren Augen leer. Er mochte Austern selbst nicht, aber sie gehörten zur feinen Gesellschaft und er war mit ihnen groß geworden.

Erina tat es ihm nach, doch sobald sie schluckte, verzog sie angewidert das Gesicht. Ein paar Plätze weiter erklang verhaltenes Gelächter.

»Du brauchst sie nicht zu essen, wenn du sie nicht magst«, versicherte er ihr.

Aber Erina schüttelte den Kopf. Sie wollte nicht unhöflich sein. »Ich habe mich nur über den Geschmack erschrocken. Sie sind wirklich sehr lecker.«

Auch wenn die Auster ihr sichtlich nicht geschmeckt hatte, leerte sie auch die restlichen beiden Muschelhälften aus Höflichkeit. Dabei hatte sie ihre Mimik besser unter Kontrolle.

Danach wurde der Fasan angeschnitten und von den Mägden verteilt. Obwohl Wein in Strömen floss, war der Tag noch nicht weit genug fortgeschritten, um die guten Manieren zu vergessen. Alle griffen zu Messer und Gabel und begannen das Fleisch von den Knochen zu lösen.

Nur Erina tat sich schwer. Jetzt, da Lean Einblick in ihre Vergangenheit erhalten hatte, konnte er sich vorstellen, dass sie zuvor nie mit einem Messer gegessen hatte. Wahrscheinlich war sie es gewohnt, ihre Finger oder einen Löffel zu benutzen. Er wusste, dass in den Dorfschenken Messer nicht einmal zum Essen gereicht wurden, da sonst die Gefahr bestand, dass die Gäste sich im Streit gegenseitig die Augen ausstachen. Überall, wo Bier floss, war der Gewaltpegel sehr hoch.

Sie wusste nicht, wie sie das Messer halten sollte, und quälte sich mit dem Fleisch ab.

Es war so auffällig, dass selbst Lean bemerkte, wie die anderen Gäste Erina betrachteten: gehässig und herablassend. *Seht, das arme Bettelmädchen weiß nicht einmal, wie man ein Messer hält!*

Die adligen Damen waren die Schlimmsten. Gelockert vom Wein zeigten sie sogar auf Erina.

Lean hatte sich noch nie so sehr für seine Bekannten geschämt. Mit einem Ruck rammte er sein Messer in den Tisch, woraufhin ihn alle erschrocken anstarrten. Seine Gabel ließ er zu Boden fallen.

Mit beiden Händen griff er nach dem Fasanenstück, das auf seinem Teller lag, und biss davon ab. Fett lief über sein Kinn und tropfte auf sein purpurnes Hemd.

»Köstlich!«, lobte er den Braten. »Fasan sollte nur mit den Händen gegessen werden, nur so breitet sich der Geschmack völlig aus.«

Loradios legte sein Besteck ebenfalls zur Seite und tat es dem Prinzen gleich. Ihm folgten alle Gäste. Mit spitzen Fingern hielten die Damen das Fleisch zwischen den Händen und tupften sich nach jedem Bissen mit der Serviette den Mund ab.

Lean wünschte sich, es wäre ein Maler da gewesen, der dieses Bild für die Ewigkeit hätte einfangen können.

Erina schenkte ihm ein dankbares Lächeln. Wärme und Zuneigung lagen in ihrem Blick, und zum ersten Mal wurde Lean bewusst, dass er wirklich Herzen brechen würde.

Als Erina am Abend mit geröteten Wangen, einem glücklichen Lächeln und strahlenden Augen in das Schloss zurückkehrte, erwarteten die anderen Kandidatinnen sie bereits ungeduldig.

Es hatte etwas von Greifvögeln, die sich auf ihre Beute stürzten.

»Wie war es? Was habt ihr unternommen?«, fragte Daphne als Erste.

»Er hat mich einer Adelsfamilie vorgestellt«, antwortete Erina schüchtern. Ihr war es sichtlich unangenehm, im Mittelpunkt zu stehen.

»Habt ihr auch getanzt?«, wollte Xenia wissen.

»Nein.«

»Hat er deine Hand gehalten?«, erkundigte sich Medea.

Erina errötete. »Ja.«

»Hast du ihn geküsst?«, fragte Phoibe neugierig.

»Nein«, entgegnete Erina entrüstet.

Agnes rümpfte die Nase. »Also ich hätte nicht gezögert!«

»Ich auch nicht.« Daphne kicherte.

Die Mädchen zogen sich zurück. Sie hatten erfahren, was sie wissen wollten.

Nur Heera blieb und ging Erina entgegen. »War es schön?«

»Ja, sehr.« Sie lächelte verträumt. »Der Prinz ist nicht nur gut aussehend, er hat auch ein großes und gütiges Herz.« Sie erzählte Heera, was beim Essen vorgefallen war und wie Lean sich für sie eingesetzt hatte. Heera hätte ihm so ein mitfühlendes Verhalten gar nicht zugetraut.

Welches der Mädchen würde als Nächstes einen Tag mit ihm verbringen dürfen?

Fällt vom Himmel der Schnee nieder,
verstummt die Stimme der Habgier.

Der Wind weht und der Regen rinnt.
Das Feuer brennt und das Wasser fließt.

Erst wenn du die Worte kennst,
kehrt die Gabe wieder.

19

Heera

Die Erwählten wurden noch vor dem Frühstück in den Thronsaal gerufen. Der Prinz wollte etwas verkünden, was bei den Mädchen sichtlich für Aufruhr sorgte. Sie rechneten bereits mit dem Schlimmsten. Es war allseits bekannt, dass nicht zwölf von ihnen bis zum Ende bleiben durften.

Nach und nach würde der Prinz immer mehr von ihnen aussortieren, sodass am Ende nur noch eine Handvoll übrig blieb, von denen dann lediglich drei die nächste Runde erreichen würden, um gegen die Prinzessinnen aus den vier Himmelsrichtungen anzutreten.

Besonders jene Erwählten, welche die vorangegangene Prüfung nicht bestanden hatten, fürchteten sich vor der ersten Auswahl des Prinzen.

Mit sorgenvollen Gesichtern betraten sie den Thronsaal, in dem bereits der gesamte Hofstaat sowie die königliche Familie versammelt waren.

Erst als alle da waren, erhob sich Lean von seinem Thron. Er knetete nervös die Hände und machte einen nicht ganz so selbstbewussten Eindruck, wie alle es von ihm gewohnt waren. Selbst seine Eltern wirkten ahnungslos, wie sie Lean voller Neugier musterten.

»Lieber Hofstaat, liebe Freunde«, eröffnete Lean seine Rede und sah sich nach seinen Erwählten um, »liebe Damen.«

Er schenkte ihnen ein warmherziges Lächeln, und sein Blick verweilte auf Erina, bevor er fortfuhr: »Ich habe immer geglaubt, dass ich alles über unser wunderschönes Chóraleio wüsste, doch gestern ist mir bewusst geworden, dass es viele Missstände gibt, die ich als König verbessern sollte.« Er sah zu seinen Eltern. »Mein werter Vater pflegt stets zu sagen, dass das Wohl des Volkes für den König an erster Stelle stehen sollte. Deshalb habe ich beschlossen, in jeder Stadt des Reiches ein Armenhaus bauen oder ein Vorhandenes vergrößern zu lassen. Zudem werde ich die Pacht für die Häuser ab heute abschaffen. Menschen, die Hilfe bedürfen, sollen in jedem Armenhaus Zuflucht finden, ohne dafür zahlen zu müssen. Ein Dach über dem Kopf und ein Bett für die Nacht sind das Mindeste, was ich jedem Bürger meines Reiches schuldig bin. Außerdem werden die Armenhäuser jeden Abend eine warme Mahlzeit ausgeben …«

Ein kleiner Mann aus dem Hofstaat wedelte aufgeregt mit den Armen. »Prinz Lean, Eure Nächstenliebe in allen Ehren, aber wie sollen wir das finanzieren? Ihr streicht Einnahmen und erhöht zusätzlich die Ausgaben ins Unermessliche.«

Lean winkte den Einwand ab. »Die Vorratskammern sind gefüllt und das Gold klimpert in unserer Schatzkammer. Wir werden gewiss nicht verhungern.« Er hatte sich noch nie Gedanken um seine

Existenz machen müssen. Zudem gab es auch noch Amphion, der, sollte es einmal knapp werden, Gold herbeizaubern konnte.

Auch sein Vater schien sein Handeln für unüberlegt zu halten. »Mein lieber Sohn, falls du glaubst, dass unser Goldvorrat unerschöpflich sei, irrst du dich. Unser treuer Zauberer ist zu vielem fähig, aber auch seiner Magie sind Grenzen gesetzt. Solch eine wichtige Gesetzesänderung musst du zuvor mit mir besprechen …«

Lean fiel ihm ungehalten ins Wort. Er war entschlossen und würde sich von nichts und niemandem abbringen lassen. »Ich bin der zukünftige König von Chóraleio und es ist an der Zeit, dass ich Verantwortung für mich und mein Volk übernehme. Ich bin den Menschen unseres Reiches nicht nur eine würdige Braut schuldig, sondern auch einen würdigen König. Mein Entschluss steht und genauso wird es geschehen. Ich werde noch heute das Armenhaus der Stadt besichtigen, um mir selbst ein Bild davon zu machen, was verbessert werden muss.«

Weder der König noch der Schatzmeister wagten, ihm zu widersprechen.

Als Lean voller Tatendrang den Saal verließ, sah Heera ihm mit großen Augen hinterher. Sie war tatsächlich beeindruckt. Bisher hatte sie angenommen, dass ihm das Schicksal der Armen gleichgültig wäre, doch offenbar wusste er vieles nicht oder musste erst mit der Nase darauf gestoßen werden.

Sie konnte sich gut vorstellen, wer für seinen Sinneswandel verantwortlich war. Direkt neben ihr stand Erina, die verträumt lächelte.

Heera stupste sie leicht an. »Das ist dein Verdienst. Du tust ihm gut. Mit dir als Königin wäre Chóraleio vielleicht ein gerechter Ort.«

Erina strahlte sie an. »Glaubst du das wirklich?«

»Der Prinz ändert deinetwegen die Gesetze! Du musst ihn schwer beeindruckt haben«, redete Heera ihr gut zu und meinte es ehrlich.

Medea würde, so wie sie sich zurzeit benahm, vermutlich nur dafür sorgen, dass noch mehr sinnlose Feste gefeiert wurden. Sie schien bereits jetzt vergessen zu haben, woher sie kam.

Niemals hätte Heera erwartet, dass sich die Geschehnisse so entwickeln würden. Während sie ihre eigene Schwester, die sie über alles liebte, immer kritischer sah, begann sie Lean zu schätzen.

Er war nicht so schlecht, wie sie erwartet hätte. Ganz im Gegenteil: Er besaß Humor, war schlagfertig und an Güte schien es ihm auch nicht zu mangeln.

Noch bevor Heera am späten Abend den Speisesaal betrat, hörte sie bereits die Mädchen bitterlich weinen. Etwas musste vorgefallen sein. Sie beschleunigte ihre Schritte und schaute sofort zu der Tafel, an der die Rangliste veröffentlicht worden war. Bereits auf den ersten Blick erkannte sie, dass einige der Namen fehlten. Sie trat näher.

1. Erina
2. Xenia
3. Heera
4. Medea
5. Phoibe
6. Acelya
7. Agnes
8. Daphne
9. Celestia

Die Namen von Jone, Lenja und Selene befanden sich nicht mehr unter den Erwählten.

Allen war klar, was das bedeutete. Die Mädchen waren ausgeschieden und mussten nun das Schloss verlassen.

Aber was Heera noch mehr als das traf, war die Tatsache, dass ihr Name nun an dritter Stelle der Rangliste stand – über dem von Medea.

Heera hatte nicht einmal die Prüfung, welche die Königin ihnen gestellt hatte, bestanden oder zumindest nicht bestehen wollen.

Die anderen Mädchen hatten Prinz Lean dabei beobachtet, wie er spätabends Heeras Zimmer verließ, und nun stand sie an dritter Stelle. Das gab böses Blut, so viel war sicher.

Einzig für Erina konnte sich Heera freuen, die nun die Nummer eins beim Prinzen war. Erina hatte diese Position mehr verdient als irgendeine andere. Noch ehe Heera sich umsehen konnte, spürte sie, wie ihre Schwester hinter sie trat. Sie erkannte Medea an ihrem Schritt und ihrem Geruch: zart wie Pfirsichblüten.

»Hast du ihm die Wahrheit gesagt?«, flüsterte Medea ihr ängstlich ins Ohr.

»Was für eine Wahrheit?«, erwiderte Heera verständnislos.

»Über die Erdbeeren! Hast du ihm gesagt, dass wir sie zusammen gefunden haben?« Furcht stand in Medeas blauen Augen.

»Nein«, beschwichtigte Heera sie.

Und selbst wenn, würde das nichts ändern. Medea wäre auch ohne sie zurechtgekommen. Sie hatte Heera nicht gebraucht, um die Prüfung zu bestehen. Allerdings schien sie das zu glauben und zu befürchten, dass jemand dahinterkommen könnte.

»Aber warum stehst du dann über mir? Worüber habt ihr geredet, als er bei dir war?«, wisperte sie hilflos.

Ihre Worte waren drängend und ihr Blick sorgenvoll. Es schien sie weniger zu verletzen, dass sie einen Platz in der Rangliste eingebüßt hatte, mehr, dass ihre Schwester nun über ihr stand.

Obwohl Heera die Ältere war, hatten die Menschen stets Medea bevorzugt. Sie war die Hübschere, die Talentiertere, die Nettere und vor allem die Umgänglichere. Medea liebte ihre Schwester, dennoch fiel es ihr schwer, mit der Zurückweisung umzugehen.

»Ich habe ihm gesagt, dass du die richtige Braut für ihn bist«, schwor Heera, doch Medea schien ihr nicht zu glauben.

»Ich habe dich gebeten, dich rauszuhalten«, zischte sie mit tränenerstickter Stimme. »Warum bist du überhaupt noch hier? Du wolltest doch gehen!«

Heera war mit ihrer Geduld am Ende. Sie hatte versucht, Verständnis für Medea aufzubringen, und ihr jede Achtlosigkeit der letzten Tage verziehen, aber sie ließ sich nicht zu Unrecht beschuldigen.

»Hör auf zu weinen, sei froh, dass du noch dabei bist. Die Rangliste kann sich jederzeit wieder ändern«, wies sie ihre jüngere Schwester zurecht, in dem Moment, als der Prinz höchstpersönlich den Raum betrat.

Die drei ausgeschiedenen Mädchen schluchzten gleichzeitig auf, während Medea sofort verstummte und sich vor Lean verneigte.

»Guten Abend, die Damen«, begrüßte Lean sie. »Es tut mir leid, dass für manche von euch der Tag mit einer schlechten Nachricht endet.«

Er richtete sein Augenmerk auf Jone, Lenja und Selene. »Bitte fasst meine Entscheidung nicht als Diskreditierung eurer Person auf. Ihr seid alle drei wundervolle Damen, die eines Tages einen Mann sehr glücklich machen werden, aber ich bin nicht dieser Mann. Ich musste eine Entscheidung fällen und die Zeit war zu kurz, um euch näher kennenzulernen. Verzeiht mir, dass ich euch nicht glücklich machen konnte.«

»Es war mir eine Ehre, Euch für wenige Tage nahe sein zu können, Prinz Lean«, versicherte Jone ihm höflich.

»Diese wenigen Tage waren die schönsten meines Lebens«, fügte Selene hinzu.

Lean verneigte sich vor jedem der Mädchen zum Abschied. »Ihr dürft eure Geschenke selbstverständlich behalten. Zudem habe ich an eure Familien Speisen liefern lassen, damit eure Rückkehr gebührend gefeiert werden kann. Ihr werdet ein Jahr lang mit Nahrung aus dem Schloss versorgt, sodass ihr euch keine Sorgen um euer Wohlergehen machen müsst. Ich bin sicher, es werden viele Männer um eure Hand anhalten. Wählt weise! Lasst euer Herz sprechen, denn nur das Herz allein wird den Rechten wählen.«

Jone, Lenja und Selene verließen den Saal.

Lean wandte sich an die übrigen Mädchen. »Ich freue mich, eine jede von euch weiter an meiner Seite zu haben. Prüfungen stehen euch bevor. Prüfungen, die nicht nur Mut, sondern auch Köpfchen fordern.«

Als er den Raum verlassen wollte, stellte Heera sich ihm in den Weg. »Auf ein Wort?«

Er wirkte überrascht, aber nickte.

Sie traten vor die Tür.

»Ich habe dich gebeten, mich nach Hause zu schicken, stattdessen setzt du mich auf den dritten Platz deiner Rangliste. Was soll das?«, fuhr sie ihn an.

Tief in ihrem Inneren wusste sie, dass es nicht seine Schuld war, dass Medea nun wütend auf sie war. Aber es war leichter, ihren Zorn an ihm als an ihr auszulassen.

Er hob abwehrend die Hände und schien nicht recht zu wissen, ob er lachen oder sich ärgern sollte. »Jedes andere Mädchen würde sich darüber freuen, vom letzten Platz auf die Nummer drei aufgestiegen zu sein.«

»Ich bin aber nicht jedes andere Mädchen«, wies Heera ihn zurecht. »Medea ist deinetwegen verletzt und wütend auf mich. Wie konntest du mich nur ihr vorziehen?«

»Mir hat unser Gespräch gut gefallen«, antwortete Lean und klang dabei aufrichtig. »Ich dachte, wir wären auf einem guten Weg!«

Das hatte Heera auch geglaubt, doch das war gewesen, bevor ihre Schwester ihr mit Tränen in den Augen Vorwürfe gemacht hatte. Sie konnte es nicht ertragen, Medea traurig oder gar weinend zu sehen. Sie war hier, um sie zu beschützen. Stattdessen gab sie ihr gerade Grund zur Sorge.

»Da hast du dich getäuscht!«, fauchte Heera ihn an.

Sie bereute, auch nur ein nettes Wort mit ihm gewechselt zu haben. Sie hätte heute nach Hause gehen sollen und alles wäre gut.

Lean baute sich streng vor ihr auf. Seine Arme unnachgiebig vor der Brust verschränkt. »Mir ist noch nie jemand begegnet, der so undankbar und unverschämt ist wie du.«

Zum ersten Mal trafen sie seine Worte, denn sie wusste, dass er recht hatte. Sie bestrafte ihn dafür, dass er etwas Gutes in ihr sah. Sie war es nicht gewohnt, dass jemand mehr in ihr sah als ein Mädchen, das besser ein Junge geworden wäre. Aber das konnte sie vor ihm nicht zugeben.

»Wenn du dich weigerst, mich nach Hause zu schicken, werde ich freiwillig gehen«, drohte sie ihm. »Noch heute! Dann kann eines der drei anderen Mädchen an meiner Stelle bleiben.«

»Was ist mit deiner Mutter?«, wandte Lean ein. »Sie würde erfahren, dass du freiwillig gegangen bist, und wäre dann genauso enttäuscht von dir, wie wenn du meiner Einladung ins Schloss nicht gefolgt wärst. Wenn nicht sogar noch mehr, immerhin stehen deine Chancen nun besser denn je.«

Warum habe ich mich ihm nur anvertraut?, dachte Heera zornig. Er benutzte nun genau das Argument gegen sie, welches sie zum Bleiben zwang. Ihre Mutter wäre außer sich, wenn Heera es wagen würde, nach Hause zurückzukehren, nachdem sie den Prinzen verschmäht hatte. Sie würde sich in Grund und Boden schämen. Es gab für ihre Mutter kaum etwas Schlimmeres als das Gerede anderer Leute. Vielleicht würde sie ihr sogar den Zutritt zur Hütte verweigern und sie bei den Tieren schlafen lassen. Das schreckte Heera jedoch nicht so sehr ab, wie die Gefühle ihrer Mutter zu verletzen. Sie hatte sie schon so oft enttäuscht.

Sie war nicht die Tochter, die sie sich gewünscht hatte.

Auch wenn Heera wusste, dass ihre Mutter sie dennoch liebte. Gerade deshalb konnte sie ihr diese Schmach nicht antun.

Aber das würde sie vor Lean nicht zugeben. Er sollte glauben, dass es ihr ernst war. »Meine Mutter wird mir irgendwann verzeihen«, behauptete sie herausfordernd.

Sie konnte ihm ansehen, dass er nicht wusste, ob er ihr glauben sollte. Er traute ihr durchaus zu, töricht genug zu sein, um einen Prinzen abzuweisen.

»Bitte geh nicht«, bat er sie nun. »Auch wenn du freiwillig gehen würdest und ein anderes Mädchen dafür bleiben könnte, würde das nichts an meiner Entscheidung ändern. Ich habe nicht sie, sondern dich gewählt!«

Es erstaunte Heera, dass sein Stolz ihm nicht gebot, sie ziehen zu lassen. Gewiss war es ihm nicht leichtgefallen nachzugeben. Sie wies ihn ab und er bat sie dennoch zu bleiben.

»Fürchtest du dich so sehr vor dem Spott deines Hofstaates und der anderen Königshäuser, dass du mich nun sogar anflehst zu bleiben?«, zog sie ihn übertrieben auf. »Würde es deine männliche Ehre kränken, wenn alle erführen, dass ein Mädchen dich abgewiesen hat?«

Die Enttäuschung in seinem Blick traf sie ins Herz und ließ sie jedes Wort bereuen, das sie so unbedacht herausgeschleudert hatte.

»Ich möchte, dass du bleibst, weil ich dich mag«, sagte er nachdrücklich und brachte sein Gesicht näher an ihres. »Auch wenn ich mir nicht erklären kann, woran das liegt, wenn nicht einmal du selbst viel von dir hältst. Es tut mir leid, dass du offenbar noch nie die Erfahrung gemacht hast, dass jemand dich zu schätzen weiß.« Er trat zurück. »Wenn du wirklich gehen willst, halte ich dich nicht auf, aber deshalb wird keines der anderen Mädchen deinen Platz einnehmen.«

Er ließ sie stehen und ging davon. Heera ballte die Hände zu Fäusten. Ihre Wut galt jedoch nicht ihm, sondern einzig sich selbst. Sie hielt sich für clever und unbesiegbar, trotzdem schaffte es der Prinz immer wieder, dass sie sich wie eine Närrin fühlte. Er durchschaute sie und das machte ihr Angst. Warum ließ er sich von ihren Dreistigkeiten nicht abschrecken, so wie es alle anderen taten?

Als sie zurück in den Saal trat, hatten sich die anderen Mädchen bereits um Erina versammelt. Dadurch, dass sie nun zur Nummer eins aufgestiegen war, hielten sich die anderen an sie und versuchten, ihr Geheimnisse zu entlocken.

Heera setzte sich allein an das Ende des Tisches, doch als Erina sie sah, schälte sie sich aus der Gruppe der Mädchen und setzte sich Heera wie üblich gegenüber. Sie frühstückten schweigend, aber Heera konnte sehen und fühlen, wie Erina durch die Wahl des Prinzen innerlich gewachsen war. Anders als Medea stieg ihr der Erfolg nicht zu Kopf.

Heera rechnete es ihr hoch an, dass sie sich zu ihr setzte, obwohl niemand sonst ihre Gegenwart zu schätzen wusste – am wenigsten ihre eigene Schwester.

20

Medea

Medea hatte ihr Gesicht in eines der Kissen gedrückt, die auf ihrem Bett lagen, und weinte verzweifelt. Obwohl sie alles richtig gemacht hatte, zog der Prinz Heera ihr vor. Wäre heute der Tag seiner Entscheidung, müsste sie nach Hause zurückkehren, während ihre Schwester, die sich mit Händen und Füßen dagegen gesträubt hatte, sich für ihn zu bewerben, bleiben dürfte.

Sie weinte aber nicht nur über ihre Demütigung, sondern auch, weil sie sich für ihr eigenes Verhalten schämte. Im Grunde ihres Herzens wünschte sie Heera alles Glück der Erde, aber sie war nicht bereit, dafür auf ihren eigenen Traum zu verzichten.

Seitdem sie denken konnte, träumte sie davon, eines Tages die Frau des Prinzen zu werden. Seitdem sie im Schloss war, wuchs dieser Traum ins Unermessliche. Lean war besser, als sie je zu hoffen gewagt hätte. Es würde ihr das Herz brechen, ihn an eine andere zu verlieren, vor allem, wenn diese andere auch noch ihre eigene Schwester wäre. Sie könnte es nicht ertragen, ihn mit ihr zu sehen. Sie passten nicht einmal zueinander.

Der Prinz brauchte eine Frau an seiner Seite, die ihm den Rücken stärkte und ein offenes Ohr für seine Sorgen hatte. Eine Frau, die sich zu benehmen und zu unterhalten wusste. Eine Frau, die nicht nur hübsch, sondern auch gütig war.

Heera war zwar ein herzensguter Mensch, aber wann immer sie auf Lean traf, schien sie ihn zu verärgern. Er würde unter ihren Launen leiden und sich immer wieder gegen sie behaupten müssen. Sie wäre keine Frau, sondern eine Konkurrentin für ihn.

Die kleine Lerche begann in ihrem Käfig zu zwitschern: »Schöne Medea, warum weinst du?«

»Ach, liebe Lerche, der Prinz mag meine Schwester mehr als mich«, klagte Medea unglücklich.

»Sorge dich nicht«, tröstete sie der Vogel. »Komm ans Fenster und sing für mich!«

Medea stand von ihrem Bett auf und wischte sich die Tränen fort. Sie war nicht in Stimmung, um zu singen, aber sie konnte ihrem kleinen Freund keine Bitte abschlagen. Dafür hatte sie das Tier schon zu lieb gewonnen.

Angelockt von ihrer wohlklingenden Stimme flog ein großer Vogel an ihrem Fenster vorbei. Er war nicht so hübsch anzusehen wie die Lerche, sondern hatte ein graues, hässliches Gefieder und schauerliche rote Augen.

Eine Weile flog er vor ihr hin und her, bevor er sich auf einem gegenüberstehenden Baum niederließ. Dort saß er und starrte Medea mit seinen roten Augen an.

Als sie ihr Lied beendete, sprach er sie auf einmal an: »Guten Tag, du Mädchen mit der wunderschönen Stimme. Landauf, landab lobt man deinen Gesang.«

Medea erschrak und wich vor ihm zurück. Es war ein Wunder, dass ihre Lerche mit ihr zu sprechen vermochte, aber sie hatte nicht erwartet, dass das auch für andere Tiere galt.

»Wie kommt es, dass ich dich verstehe?«, fragte sie furchtsam. Fast hoffte sie, dass er nun schweigen würde, damit sie sich einreden könnte, dass sie sich seine vorherigen Worte nur eingebildet hatte.

»Ich stamme aus einem fernen Land, in dem es allen Geschöpfen nicht nur möglich ist zu sprechen, sondern auch einander zu verstehen«, krächzte der Vogel und neigte den Kopf. »Deine Schönheit steht deiner Stimme in nichts nach.«

Medea war es gewohnt, Komplimente zu erhalten, doch das Tier war ihr unheimlich. Sie hatte nie zuvor von solch einem Land gehört, was jedoch nichts zu heißen hatte. Die Welt war groß und steckte voller Wunder. Dennoch misstraute sie dem Vogel. »Wenn deine Heimat so fern ist, was führt dich dann hierher?«

»Du bist reich gesegnet, Medea.« Das Tier kannte ihren Namen, obwohl sie ihm diesen nicht verraten hatte. Sie erschauderte, als es fortfuhr: »Ich hingegen bin weder schön noch habe ich eine Stimme wie deine. So schenk mir deine Stimme nur für eine Nacht!«

Medea schüttelte hastig den Kopf. Das Tier war ihr von Anfang an nicht geheuer gewesen. »Wenn ich dir meine Stimme gebe, werde ich nicht mehr sprechen können.«

»Nur für eine Nacht«, drängte der Vogel sie. »Ich will dich dafür reich belohnen.«

»Nein«, entschied sie bestimmt. »Meine Stimme ist mein ganzer Stolz. Ich würde sie gegen nichts in der Welt eintauschen. Nicht einmal für eine einzige Minute.«

Der Vogel zeigte kein Einsehen, sondern klapperte unheilvoll mit dem Schnabel. »Zum letzten Mal frage ich dich, wirst du mir deine Stimme geben?«

Nun klang er weder freundlich noch schmeichelnd, sondern gefährlich.

Medea hätte ihn davongescheucht, wenn die Lerche sich nicht eingemischt hätte. »Was ist schon eine Nacht gegen den Rest deines Lebens?«

»Aber der Prinz wird sich niemals für mich entscheiden, wenn ich nicht mehr für ihn singen kann«, widersprach Medea. »Meine Stimme ist das, was mich von den anderen Mädchen unterscheidet.«

»Es ist nur eine Nacht«, beschwichtigte sie die Lerche. »Bereits am nächsten Morgen wirst du wieder so lieblich singen können wie eh und je. Ich will dir deine Stimme sein, solange du deine eigene nicht hast. Sei gütig und leih sie dem Vogel!«

Medea war so aufgebracht, dass ihr die Tränen kamen, aber sie vertraute der Lerche und so willigte sie ein. »Du sollst meine Stimme für eine Nacht haben.«

»So lass es sein«, sagte dieser, flog rund um den Baum herum und sang:

»Schönes Mädchen, reines Herz,
sollst leben ohne Schmerz.«

Nachdem er sein Lied gesungen hatte, flog er davon.

Medea versuchte etwas zu sagen, aber es kam kein Ton aus ihrem Hals, dafür fielen Goldtaler aus ihrem Mund, wann immer sie ihn öffnete. Sie sammelte diese eilig ein, um sie ihren lieben Eltern zu schicken.

Der hässliche Vogel flog weiter an das Fenster von Daphne und rief: »Guten Tag, du Mädchen mit den wunderschönen Locken. Im ganzen Reich schwärmt man von der Pracht deines Haares, welches wie Gold glänzt.«

Daphne hatte Geschichten über Tiere gehört, die sprechen konnten. Doch diese waren stets lieblich und hübsch anzusehen. Ein

Geschöpf mit solch einem abstoßenden Äußeren konnte nichts Gutes im Schilde führen.

»Verschwinde!«, schrie sie und wedelte mit den Armen. »Eine Hexe muss sich deiner bemächtigt haben. Auf diesen Trick falle ich nicht herein!«

Der Vogel ließ sich davon nicht vertreiben, sondern krächzte unbeirrt: »Du hast so viele Locken, da kannst du mir sicherlich ein wenig davon geben. Leih mir dein Haar, nur für eine Nacht!«

»Ha!«, machte Daphne und sah sich in ihrer Annahme bestätigt. »Meine Locken willst du? Nicht eine Strähne gebe ich dir! Nicht einmal für eine Nacht! Wer hätte je von einer zukünftigen Königin ohne Haare gehört?«

Der Vogel blieb hartnäckig und bat erneut: »Nur eine Nacht! Ich will dich dafür reich belohnen.«

»Flieg zu der Hexe, die dich geschickt hat, und richte ihr aus, dass sie sich etwas Besseres einfallen lassen muss, um mich zu täuschen«, fauchte Daphne und wedelte mit den Händen, um das hässliche Tier davonzujagen.

»Wenn du meine Bitte ablehnst, wirst du es bitter bereuen«, drohte ihr der Vogel unverhohlen.

Daphne ließ sich davon nicht einschüchtern. »Halt deinen Schnabel und flieg schnell weiter, sonst lasse ich die Wachen mit ihren Gewehren kommen, damit sie dich vom Baum schießen.«

»Die Gewehre fürchte ich nicht«, entgegnete der Vogel mit schauriger Stimme. »Keine Kugel oder Waffe kann mir etwas anhaben. Zum letzten Mal frage ich dich, gibst du mir deine Locken?«

»Nein!«, schrie Daphne ärgerlich.

»So lass es sein«, sagte der Vogel, flog rund um den Baum herum und sang:

»Fällt vom Himmel der Schnee,
verstummt die Stimme der Habgier.
Der Wind weht und der Regen rinnt.
Das Feuer brennt und das Wasser fließt.
Erst wenn du die Worte kennst,
kehrt die Gabe wieder.«

Nachdem er sein Lied gesungen hatte, flog der hässliche Vogel davon. Daphne sah ihm nach, strich durch ihre vollen Locken und fürchtete sich.

21

Heera

Der Vogel besuchte ein jedes der Mädchen und bat sie um das, was ihnen am liebsten war. Diejenigen, die bereit waren, ihm ihr Wertvollstes für eine Nacht zu überlassen, wurden mit Gold belohnt, die anderen verfluchte er.

Doch erst als die Mädchen am nächsten Morgen erwachten, bekamen sie die Folgen ihrer Habgier zu spüren.

Nicht eine Locke kringelte sich mehr auf Daphnes Kopf. Sie war kahl wie ein Greis.

Xenia konnte nicht länger tanzen, sondern humpelte, als hätte sie ein lahmes Bein.

Anstelle einer zierlichen Nase wuchs Phoibe ein Humpen, so groß wie eine Faust. Celestia, die für ihre weise Wortwahl bekannt war, stotterte, als hätte sie nie zu sprechen gelernt.

Sie wüteten und weinten bitterlich, liefen zu der königlichen Familie und riefen: »Seht nur, was der Vogel uns angetan hat!«

Prinz Lean stieg von seinem Thron. »Kein Vogel war es, die Hexe des Ostens hat euch in meinem Auftrag auf die Probe gestellt. Vögel sind Vögel und können nicht zaubern. Solange eure Herzen nicht rein sind, werden eure Gaben nicht zurückkehren.«

Heera, Medea, Acelya, Erina und Agnes waren die Einzigen, die von dem Fluch verschont worden waren.

Aber Heera konnte sich nicht über ihren Erfolg freuen, denn Lean war in ihren Augen zu weit gegangen. Sie hatte Mitleid mit den weinenden Mädchen und trat wütend vor den Prinzen.

»Wie kannst du nur so grausam sein? Die Mädchen werden ohne Haare und mit einer Nase, so groß wie meine Faust, niemals einen Mann finden. Das kannst du ihnen nicht antun!«

»Ich habe ihnen das nicht angetan, daran sind sie ganz alleine schuld«, beharrte Lean unnachgiebig. »Wären ihre Herzen so rein wie deines gewesen, hätte die Hexe sie mit Gold belohnt.«

»Wäre dein Herz rein, dann wärst du gütig und würdest ihnen ihre Gaben zurückgeben«, konterte Heera uneinsichtig.

König Egeas erhob sich verärgert von seinem Thron. »Zügle deine Zunge, Mädchen! Jeder wusste, dass die Erwählten Prüfungen erwarten. Freu dich, dass du sie bestanden hast, und lass das Wohl der anderen ihre Sorge sein.«

»Nein«, weigerte sich Heera standhaft.

Gerade hatte sie begonnen, etwas Gutes in dem Prinzen zu sehen, und nun stellte er sich als herzlos heraus.

Der Vogel war auch zu ihr gekommen. Zuerst hatte sie sich erschreckt, da sie nie zuvor einem sprechenden Tier begegnet war. Dazu war sein abscheuliches Aussehen mit den rot glühenden Augen furchteinflößend. Aber Heera hatte sich noch nie von Äußerlichkeiten beeinflussen lassen, und so gab sie ihm schließlich nach, als er sie um das Wertvollste bat, das sie besaß: ihren Mut.

Den Rest der Nacht hatte sie verängstigt und weinend unter dem Bett verbracht. Das Mädchen, das behauptete, vor nichts Angst zu haben, erzitterte vor den Schatten an den Wänden. Jede Träne war zu einer Goldmünze geworden.

Erst am Morgen hatte sie sich wieder unter dem Bett hervorgetraut und fühlte sich stärker denn je. Zudem freute sie sich über das Gold, welches sie sogleich zu ihren Eltern nach Hause schicken ließ.

»Ein Prinz sollte nicht nur schön, sondern auch mutig und gut sein«, wies sie Lean kühn zurecht. »Ich bitte dich noch einmal, gib den Mädchen zurück, was die Hexe ihnen genommen hat.«

Lean wirkte verunsichert. »Ich kann den Erwählten ihre Gaben nicht zurückgeben. Sie gehören nun der Hexe des Ostens«, gestand er.

»Du hast die Hexe beauftragt, dann kannst du sie auch bitten, ihren Fluch rückgängig zu machen.« Herausfordernd starrte sie ihn an.

»Ich befehlige nicht über sie«, verteidigte sich Lean. »Sie kam, um für mich die Mädchen zu prüfen. Die Gaben der Mädchen, welche die Prüfungen nicht bestanden haben, sind ihr Lohn.«

Überraschend mischte sich plötzlich Königin Niobe in die Diskussion ein und richtete ihr Wort an Heera. »Wenn dir so viel am Wohl der anderen liegt, dann soll deine Prüfung sein, die Gaben der anderen Erwählten zurückzuholen.«

»Aber der Weg zur Insel der Hexe ist voller Gefahren«, wandte Lean erschrocken ein.

»Das macht mir nichts«, beteuerte Heera, ohne zu zögern. »Ich werde nicht ohne Grund die Furchtlose genannt. Kein Weg ist mir zu lang oder zu gefährlich. Ich wachse an jeder Herausforderung!«

»Dir bleiben sieben Tage«, warnte Niobe sie. »Kehrst du in dieser Zeit nicht zurück, werden wir deine Prüfung als gescheitert ansehen. Falls du sie jedoch bestehst, so sollst du eine der Erwählten bleiben.«

Heera nickte zum Zeichen ihres Einverständnisses. Ihr war bewusst, dass die Königin ihr die Prüfung nicht ohne List vorgeschlagen hatte. Insgeheim hoffte sie vermutlich, dass Heera scheitern würde.

»Was geschieht in der Zwischenzeit mit den anderen Erwählten?«, wollte sie noch von Niobe wissen.

»Sorge dich nicht«, beschwichtigte diese sie. »Solange du fort bist, sollen die Mädchen sich im Schloss zu Hause fühlen. Erst wenn du nach sieben Tagen nicht zurückgekehrt bist, werden wir die Auswahl ohne dich fortsetzen.«

Noch am Morgen brach Heera in ein ungewisses Abenteuer auf. Sie war froh, dem Schloss mit seinen hohen Mauern entkommen zu können, und ging der aufgehenden Sonne entgegen.

Weder deine Augen noch deine Ohren
werden dir von Nutzen sein,
lausche dem Klang deines Herzens.
Nur das Herz allein
vermag Gutes vom Bösen zu
unterscheiden.

22

Heera

Nachdem Heera den tiefen Wald hinter sich zurückgelassen hatte, hörte der Schnee auf zu fallen und es wurde mit jedem Schritt wärmer. Nie zuvor hatte sie sich so weit von ihrer Heimat entfernt.

Ihr Herz klopfte vor Aufregung und sie war gespannt, was sie erwarten würde. Schon lange träumte sie davon, Abenteuer zu erleben und die Welt zu erkunden. Bisher hatte sie sich nie dazu durchringen können, aus Sorge um ihre Eltern, die sie dann mit dem Hof hätte allein zurücklassen müssen.

Königin Niobes Aufgabe bot ihr die perfekte Gelegenheit, um ihren Horizont zu erweitern. Zudem verbot es ihr Stolz, unerledigter Dinge zurückzukehren. Sie würde so lange fortbleiben, bis es ihr gelang, die Gaben der Mädchen zurückzuerobern.

Gegen Abend erreichte sie eine seltsame Gegend, in der sie so wunderlichen Geschöpfen begegnete, dass sie sich solche nicht einmal mit ihrer Fantasie hätte ausmalen können. Von den hohen Laubbäumen beobachteten kleine Wesen jede ihrer Bewegungen.

Wenn Heera zu ihnen aufblickte, grinsten sie ihr mit drei Reihen spitzer Zähne entgegen, sodass sie nicht wagte, länger an einer Stelle zu verharren, und schnell weiterging. Ein ungewohnter Geruch hing in der Luft. Nicht nach Moos, Tannennadeln oder taufeuchtem Gras, sondern es duftete nach gebratenem Fleisch.

Heera hielt Ausschau nach einem Feuer, ohne eines zu entdecken. Stattdessen kreuzte ein Tier ihren Weg, das auf vier menschlichen Händen anstatt Pfoten lief. Es winkte ihr abwechselnd mit jeder Hand einmal zu und legte interessiert den Kopf schief.

»Guten Abend«, grüßte es höflich.

Auch wenn es noch nicht lange her war, dass Heera das Wort mit einem sprechenden Vogel gewechselt hatte, irritierte sie das eigentümliche Geschöpf.

»Guten Abend«, erwiderte sie kleinlaut.

Amüsiert über ihren verdutzten Gesichtsausdruck gluckste das Tier und schlug seine vier Hände vor Erheiterung zusammen.

»Du hast wohl noch nicht viel von der Welt gesehen, Mädchen«, zog es sie auf. »Was verschlägt dich in das Land der Tiere?«

Das Land der Tiere, dachte Heera staunend. *So nennt sich diese Gegend also.*

»Ich bin auf der Suche nach der Hexe des Ostens«, antwortete sie dem Vierhänder. »Weißt du, wo ich sie finden kann?«

»Nicht hier, so viel ist sicher«, entgegnete dieser nicht unfreundlich.

»Ist es mir denn gestattet, euer Land zu durchqueren, um weiter in Richtung Osten zu gelangen?«

Schaudernd dachte sie an die Wesen mit den spitzen Zähnen, die in den Bäumen lauerten. Vielleicht war ihre Anwesenheit im Land der Tiere nicht erwünscht.

»Es ist dir nicht verboten«, erwiderte der Vierhänder rätselhaft und winkte ihr mit jeder Hand zum Abschied, ehe er seinen Weg fortsetzte und sie allein zurückließ.

Kopfschüttelnd ging Heera weiter und kam dabei an Bäumen vorbei, an deren Ästen fleischige Früchte anstatt Blätter wuchsen, die den Geruch nach gebratenem Fleisch verströmten.

Aus purer Neugier berührte Heera eine davon, die ein feindseliges Zischen von sich gab, sodass Heera schnell ihre Hand wieder zurückzog. Offenbar verfügten nicht nur die Tiere an diesem Ort über eine Sprache, sondern auch die Bäume.

Sie nahm sich vor, sich besser von ihnen fernzuhalten, um kein Geschöpf zu verärgern.

Die Sonne sank immer tiefer und sendete ihre goldenen Strahlen über das Land.

Als die Bäume sich lichteten, entdeckte Heera eine Gruppe von Tieren, deren Fell so seidig glänzte wie menschliches Haar. Es fiel ihnen in langen Strähnen über die Gesichter, sodass ihre Augen kaum zu erkennen waren.

Aber auch ihre Köpfe wandten sich argwöhnisch in die Richtung, in die sich Heera bewegte.

Kurz bevor es dunkel wurde, erreichte Heera das Meer, zog sich die Schuhe aus und kühlte ihre nackten Füße in den sanften Wellen.

Der Anblick des großen Ozeans, über den sie bisher nur Geschichten gehört hatte, erfüllte sie mit Zufriedenheit.

Sie hatte den ersten Tag überstanden und freute sich schon auf alles, was sie noch erwarten würde.

Erschöpft von der langen Wanderung schlief sie schnell ein.

Am nächsten Morgen verschwendete sie keine Zeit, sondern machte sich eifrig daran, ein Floß zu bauen. Ihren Umhang verwendete sie als Segel.

Gegen Mittag war es ihr gelungen, ein Gebilde zu errichten, das sie über das Wasser tragen würde. Sie stieß sich mit einem langen Stock vom Ufer ab und steuerte in Richtung Osten.

Eine salzige Brise zerzauste ihr das Haar und blies das Segel auf. Heera verspürte keine Angst, als sie zu allen Seiten von dem Blau des Meeres umschlossen war. Stattdessen reckte sie ihr Gesicht der Sonne entgegen und wünschte sich, dass sie den Anblick festhalten könnte, um ihn später mit ihrer Familie zu teilen.

Nach einer Weile erschien am Horizont eine Insel. Schon von Weitem erkannte Heera, dass es ein karges, kleines Eiland war, auf dem nur drei Bäume wuchsen. Dennoch segelte sie darauf zu und ging mutig an Land.

Der erste Baum war ein Apfelbaum. Prächtige, rote Früchte hingen an den Zweigen und ließen ihr das Wasser im Mund zusammenlaufen. Zu gern hätte sie sich einen Apfel gepflückt und hineingebissen. Aber sie hielt es nicht für klug, sich an Früchten zu bedienen, von denen sie nicht wusste, wem sie gehörten.

Der zweite Baum besaß weiß schimmernde Blätter wie aus purem Silber. Medea wäre verzückt gewesen und hätte die Blätter gepflückt, um sich daraus eine Kette zu binden oder sie zur Zierde an ein Kleid zu nähen. Heera aber ließ diese unberührt.

Der dritte Baum war ganz und gar aus Gold und leuchtete wie ein Signalfeuer, sodass Heera sich eine Hand vor die Augen halten musste, um ihn überhaupt betrachten zu können. Sie stellte sich staunend unter den Goldbaum. Dieser war so hoch wie ein Turm, und seine Äste breiteten sich wie eine goldene Kuppel über ihr aus. Heera war, als stände sie in einem hochgewölbten Palast.

Ein plötzliches Grollen und donnerndes Krachen ließ sie erschrocken zusammenzucken – die goldene Kuppel zerbarst in zwölf Teile, die wie Mauerstücke niederstürzten, und sogleich fing der mächtige Stamm Feuer und brannte lichterloh.

Die Erschütterung war so gewaltig, dass die Blätter des Silberbaumes und die roten Früchte des Apfelbaumes zu Boden fielen.

Heera aber wagte nicht, sich zu rühren, und hielt sich schützend beide Arme über den Kopf.

Erst als der Donner schwand und das Feuer erlosch, sah sie sich um. Der Goldbaum war bis auf den Stumpf niedergebrannt. Die anderen beiden Bäume hatten ihre Blätter und Früchte verloren. Heera wartete darauf, dass etwas passieren würde, doch alles blieb ruhig.

Die Hexe des Ostens ließ sich nicht blicken, und so sammelte sie die Äpfel vom Boden auf und lief zurück zu ihrem Boot. Sie packte die Früchte in einen Sack, den sie am Floß mit einem Seil festband. Die silbernen Blätter ließ sie unbeachtet zurück, denn von Silber wurde niemand satt.

In der Nacht tobte das Meer. Wilde Wellen schleuderten gegen das kleine Floß, und Regen peitschte vom Himmel herab. Verzweifelt klammerte sich Heera an den Mast des Segels, der unter dem starken Wind zu brechen drohte. Doch wie durch ein Wunder hielt er dem Sturm stand.

Erst im Morgengrauen beruhigte sich die See.

Klatschnass bis auf die Haut und am ganzen Körper zitternd ließ sich Heera nieder.

Zum ersten Mal, seitdem sie aufgebrochen war, sehnte sie sich nach dem prasselnden Feuer der Stube ihres Elternhauses. Doch ihr blieb keine Gelegenheit für Wehmut, denn über sich hörte sie ein lautes Sausen.

Sie blickte zum Himmel auf und sah einen riesengroßen Vogel aus den Wolken kommen. Der Vogel ließ sich auf ihrem Boot nieder und starrte Heera mit seinen roten Augen an. Es war derselbe Vogel, der sie um ihren Mut gebeten und den anderen Mädchen ihre Gaben genommen hatte.

»Ich kenne dich«, rief Heera aufgeregt aus. »Bist du die Hexe des Ostens?« Sie wusste, dass Hexen ihre Gestalt verändern konnten.

»Gib mir erst einen Apfel«, verlangte der Vogel.

Erst jetzt dachte Heera wieder an den Sack mit den Früchten und befürchtete, diese in der Nacht verloren zu haben. Doch der Sack war immer noch mit einem Seil am Floß befestigt.

Schnell zog sie diesen herauf, griff hinein und warf dem Vogel einen roten Apfel in den geöffneten Schnabel.

Als er diesen heruntergeschluckt hatte, sagte er: »Die Hexe des Ostens schenkte mir eine Menschenstimme, dafür diene ich ihr. Ich sang den Mädchen das Zauberlied, das die Hexe mich gelehrt hatte.«

»Du hast den Mädchen ihre Gaben gestohlen!«, widersprach Heera aufgebracht.

Der Vogel klapperte tadelnd mit seinem Schnabel. »Ich habe euch gebeten, mir diese nur für eine Nacht zu leihen. Diejenigen, die meiner Bitte nachkamen, wurden reich belohnt. Die anderen wurden für ihre Habgier bestraft.«

Auch Heera hatte ihm ihren Mut überlassen. Die Erinnerung daran, wie sie weinend unter dem Bett gelegen hatte, war noch frisch. Es war die schlimmste Nacht ihres Lebens gewesen. Selbst der vergangene Sturm war harmlos dagegen.

Dennoch war sie gewillt, den anderen Mädchen ihre Gaben zurückzuholen. Niemand sollte für einen einzigen Fehler den Rest seines Lebens büßen müssen.

»Sicher gibt es einen Weg, wie ich den Fluch brechen kann«, meinte sie überzeugt. »Sag mir bitte, was ich tun soll!«

»Sieben Tage sollen vergehen, auf dass die Mädchen ihren Hochmut bereuen«, entgegnete der Vogel mit einem Lächeln, das so hässlich wie sein Gefieder war. »Gib mir noch einen Apfel und ich will dir ein Geheimnis verraten.«

Heera warf ihm eine weitere Frucht in den Rachen. Nachdem der Vogel diese vertilgt hatte, sang er:

»Ich kenne die Worte
und verspüre keine Furcht.
Der Wind weht und der Regen rinnt.
Das Feuer brennt und das Wasser fließt.
So gib mir die Gaben wieder.«

Ehe Heera eine weitere Frage stellen konnte, erhob sich der Vogel in die Luft und verschwand in den grauen Wolken. Sie wiederholte die Verse und prägte sich diese Wort für Wort ein, da sie ahnte, dass diese einmal entscheidend sein würden.

Der restliche Tag verging ereignislos. Das Floß schaukelte über die Wellen, und Heera war dazu verdammt, sich in Geduld zu üben. Auch die Nacht verlief ruhig, ebenso wie der folgende Morgen.

Erst am späten Nachmittag kam Land in Sicht. Heera konnte es kaum erwarten, ihre Füße wieder auf festen Boden zu setzen. Hastig schob sie ihr Floß an Land und schaute sich verwundert um.

Dieser Ort war anders als alles, was Heera je gesehen hatte. Dort lebten keine Tiere oder Menschen, stattdessen liefen Bäume auf ihren Wurzeln geschäftig auf und ab, als wären es knorrige Beine. Manch einer hatte ein ganzes Dutzend davon.

Heera wagte sich durch die Kreaturen und sprang hastig zur Seite, wenn ihr eine entgegenkam. Sie waren alle so groß wie Riesen, sodass Heera sich unter ihnen wie ein Zwerg fühlte.

Plötzlich aber wurde sie fest von hinten gepackt. Sie holte aus und wollte sich wehren, aber da sah sie eine wunderschöne, große

Blume, die sie anrief: »Schlag mich nicht. Ich wollte dich nicht erschrecken.«

Die Blume war genauso groß wie Heera und besaß Blütenblätter, die in allen Farben des Regenbogens leuchteten. Ihre Blätter schienen so weich wie Samt.

Heera hielt inne und die Blume fragte: »Wo kommst du her, wo gehst du hin? Noch nie hat eines Menschen Fuß dieses Land betreten.«

»Man nennt mich Heera die Furchtlose. Ich komme von weit her und bin mit meinem Floß über das Meer gesegelt. Ich suche die Hexe des Ostens.«

»Die Hexe gebietet über dieses Land, aber was willst du von ihr?«

Heera erzählte ihr davon, was sich im Schloss ereignet hatte und wie sie dem Vogel ein zweites Mal begegnet war.

»Die Äpfel von dem Eiland haben dir das Leben gerettet«, behauptete die Blume. »Hättest du sie nicht gehabt, hätte der Vogel dich gefressen, mit Haut, Haaren und allen Knochen.«

Heera hegte keine Zweifel an den Worten der Blume. Alles, was sie bisher erlebt hatte, schien Teil eines großen Puzzles zu sein, bei dem kein Stück unbedeutend war.

Plötzlich begann die Blume bitterlich zu weinen.

»Was hast du, liebe Blume?«, fragte Heera sie erschrocken. »Sag mir, wie ich dich trösten kann.«

»Es hungert mich. Gib mir einen von deinen saftigen Äpfeln«, bat diese. »Die übrigen aber verwahre wie einen Schatz, sie werden dir auch weiterhin in der Not helfen. Folge am nächsten Morgen der aufgehenden Sonne in den Osten. Dort wirst du die Hexe finden.«

Heera schenkte der Blume aus Dank einen besonders großen und rotbackigen Apfel, bevor sie weiterging und sich einen Schlafplatz für die Nacht suchte.

Am nächsten Tag folgte sie dem Rat der Blume und brach mit den ersten Sonnenstrahlen auf. Diese führten sie hoch in die Berge, wo der Boden immer steiniger wurde.

Bald wuchs kein Baum und kein Strauch mehr, weit und breit war nur Felsgestein. Kalt blies der Wind. Rings um Heera war ein Sausen und Brausen, als stände sie unter einem Wasserfall. Ihre Beine schmerzten sie mehr denn je, doch sie ging weiter, bis ihr ein Felsbrocken den Weg versperrte.

Rechts und links jäher Abgrund, da war kein Weiterkommen. Sie war ratlos, was sie nun tun sollte, während die Sonne immer weiter den Himmel erklomm. Sie stand nun direkt über dem Berg, als wollte sie Heera versichern, dass dies der einzige Ort sei, an dem die Hexe des Ostens zu finden sei.

Ein einzelner Lichtstrahl enthüllte eine kleine Tür in dem Gestein, die Heera bisher nicht hatte sehen können. Über der Tür stand in goldenen Lettern geschrieben:

Wer die Worte weiß
und die Furcht nicht kennt,
trete ein.

Ein weiteres Puzzleteil schien sich an seinen Platz zu fügen. Heera erinnerte sich an das Lied, das ihr der große Vogel mit den roten Augen vorgesungen hatte, und begann leise zu singen:

»Ich kenne die Worte
und verspüre keine Furcht.
Der Wind weht und der Regen rinnt.

Das Feuer brennt und das Wasser fließt.
So gib mir die Gaben wieder.«

Kaum hatte sie die Verse gesungen, tat sich die Tür auf und Heera ging in den Felsen. Dort war es finster, doch von irgendwo erstrahlte ein Licht, das sie tiefer in das Gestein lockte. Ihre Schritte hallten von den Wänden wider und sie schlang sich fröstelnd die Arme um den Oberkörper.

Das Leuchten kam aus einer Höhle, in der es so still war, dass Heera die Steine flüstern hörte. Nicht einmal ihre eigenen Schritte oder gar ihr Atem unterbrachen die vollkommene Geräuschlosigkeit.

In der Mitte der Höhle stand eine außergewöhnliche Frau. Sie schimmerte wie die untergehende Sonne, als wäre ihr Körper aus purem Gold.

Heera war so geblendet von ihrer Erscheinung, dass sie nicht anders konnte, als auf die Knie zu sinken. »Sag, bist du die Hexe des Ostens?«

Das Lächeln der Frau vertrieb jede Kälte aus Heeras Körper und erfüllte sie mit einer Wärme, die von innen heraus kam. »Ja, die bin ich, Heera«, bestätigte ihr die Hexe. »Ich habe meine Augen und Ohren überall und habe dich auf deiner Reise beobachtet. Du bist wahrlich furchtlos. Ich möchte dich für deinen Mut belohnen. Was wünschst du dir am meisten? Endlose Schönheit? Ein Königreich? Das Herz eines Prinzen? Ich kann dir jeden Wunsch erfüllen.«

Heera war nicht wunschlos glücklich, aber sie war aus einem bestimmten Grund aufgebrochen und wollte nicht zurückkehren, ohne diesen erfüllt zu haben. »Ich bin nicht meinetwegen zu dir gekommen, sondern weil ich dich um die Gaben der anderen Mädchen bitten möchte. Das ist alles, was ich mir wünsche.«

»Dein Wunsch soll sich erfüllen«, sagte die Hexe und klatschte laut in die Hände, sodass die Steine zitterten. »Aber verrate mir eines noch, warum hast du dir nichts für dich gewünscht?«

»Würdest du mir Schönheit schenken, die ich nicht in die Wiege gelegt bekommen habe, wäre sie nicht mein. Würdest du mir ein Königreich schenken, das ich nicht mit den eigenen Händen erbaut habe, wäre es nicht meins. Würdest du mir das Herz eines Prinzen schenken, der mich nicht um meiner selbst willen liebt, wäre er nicht mein. Ich bin meines Glückes Schmied.«

»Selten bin ich einem Menschen mit solch einer Weisheit und Aufrichtigkeit begegnet. Ich möchte dich für dein gutes Herz belohnen«, sprach die Hexe anerkennend zu ihr. »Wenn ich dich weder mit Schönheit noch mit Reichtum oder Liebe beschenken darf, so will ich dir wenigstens einen Rat mit auf den Weg geben. Dem Königreich von Chóraleio steht großes Unheil bevor. Noch neun Mädchen kämpfen um das Herz des Prinzen, doch eine ist nicht die, die sie vorgibt zu sein. Wenn sie ihr wahres Gesicht offenbart, wird es bereits zu spät sein.«

Heera wurde es kalt ums Herz, wenn sie daran dachte, dass nicht nur Medea, den anderen Kandidatinnen und dem Prinzen etwas geschehen könnte, sondern auch ihren Eltern und allen Menschen, die in Chóraleio lebten. Sosehr sie sich danach sehnte, den Grenzen ihrer Welt zu entfliehen, liebte sie ihre Heimat. Sie würde nichts unversucht lassen, um diese zu bewahren. »Hab Dank, Hexe. Aber wie soll ich das falsche Mädchen unter den vielen erkennen?«

»Weder deine Augen noch deine Ohren werden dir von Nutzen sein, lausche dem Klang deines Herzens«, antwortete die Hexe weise. »Nur das Herz allein vermag Gutes vom Bösen zu unterscheiden.«

Heera hatte sich stets auf ihren Kopf und ihren Instinkt verlassen, weniger auf das trügerische Begehren ihres Herzens. Dennoch prägte sie sich die Worte ein.

»Nun kehre heim«, entschied die Hexe. »Du bist bereits lange unterwegs und sollst nicht noch länger aufgehalten werden. Deine Füße werden dich schneller tragen als jedes Tier. Sobald du die Schwelle zu Chóraleio übertrittst, werden sämtliche Mädchen ihre Gaben zurückerhalten.«

Die Hexe legte einen Zauber über Heera, bevor diese den Rückweg antrat.

Lange Strecken, ganz gleich, wie beschwerlich diese auch sein mochten, legte sie nun mit einem einzigen Schritt zurück. Sie ging der Abendsonne entgegen, segelte über das Meer und wanderte durch fremde Gegenden. Den wilden Tieren und Dämonen, die ihr begegneten, schenkte sie von ihren Äpfeln, sodass sie ihr nichts taten.

Am Morgen des siebten Tages bedeckten Schneeflocken ihr Haupt und sie kehrte mit stolzgeschwellter Brust in das Schloss zurück.

Dort wurde sie von den glücklichen Mädchen erwartet, denen sie ihre Gaben zurückgebracht hatte. Xenia tanzte um sie herum, vergnügter denn je zuvor, und Daphne schloss sie in ihre Arme, sodass ihre blonden Locken Heeras Gesicht kitzelten.

Medea küsste sie auf die Stirn. »Ich bin froh, dass dir nichts passiert ist.«

Prinz Lean bedachte sie mit einem glücklichen Lächeln, und Heera stellte fest, dass sie sich tatsächlich freute, ihn wiederzusehen.

Als sie aufgebrochen war, hatte sie ihn verachtet und war voller Zorn gewesen. Doch mit jedem Tag war dieser weniger geworden, bis nach sieben Tagen nichts mehr von ihrer Wut übrig war.

König Egeas verkündete: »Heera die Furchtlose ist zurück und hat ihre Prüfung bestanden.«

Der ganze Hof applaudierte ihr.

Nicht die Kraft des Bären ist
entscheidend,
sondern der Mut des Löwen
und die Intelligenz des Fuchses.

23

Heera

Obwohl Heera nur sieben Tage unterwegs gewesen war, schien nach ihrer Rückkehr nichts mehr wie zuvor. Als sie den Frühstücksraum betrat, baten die anderen Mädchen sie zu sich, während Medea abseits von den anderen am Ende des Tisches saß. Sie schaute nicht einmal auf.

Heeras Blick glitt unwillkürlich zu der Tafel mit der Rangliste, doch sie war bisher nicht verändert worden. Ein Teil von ihr sehnte sich nach ihrer Schwester, aber der andere war neugierig zu erfahren, was vorgefallen war.

Zudem hatte Medea einen kleinen Dämpfer verdient. Vor ihrer Reise hatte sie Heera nicht nur ignoriert, sondern sie angefleht, zu verschwinden. Wenn sie auf sie gehört hätte, könnte sie sich nun auch nicht ihrer annehmen.

Wer weiß, vielleicht hielt sie sogar gerade deshalb Abstand zu den anderen? Vielleicht konnte sie es immer noch nicht ertragen, dass Heera weiterhin zu den Erwählten gehörte und durch ihre bestandene Prüfung sogar große Chancen hatte, eine Runde weiterzukommen.

So nahm Heera Platz zwischen Daphne und Erina. Die Mädchen waren ihr immer noch alle dankbar dafür, dass sie ihre Gaben zurückgeholt hatte, und so verhielten sie sich besonders zuvorkommend.

»Hast du schon die Mandeltörtchen probiert?«, flötete Phoibe von der gegenüberliegenden Tischseite. »Köstlich!«

Daphne war noch zutraulicher und strich Heera sogar übers Haar. »Es ist so weich wie Samt«, verkündete sie.

Das war für Heera zu viel und sie entzog sich mit abwehrenden Händen ihrer Berührung.

»Was ist hier los?«, fragte sie ungehalten. »Ich verstehe, dass ihr euch freut, eure Gaben zurückzuhaben. Das habe ich gern gemacht und würde es jederzeit wieder tun, aber deshalb braucht keine von euch so zu tun, als wären wir plötzlich Freundinnen.«

Sie wichen schuldbewusst vor ihr zurück.

»Wir wollten nur nett sein«, verteidigte sich Xenia kleinlaut.

Heera sah demonstrativ in Richtung ihrer Schwester, während sie leise fragte: »Warum sitzt Medea nicht länger bei euch?«

Daphne rümpfte eingeschnappt die Nase. »Sie verheimlicht uns etwas.«

Heera runzelte die Stirn. Medea konnte selten ein Geheimnis für sich behalten. Etwas nicht verraten zu dürfen, machte sie unruhig und meist verplapperte sie sich, ohne es auch nur zu merken. »Wie kommt ihr darauf?«

»Ich habe sie nachts in ihrem Zimmer mit jemandem sprechen gehört«, flüsterte Xenia, wobei sie sich dichter in die Mitte des Tisches beugte.

»Und als wir sie darauf angesprochen haben, hat sie alles abgestritten«, fügte Phoibe hinzu. Gerade mit diesen beiden Mädchen hatte sich Medea vor Heeras Reise besonders gut verstanden.

»Vielleicht habt ihr euch verhört«, versuchte Heera ihre Schwester zu verteidigen.

»Ich habe sie ebenfalls in der Nacht danach sprechen gehört«, gestand Erina.

Heera musterte ihr zierliches, blasses Gesicht. Sie mochte das junge Mädchen und vertraute ihr. Es erschien ihr unwahrscheinlich, dass Erina sie belügen würde. Aber genauso unwahrscheinlich empfand sie es auch, dass Medea ein Geheimnis vor ihr haben könnte.

»Vielleicht benutzt sie einen bösen Zauber, um den Prinzen für sich zu gewinnen«, raunte Daphne plötzlich in die Runde. »Sie hat bisher jede Prüfung bestanden.«

Heera fröstelte bei dem Gedanken an die warnenden Worte der Hexe des Ostens. Aber es ging um ihre Schwester. Sie musste nicht in ihr Herz hineinhören, um zu wissen, dass Medea gut war.

»Das ist kein Beweis«, sagte Heera entschieden. »Erina, Acelya und Agnes haben ebenfalls beide Prüfungen bestanden.«

Während Erina und Acelya rot um die Nasen wurden, zuckte Agnes nur unbeeindruckt mit den Schultern und sagte: »Wenn ihr mich fragt, seid ihr lediglich neidisch. Selbst wenn sie ein Geheimnis hat, hat sie keinen Vertrag unterschrieben, der sie dazu verpflichten würde, euch alles zu verraten. Eine Frau ohne Geheimnisse ist langweilig.« Sie stand auf und stolzierte aus dem Raum.

»Eingebildete Ziege«, zischte Daphne ihr verärgert hinterher.

»Es ist ausgeschlossen, dass Medea einen Zauber benutzt«, stellte Heera klar. »Sie ist meine kleine Schwester und ich kenne sie besser als jeder andere.«

»Dann lausche selbst in der Nacht! Dein Zimmer liegt direkt neben ihrem«, forderte Daphne sie heraus.

Heera schüttelte den Kopf. »Ich vertraue meiner Schwester! Wenn sie sagt, dass sie mit niemandem gesprochen hat, dann ist das so und nicht anders.«

Sie schob den Stuhl zurück, um sich zu Medea zu setzen, doch ihre Schwester war bereits gegangen.

Genau in dem Moment betrat Prinz Lean den Saal, so wie beinahe jeden Morgen. In der vergangenen Woche hatte er jeweils einen Tag mit Phoibe und einen mit Xenia verbracht. Beide schwärmten in höchsten Tönen von ihm, doch beide hielten sich bedeckt darüber, ob es zu einem Kuss gekommen war.

»Guten Morgen, die Damen«, begrüßte Lean sie wie üblich.

»Guten Morgen, Prinz Lean«, flöteten die verbliebenen Erwählten zurück.

»Jeder Tag, den ihr in meinem Schloss verweilt, ist mir eine Ehre.« Er lächelte eine nach der anderen an.

Es war für Heera komisch, ihn wiederzusehen. Sie hatte das Gefühl, dass sich auch zwischen ihnen etwas verändert hatte. Sie konnte nur nicht benennen, was es war.

»Dennoch neigt sich die Auswahl dem Ende zu«, fuhr er fort. »Nachdem Heera gestern erfolgreich von ihrer Prüfung zurückgekehrt ist, möchte ich heute Nachmittag Celestia, Acelya und Xenia zu ihren Prüfungen bitten.«

Die drei Genannten erbleichten. Die Angst stand ihnen in die Gesichter geschrieben.

»Was müssen wir tun?«, fragte Xenia mit zittriger Stimme.

Alle Erwählten wollten wissen, was Heera auf ihrer Reise widerfahren war, doch der König hatte ihr verboten, darüber zu sprechen. Keines der Mädchen sollte etwas über die Prüfung einer anderen wissen.

»Das darf ich euch nicht verraten, aber ich versichere euch, dass jede Prüfung zu bestehen ist, solange ihr das Herz am rechten Fleck tragt«, beteuerte der Prinz. »Ihr braucht nicht die Kraft des Bären, sondern den Mut des Löwen und die Intelligenz des Fuchses. Ich wünsche einer jeden von euch Glück für ihre Prüfung.«

»Was ist, wenn wir scheitern?«, fragte Acelya ängstlich, obwohl sie die Antwort bereits kannte.

»Diejenigen, die versagen, scheiden aus der Auswahl aus«, erwiderte Lean ruhig.

Er ließ nicht erkennen, ob er das bedauerte oder ob es ihm gelegen kam. Aber es war von vornherein klar gewesen, dass nur drei Mädchen die nächste Runde erreichen würden und nur eine am Ende sein Herz gewinnen konnte.

Gab es für ihn bereits eine Favoritin, deren Scheitern er bedauern würde, so wie er bedauert hatte, dass Heera die Prüfung mit den Erdbeeren nicht bestanden hatte?

Am Nachmittag verließen Celestia, Xenia und Acelya das Schloss. Alle drei gingen in unterschiedliche Himmelsrichtungen, während die anderen erwählten Mädchen sie von den Fenstern aus beobachteten. Keins von ihnen wusste, was die drei zu tun hatten oder wann sie wiederkommen würden.

Wären ihre Prüfungen innerhalb weniger Stunden erledigt oder würden Tage vergehen wie bei Heera?

»Ich kann nicht verstehen, warum der Prinz von uns verlangt, Aufgaben zu meistern, die kaum ein Mann schaffen würde«, beschwerte sich Daphne mürrisch. »Ich dachte, er sucht eine Braut und nicht seine neue Leibgarde!«

»Sie testen uns, um herauszufinden, wie ernst unser Interesse am Prinzen ist«, erwiderte Phoibe.

»Ich möchte den Prinzen heiraten, aber ich möchte nicht von irgendeiner komischen Kreatur gefressen werden, nur um meine Liebe unter Beweis zu stellen«, widersprach Daphne. »Tot bringe ich weder ihm noch sonst irgendjemandem etwas.«

»Du kannst aufgeben«, schlug ihr Agnes höhnisch vor.

»Das hättest du wohl gern«, konterte Daphne grinsend.

»Ich würde alles tun, um das Herz des Prinzen zu gewinnen«, sagte Medea auf einmal. Sie stand etwas abseits von den anderen Mädchen und schaute jedem Einzelnen nun herausfordernd in die Augen.

»Nicht nur du«, meinte Phoibe und erwiderte ihren Blick.

»Ich habe nichts zu verlieren«, sagte Erina mit derselben Ernsthaftigkeit.

Für keine war die Auswahl ein Spiel, auch wenn die Beweggründe vielleicht unterschiedliche waren. Medea ging es um die Liebe, Erina um ihr Leben, und Daphne ... Das wusste keine so genau.

Heera wusste ja nicht einmal, warum sie selbst noch länger blieb. Es war nicht mehr nur wegen Medea. Ihre Schwester sprach kaum noch ein Wort mit ihr. Es war aber auch nicht wegen des Prinzen oder der Krone.

War sie vielleicht einfach nur neugierig?

Ihr standen keine Prüfungen mehr bevor und sie war sich sicher, dass sich der Prinz am Ende ohnehin nicht für sie entscheiden würde. Vielleicht schätzte er sogar ihren Kampfgeist und bewunderte sie für ihren Mut, aber sie war keine Königin, nicht einmal eine Braut.

Für einen Moment schwiegen alle, dann ergriff Daphne wieder das Wort, als wäre nichts gewesen. »Was müssen sie wohl machen?«

»Vielleicht müssen sie gegen die Hydra des Südens kämpfen«, überlegte Phoibe, woraufhin Daphne erbleichte.

»Die neunköpfige Schlange?«, entfuhr es ihr entsetzt.

»Oder die Königin verlangt nach den goldenen Äpfeln aus dem Geheimen Garten«, flüsterte Erina ängstlich.

»Ihr seid allesamt Angsthasen! Keine von euch ist würdig, die Frau des Prinzen zu werden«, verkündete Agnes herablassend und stolzierte aus dem Zimmer.

»Hochmut kommt vor dem Fall«, zischte Daphne ihr nach und rätselte mit den anderen Mädchen weiter, während Heera aus dem Fenster schaute und das Gespräch ausblendete.

Dicke Schneeflocken fielen vom Himmel. Die Spuren der drei Erwählten waren bereits verweht, so als hätte es sie nie gegeben. Sie dachte an ihre Familie, die viele Kilometer vom Schloss entfernt in ihrer kleinen Hütte am Feuer saß, während der Wind kalt durch die Ritzen im Holz blies.

In diesem Jahr wurden sie von der Hoffnung gewärmt, dass zwei ihrer Töchter die Chance hatten, ihr Leben für immer zu verändern. Wie sehr wünschte sie sich, sie könnte ihre Mutter nur für einen Tag in das Schloss einladen. Oder Elena. Mit ihrer kleinen Schwester würde sie selbst die opulenten Feste genießen. Ihre Augen wären vor Staunen weit aufgerissen und sie würde sich auf der großen Tanzfläche im Kreis drehen wie eine wahrhaftige Prinzessin.

Von ihrer Sehnsucht gepackt, stellte Heera sich neben Medea. »Ich wünschte, Elena könnte bei uns sein«, vertraute sie ihr an.

Medea sah sie überrascht an und lächelte für einen kurzen Moment. »Sie würde uns beiden die Show stehlen.«

»Ist es das, was du mir vorwirfst?«, hakte Heera ernst nach.

Es tat ihr weh, so distanziert mit ihrer Schwester umzugehen. Sie vermisste ihre Unbeschwertheit.

»Erst stiehlst du mir die Show und am Ende den Prinzen«, meinte Medea traurig.

»Sieh dich um«, zischte Heera wütend und deutete auf Daphne, Phoibe und Erina. »Ich bin die Letzte, vor der du dich fürchten solltest. Jede andere wäre eine bessere Königin als ich. Jede andere würde es mehr wollen als ich!«

»Wenn du es nicht willst, warum bist du dann noch hier?«, warf Medea ihr vor.

»Was würde Mutter sagen, wenn ich einfach aufgeben würde? Das kann ich ihr nicht antun!« Auch Heera hatte sich verändert und war weder zu sich selbst noch zu Medea ganz aufrichtig. Es war längst nicht mehr die Enttäuschung ihrer Mutter, die sie im Schloss hielt.

»Was wird sie sagen, wenn ich nach Hause zurückkehre, während du beim Prinzen bleibst?«, entgegnete Medea mit hochgezogenen Augenbrauen. »Das ganze Dorf wird mich verspotten!«

»Das würde niemand wagen«, behauptete Heera aufgebracht. »Warum interessiert es dich immer, was andere über dich denken? Erst schämst du dich für mich und nun fürchtest du mich! Du bist meine Schwester und ich würde immer zu dir stehen. Unbedeutend, was du tust, und ganz gleich, was passiert. Warum kannst du mich nicht auf dieselbe Weise lieben?«

Reumütig blickte Medea sie an, doch sie brachte es nicht über sich, Heeras Vorwurf abzustreiten, sondern schwieg stattdessen.

Verletzt trat Heera zurück und ließ Medea stehen.

Die anderen Mädchen beobachteten sie neugierig. Sie waren die beiden einzigen Schwestern unter den Erwählten und obwohl Heera nur wegen Medea da war, verging kein Tag, an dem sie nicht miteinander stritten.

24

Lean

Lean saß auf seinem weißen Schimmel, der unruhig mit den Hufen scharrte. Neben ihm war Silas auf seiner braunen Stute. Ein weiteres Pferd wartete auf seinen Reiter. Lean hatte Daphne eingeladen, den Tag mit ihm zu verbringen.

Silas würde sie begleiten, zum einen, weil er seinem Freund versprochen hatte, ihn mit Daphne bekannt zu machen – Wettschulden waren Ehrenschulden, die er nicht auf sich sitzen lassen konnte. Zum anderen würde seine Mutter ohnehin darauf bestehen, dass er nicht allein mit einem Mädchen Zeit verbrachte. Sie fürchtete sich davor, dass es zu einem Kuss käme, und dachte, sie würde dem Einhalt gebieten, wenn sie ihnen jemanden mitschickte. Leans eigener Standhaftigkeit schien sie nicht zu vertrauen.

Nach einer halben Stunde trat Daphne aus dem Schloss. Sie trug schwarze Reithosen unter ihrem rosafarbenen Samtmantel. Auf ihrem Kopf saß ein Hut mit großen Federn.

Lean musste sich ein Lachen verkneifen, doch Silas schien das Bild zu gefallen.

Daphne allerdings war sichtlich enttäuscht darüber, dass sie den Prinzen nicht allein antraf, was sie auch offen zur Sprache brachte. »Ich hatte gehofft, dich den Tag über für mich zu haben«, beschwerte sie sich mit einem charmanten Lächeln bei Lean.

Lean bemerkte, dass sie ihn nicht förmlich ansprach, und vermutete, dass sie dies bewusst tat, um für ein Gefühl der Vertrautheit zwischen ihnen zu sorgen. Denn Daphne erschien ihm nicht wie ein Mädchen, das sich nicht zu benehmen wusste. Alles, was sie tat, wirkte wohlüberlegt.

»Das ist mein treuer Freund Silas. Du wirst ihn kaum bemerken. Er ist schweigsam wie ein Grab«, wiegelte er ihren Einwand galant ab.

Er hätte nicht mehr lügen können, doch das würde Daphne schon bald merken.

Silas trat zu dem blonden Mädchen. »Darf ich Euch aufs Pferd helfen, liebreizende Daphne?«, fragte er charmant.

Daphne rümpfte zwar die Nase, aber nahm sein Angebot wortlos an.

Zu dritt verließen sie den Schlosshof. Sie durchquerten die Stadt zur Begeisterung der Bürger, die ihnen jubelnd nachsahen, als sie in Richtung Wald ritten. Der Schnee knirschte auf den Wegen unter den Hufen der Pferde.

Daphne ritt neben dem Prinzen, als sie sprach: »Sagt, mein Prinz, werden wir den ganzen Tag auf dem Rücken der Pferde verbringen?«

»Gefällt dir der Ausritt denn nicht?«, entgegnete er amüsiert. Er hatte bereits damit gerechnet, dass er ihr damit keine Freude machen würde.

Daphne schien kein Mädchen zu sein, das sich in der Natur sonderlich wohl fühlte.

»An deiner Seite würde es mir selbst Freude bereiten, einen Schweinestall auszumisten«, versicherte ihm das Mädchen eilig. »Aber ich hatte gehofft, wir könnten uns unterhalten.«

»Wir unterhalten uns doch«, erwiderte Lean ungerührt. Mit Belustigung bemerkte er die Verärgerung, die sie ihm nicht zu zeigen versuchte.

Wäre er ein gewöhnlicher Bauernjunge gewesen, hätte sie ihn sicher längst stehen gelassen. Sie war es gewohnt, umschwärmt und hofiert zu werden.

Genau das tat Silas. »Daphne ist nur zu höflich, dir zu sagen, dass man eine Dame nicht in die Kälte führt, sondern vor ein warmes Feuer«, sagte er und lächelte das Mädchen freundlich an.

Daphne ließ das völlig kalt. Ohne ihn anzusehen, meinte sie mit spitzem Tonfall: »Das war nicht, was ich sagen wollte, und ich kann sehr gut für mich alleine sprechen.«

»Davon bin ich überzeugt. Euer liebreizender Mund ist bestimmt noch für mehr als zum Sprechen gemacht«, feixte Silas, woraufhin Lean zu lachen begann.

Empört fuhr Daphne zu dem Freund des Prinzen herum und strafte ihn mit einem wütenden Blick.

»Ich kann dich beruhigen, liebe Daphne, wir werden in dem Jagdschloss meiner Familie einkehren. Dort erwartet uns bereits ein reich gedeckter Tisch vor einem prasselnden Feuer«, versicherte ihr Lean, dem es schwerfiel, nicht erneut zu lachen.

Nach etwa einer halben Stunde erreichten sie das besagte Schloss. Sobald sie den kleinen Hof betraten, eilten drei Burschen herbei, die ihnen die Pferde abnahmen und in die Ställe führten.

Daphne hakte sich ungefragt bei dem Prinzen ein und trat mit ihm in das Gebäude. »Das war ein herrlicher Ausritt«, säuselte sie, dabei sah Lean ihr an, wie froh sie war, den Wald und die Kälte nun hinter sich zu lassen.

Silas trat auf ihre andere Seite. »Ich fand es auch ganz allerliebst, aber das lag an der reizenden Begleitung«, versuchte er mit Daphne zu flirten, die ihn weiterhin hochnäsig ignorierte.

»Vielleicht sollten wir Daphne das nächste Mal mit zur Jagd nehmen«, schlug Lean vor und sah mit schelmischer Genugtuung, wie das Mädchen erschrocken die Augen aufriss.

In dem kleinen Saal des Jagdschlosses knisterte bereits das Feuer im Kamin. Drei große Ohrensessel und ein Tisch mit Tee und Gebäck standen davor.

Lean ließ sich links nieder und bot Daphne den Sessel in der Mitte an, während Silas rechts von ihr Platz nahm.

Sie löste ihren Umhang. Darunter trug sie eine weiße Bluse, die nicht wie üblich bis zum Hals zugeknöpft war, sondern sie hatte die obersten drei Knöpfe scheinbar zufällig offen gelassen, sodass sie tiefe Einblicke in Daphnes wohlbestücktes Dekolleté gewährten.

Während Silas die Augen nicht mehr von der blonden Schönheit lassen konnte, wäre Lean am liebsten erneut in Gelächter ausgebrochen.

Der Tag verlief amüsanter, als er es erwartet hätte.

Eine Dienerin eilte herbei und goss dampfenden Tee in ihre Tassen, bevor sie sich zurückzog. Schweigend nippten sie an ihren Tassen.

Daphne nahm sich als Erste eines der angerichteten Törtchen. Es war mit einer Sahnehaube verziert, auf deren Spitze eine Kirsche zur Zierde saß. Diese zog Daphne mit spitzen Fingern heraus und wandte sich mit aufreizendem Lächeln an Lean.

»Diese Kirsche ist nur ein winziger Bestandteil des Törtchens und trotzdem der Blickfang. Das ist, was ich für dich sein möchte, mein Prinz. Willst du meine Kirsche kosten?« Sie hielt ihm die kleine Frucht zwischen ihren Fingern vor den Mund.

Daphne war mutig und nicht auf den Mund gefallen, was Lean gefiel, trotzdem schüttelte er den Kopf. »Sehr zuvorkommend, liebste Daphne. Du wärst sicher eine ausgezeichnete Kirsche, aber mein Freund Silas sieht deutlich hungriger aus als ich. Warum bietest du ihm nicht die süße Frucht an?«

Wie auf Befehl kniete dieser sogleich vor Daphne mit geöffnetem Mund.

Diese kniff verärgert die Augen zusammen und schob sich die Kirsche lieber selbst in den Mund, als Silas zu füttern. »Ich bin sicher, dein Freund ist alleine in der Lage zu essen«, konterte sie frech.

Silas griff sich dramatisch ans Herz, als hätte sie ihm dieses soeben gebrochen. »Ihr würdet einen armen Mann verhungern lassen?«, scherzte er und setzte sich mit einem Stück Kuchen zurück auf seinen Sessel.

Kaum dass er sich niedergelassen hatte, wandte sich Daphne ungewohnt liebenswürdig an ihn. »Ich glaube, ich habe einen meiner Handschuhe auf dem Hof verloren. Wärt Ihr so freundlich und würdet nachschauen gehen?«, bat sie mit klimpernden Wimpern.

Silas sah unsicher zu Lean. Die Königin hatte ihm eingeschärft, den Prinzen keine Minute mit dem Mädchen allein zu lassen, doch Lean nickte.

Zögerlich stand Silas auf und verließ den Saal.

Als er weg war, beugte sich Daphne erneut zu Lean. Dabei sah er, dass ihre Handschuhe direkt hinter ihr lagen.

»Dort sind doch deine Handschuhe«, entfuhr es ihm überrascht.

Sie schlug sich in gespielter Bestürzung die Hände vor den Mund. »Ups!« Daphne kicherte und legte Lean eine Hand auf den Arm. »Dann ist der arme Silas wohl umsonst hinausgegangen.« Sie grinste und streichelte über den weichen Stoff seines Oberteils. Ihre Wangen waren vom Feuer gerötet und in ihren Augen lag ein verlockender Glanz.

Lean erwiderte ihren Blick ungerührt. »Du bist ein Schlitzohr, Daphne. Ist es möglich, dass du meinen Freund nur loswerden wolltest, um mit mir alleine zu sein?«

»Du hast mich durchschaut, mein Prinz«, erwiderte sie ungerührt und rückte noch etwas näher zu ihm. »Bist du mir nun böse?«

Er schmunzelte. »Eine Königin sollte wissen, was sie will, und manchmal kann ein kleiner Trick nicht schaden.«

Seine Worte ermutigten sie, noch näher zu rücken. Sie lehnte nun weit über beiden Sessellehnen und war Lean so nah, dass er nur seine Hand hätte heben müssen, um ihr Gesicht zu berühren.

»Es freut mich, dass du das so siehst«, hauchte sie. »Ich wusste schon immer, was ich wollte, und bisher habe ich alles bekommen, was ich mir in den Kopf gesetzt habe.«

Ihre Lippen näherten sich seinen, doch bevor sie einander berühren konnten, wich Lean ein Stück zur Seite aus.

In dem Moment kam Silas zurück und räusperte sich laut. »Ich hoffe, nicht zu stören!«

Daphne stieß zur Antwort wütend Luft aus.

»Es tut mir leid, aber ich habe Euren Handschuh nicht gefunden. Ihr dürft jedoch gerne meinen haben«, bot Silas ihr zuvorkommend an, als er sich erneut vor dem Feuer niederließ.

»Ich habe mich wohl geirrt«, erwiderte Daphne und wedelte mit ihren eigenen Handschuhen.

»Ihr habt mich umsonst in die Kälte geschickt?«, fragte Silas. »Findet Ihr nicht, dass ich dafür eine Entschädigung verdient hätte?«

Daphne warf einen genervten Blick in seine Richtung. »Was schwebt Euch vor?«

»Wie wäre es mit einem keuschen Kuss auf die Wange?«

Daphne sah zu Lean in der Hoffnung, dass er etwas dagegen einwenden würde, doch er nickte nur. »Mach ruhig. Hilfsbereitschaft sollte stets belohnt werden!«

Sie wagte nicht, sich ihm zu widersetzen, und so beugte sie sich schnell zu Silas, um ihn auf die Wange zu küssen, doch kurz bevor ihre Lippen seine Haut berührten, wandte er ihr den Mund zu. Für einen Augenblick lagen seine Lippen auf ihren.

Empört wich Daphne zurück und versetzte Silas eine schallende Ohrfeige. »Wie kannst du es wagen!«, fuhr sie ihn wütend an und sprang auf.

Silas legte sich erschrocken eine Hand auf die glühende Wange, aber grinste dabei nur. »Ein Versehen«, behauptete er.

Daphne verschränkte eingeschnappt die Arme vor der Brust. »Wir sollten zurück zum Schloss reiten, bevor es dunkel wird.«

Lean erhob sich ebenfalls aus seinem Sessel. »Du bist nicht nur schön und willensstark, sondern auch noch weise«, zog er sie auf und hüllte sich in seinen Umhang.

Ehe sichs Daphne versah, stand Silas bereits hinter ihr und reichte ihr charmant ihren Umhang. Sie riss ihm diesen ungehalten aus den Händen und warf ihn sich über. »Du hast dir für heute genug erlaubt«, zischte sie ihm wütend zu.

»Für heute?«, wiederholte Silas mit erhobenen Augenbrauen. »Das nehme ich als Einladung.«

Daphne knirschte frustriert mit den Zähnen und stapfte aus dem Saal.

Kaum dass sie aus der Tür war, brach Lean in ungehaltenes Gelächter aus. Silas fiel mit ein.

»Du hast mir meine Braut verjagt«, japste Lean.

»Ich hätte Freude, sie dir wieder einzufangen.« Silas grinste und folgte Daphne hinaus.

Sie erreichten das Schloss zum Einbruch der Dämmerung. Lean verabschiedete sich von Daphne mit einem höflichen Handkuss.

»Ich werde von dir träumen, mein Prinz.« Daphne legte sich eine Hand übers Herz, um ihren Worten Nachdruck zu verleihen.

»Und ich werde von Euch träumen, meine schlagfeste Schönheit«, verkündete Silas an Leans Stelle und beugte sich zu Daphne, um sie erneut zu küssen.

Sie wich eilig vor ihm zurück. »Wage es nicht noch einmal, mich zu berühren«, drohte sie ihm mit erhobenem Finger.

Silas tat, als hätte sie ihm ein Kompliment gemacht. »Eure Stimme ist Musik in meinen Ohren. Sorgt Euch nicht, schon morgen werden wir uns wiedersehen.«

»Wenn du dir eine Tracht Prügel abholen möchtest, kannst du mich gerne besuchen«, konterte sie tough und ging.

25

Heera

Als Heera am nächsten Morgen nur Xenia unter den Erwählten sitzen sah, ahnte sie, dass Celestia und Acelya an ihren Prüfungen gescheitert sein mussten. Ein Blick zu der Tafel mit der Rangfolge bestätigte ihre Vermutung.

1. Erina
2. Xenia
3. Daphne
4. Heera
5. Phoibe
6. Medea
7. Agnes

Erneut fragte sich Heera, wer für die Rangliste verantwortlich war. Erstellte der Prinz sie allein oder in Absprache mit seinen Eltern? Sie bezweifelte, dass Königin Niobe sie irgendeiner anderen Kandidatin vorziehen würde.

Heera mochte zwei der drei Prüfungen bestanden haben, aber deshalb war sie noch lange keine geeignete Braut. Es ärgerte sie, dass sie nach wie vor über Medea stand.

Sie dachte, sie hätte sich dem Prinzen gegenüber bereits beim letzten Mal deutlich ausgedrückt.

Verstand er nicht, in welche Schwierigkeiten sie das brachte? Medea würde womöglich nicht ein Wort mehr mit ihr wechseln.

Obwohl Daphne unter den ersten dreien war, schien sie nicht zufrieden. Sie fürchtete sich wie alle anderen vor ihrer Prüfung und belagerte Xenia mit ihren neugierigen Fragen. »Was musstest du machen?«

»Ich darf darüber nicht reden.« Xenia seufzte.

»Was mussten Celestia und Acelya machen?«

»Ich weiß es nicht«, stöhnte sie genervt.

»Musstest du gegen wilde Tiere kämpfen?«

»Daphne, ich darf es dir nicht sagen«, fauchte Xenia nun wütend. »Ganz gleich, wie oft du mich fragst!«

»Warum nicht?«

»Frag nicht mich, sondern den Prinzen!«

In dem Moment betrat Lean den Raum und sah amüsiert zu den beiden Mädchen. Er schien ihre Unterhaltung belauscht zu haben.

»Was soll sie mich fragen?« Er hob interessiert die Augenbrauen, woraufhin sie gleichzeitig erröteten.

»Ich habe mich nur gewundert, was aus Celestia und Acelya geworden ist«, gestand Daphne, jedoch weniger herrisch, als sie zuvor mit Xenia gesprochen hatte.

»Beide Mädchen sind wohlbehalten zu ihren Eltern zurückgekehrt«, versicherte Lean ihnen lächelnd.

Daphne erhob sich von ihrem Stuhl und berührte ihn sanft an der Schulter. »Prinz Lean, ich habe den gestrigen Tag mit dir sehr genossen, aber ich hatte das Gefühl, wir hatten viel zu wenig Zeit alleine. Wie wäre es, wenn wir heute dort weitermachen würden, wo wir gestern stehen geblieben sind?«

Keine hatte es bisher gewagt, ihn so direkt um ein Treffen zu bitten, doch Lean schien nicht abgeneigt, denn er lächelte.

»Gewiss, liebreizende Daphne, jedoch nicht heute.« Er schob ihre Hand von seinem Arm und schritt zielstrebig durch den Raum – vor Medea machte er halt.

»Liebste Medea, du hast mir ein Duett mit deiner Lerche versprochen. Steht dein Angebot noch?«

Medeas Augen begannen vor Freude zu leuchten, bevor sie ihm mit strahlendem Lächeln antwortete: »Wann immer Ihr wünscht, mein Prinz.«

»Schenke mir diesen Tag«, bat er und reichte ihr seine Hand.

Heera freute sich für ihre Schwester, als hätte der Prinz sie selbst gebeten, mit ihm den Tag zu verbringen. Der Gedanke traf sie unvorbereitet, denn bisher hatte sie nicht geglaubt, dass sie sich überhaupt darüber freuen würde, mit ihm Zeit zu verbringen.

Der Prinz wird nur jene wählen,
deren Herz so rein
wie ihr Äußeres ist.

26

Lean

Der Prinz erwartete Medea in einer Kutsche vor dem Schloss. Medea war noch einmal in ihr Zimmer verschwunden, um sich zurechtzumachen und den Käfig mit der Lerche zu holen. Seitdem war jedoch bereits eine halbe Stunde verstrichen.

Lean seufzte genervt auf. Alle Kandidatinnen waren hübsch genug, sodass es für ihn keinen Unterschied machte, ob sie nun das Haar glatt oder in Wellen trugen oder ob sie ein blaues oder grünes Kleid anhatten.

Als sich endlich die Schlosstüren öffneten und Medea in das Schneegestöber hinaustrat, raubte ihr Anblick ihm dennoch den Atem. Sie sah nicht anders aus als sonst, aber diese Wirkung hatte sie bereits seit dem ersten Tag auf ihn. An ihr war etwas Magisches, das ihn völlig in ihren Bann zog. Sie trug einen blauen Umhang und von ihrer Hand baumelte der goldene Vogelkäfig.

Lean setzte sein charmantestes Lächeln auf und öffnete ihr die Tür zur Kutsche. Hilfsbereit nahm er ihr den Käfig aus der Hand, bis sie sich ihm gegenübergesetzt hatte. Sie schenkte ihm ein entwaffnendes Lächeln, das ihn seine Ungeduld vergessen ließ.

»Wohin fahren wir?«, fragte Medea aufgeregt. In ihrem dunklen Haar schmolzen weiße Schneeflocken.

Die Kutsche setzte sich in Bewegung, aber der Prinz sagte: »Du sollst die arme Lerche nicht grundlos mit in die Kälte genommen haben, so sing für mich.«

Sie räusperte sich und stimmte den ersten Ton an. Ihre Stimme war klar wie eine Winternacht. Die Lerche zwitscherte vergnügt mit.

Lean hatte das Gefühl, mehr über Medea zu erfahren, wenn er ihrem Gesang lauschte, als wenn sie sprach. Ihre Stimme schien aus ihrem Herzen zu kommen und spiegelte ihre Angst und ihre Zweifel wider.

Irgendetwas betrübte sie, sosehr der kleine Vogel auch versuchte, sie durch sein fröhliches Zwitschern aufzuheitern. Der Prinz konnte den Blick nicht von ihr abwenden. Ihr Gesang legte sich warm um sein Herz.

Als sie verstummte, hätte er am liebsten direkt noch ein Lied von ihr eingefordert, stattdessen spendete er ihr begeistert Applaus.

»Großartig!«, lobte er sie, woraufhin sie errötete, ihn aber liebevoll ansah.

»Es freut mich, wenn es Euch gefallen hat, mein Prinz«, erwiderte sie höflich.

»Ich habe nie eine schönere Stimme gehört«, sagte Lean ehrlich. »Du hast deine Lerche wirklich gut trainiert.«

Medea lachte. »Ihr täuscht Euch. Nicht *ich* habe die Lerche gelehrt, sondern sie mich. Euer Geschenk ist mir das Liebste im Leben.«

Während sie ihm mit geröteten Wangen, dem dunklen Haar, den leuchtenden Augen und dem warmen Lächeln gegenübersaß, empfand Lean plötzlich eine Zuneigung für sie wie nie zuvor.

Medea schien nicht nur eine talentierte Schönheit zu sein, sondern auch ein gutes Herz zu haben. Er dachte daran, wie Heera ihm anvertraut hatte, dass ihre Schwester schon immer in ihn verliebt gewesen sei. Das ganze Königreich würde sie lieben.

Obwohl Lean sie schätzte, war sie ihm jedoch fremd, so wie die meisten der Erwählten.

»Medea, würdest du mir einen Gefallen tun?«, fragte er sie eindringlich.

»Was immer Ihr wünscht«, kam die prompte Antwort.

»Hör bitte auf, mich so förmlich anzusprechen«, bat er sie lächelnd. »Sonst habe ich das Gefühl, mich in einer Verhandlung und nicht in einer Verabredung zu befinden. Nenn mich bitte bei meinem Namen.«

Sie nickte eilig und flüsterte dann: »Lean.«

Er mochte, wie sie seinen Namen aussprach. Bei ihrer Stimme klang er melodisch und es ließ ihn an flüssige Schokolade denken.

»Würdest du mir verraten, wo wir hinfahren?«, fragte sie schüchtern.

»Es ist eine Überraschung.« Er grinste. »Aber ich bin sicher, es wird dir gefallen.«

Die Kutsche bog in diesem Augenblick nach rechts in das nächste Dorf ab. Es ruckelte wegen der Pflastersteine am Boden, und die Menschen blieben neugierig stehen, um einen Blick in das Innere zu erhaschen.

Lean winkte ihnen zu und forderte Medea auf, es ihm gleichzutun. Sie ging dabei völlig auf. Ihre Freude war von reiner Natur. Der Prinz konnte sie bereits vor sich sehen mit einer Krone auf dem schönen Haar. Sie saß gerade und hatte den Kopf stets leicht erhoben, was ihr eine Eleganz verlieh, ohne dabei hochnäsig zu wirken.

Ihre Fahrt endete vor einem großen, runden Gebäude.

Medea blickte staunend aus dem Fenster. »Das Theater!«, rief sie voller Begeisterung aus.

»Warst du schon einmal im Theater?«, erkundigte sich Lean.

»Noch nie! Aber ich habe schon immer davon geträumt«, gestand sie.

Lean stieß die Tür auf und reichte ihr seine Hand. »Komm mit, ich möchte dir die Schauspieler vorstellen!«

Es machte ihn glücklich, zu sehen, wie sehr sich Medea über seinen Vorschlag freute. Anders als bei Erina und Daphne schien er dieses Mal mit seiner Idee ins Schwarze getroffen zu haben.

Als sie das Theater betraten, befanden sich etwa ein Dutzend Leute auf der Bühne. Während die Hälfte von ihnen mit dem Bühnenbild beschäftigt war, probte die andere Hälfte eine Szene. Es waren ausschließlich Männer, wie es üblich war. Doch einer von ihnen trug ein Kleid, bei dessen Pracht selbst die Königin neidisch geworden wäre. Ausgerechnet dieser entdeckte sie als Erstes und warf sich theatralisch den Arm auf die Stirn.

»Der Prinz erweist uns die Ehre und ich habe nichts gekocht«, johlte er, womit er Lean ein Grinsen entlockte.

»Du solltest dich etwas schämen, meine Liebste«, zog der Prinz den Mann, der eine blonde Langhaarperücke trug, auf und küsste ihm spielerisch die Hand.

Medea kicherte an seiner Seite. Auch die anderen Schausteller traten neugierig näher.

»Prinz, was habt Ihr uns da für eine Augenweide mitgebracht?«, fragte ein groß gewachsener Mann mit breiten Schultern, aber einem freundlichen Gesicht.

Lean deutete auf Medea, die vor den Männern einen höflichen Knicks vollführte. »Das, meine Freunde, ist die gleichermaßen begabte wie wunderschöne Medea! Sie hat die Stimme einer Nachtigall!«

»Dann lass mal dein Stimmchen hören, liebe Nachtigall«, forderte der Mann in den Frauenkleidern lachend.

Medea sah fragend zu Lean und als dieser zustimmend nickte, ließ sie sich von zwei der Männer auf die Bühne helfen. Ihre Augen funkelten, als sie zu den vielen Sitzreihen blickte. Sie drehte sich vergnügt im Kreis, bevor sie zu singen begann. Dieses Mal deutlich fröhlicher und freier als noch zuvor in der Kutsche.

Lean konnte sehen, wie sehr sie es genoss, auf der Bühne zu stehen. Es war, als erlebte er sie in ihrem Element.

Während Erina in Gesellschaft der Adligen immer kleiner geworden war, blühte Medea unter den Schauspielern förmlich auf.

Die Männer begannen, unaufgefordert zu ihrem Gesang zu tanzen, während einer freudig Klavier spielte. Lean konnte sich nicht erinnern, je einen besseren Auftritt gesehen zu haben. Er lachte aus voller Kehle, als Malo, die weibliche Hauptrolle des Theaters, mit Medea zu tanzen begann.

Sie zeigte keine Scheu, sondern ließ sich von ihm über die Bühne wirbeln. Lean konnte sich nicht länger bremsen und kletterte ebenfalls zu den anderen empor. Er löste Malo ab und tanzte selbst mit Medea.

Hier unter den Schauspielern fühlte er sich wohl. Seitdem er denken konnte, hatte er die Besuche im Theater geliebt. Er kannte jeden der Männer beim Namen und behandelte sie wie alte Freunde, was sie für ihn auch waren.

Nach ihrer kleinen Gesangseinlage zogen die Schauspieler für Medea und Lean zwei große Sessel auf die Bühne, auf denen die beiden wie auf zwei Thronen Platz nehmen konnten. Von dort aus durften sie ihnen bei den Proben zusehen.

Zu Mittag gab es Brathähnchen mit Bier aus der nahe gelegenen Schenke. Lean amüsierte sich und es freute ihn jedes Mal, wenn er sah, wie ungezwungen Medea an seiner Seite lachte. Sie zog das Hähnchenfleisch von den Knochen wie eine echte Dame. Bei dem Geschmack des Bieres auf seiner Zunge musste Lean jedoch an Heera denken.

»Kann deine Schwester wirklich so viel Bier trinken, wie sie behauptet?«, fragte er Medea, ohne weiter darüber nachzudenken.

Doch sobald seine Worte ausgesprochen waren, verkrampfte das Mädchen neben ihm. »Heera hat vor allem eine große Klappe«, erwiderte sie spitz.

Es war kaum zu überhören, dass Medea nicht gerade gut auf ihre ältere Schwester zu sprechen war. Auch Heera hatte sich bei Lean bereits darüber beklagt und ihm die Schuld daran gegeben.

Er stupste Medea grinsend an. »Wenn ich mir einen großen Bruder wünschen könnte, dann wäre er wie Heera. Du weißt, dass sie dich immer beschützen würde, oder?«

Medea sah ihn neugierig an, bevor sie nachgiebig lächelte. »Ja, das weiß ich. Aber Heera ist meine Schwester und nicht mein Bruder. Wenn sie mein Bruder wäre, hätte ich auch keine Probleme mit ihr.«

»Was stört dich denn an ihr?«, erkundigte er sich mit aufrichtigem Interesse.

Er wollte nicht dafür verantwortlich sein, dass zwei Schwestern sich zerstritten. Er hätte sich selbst immer Geschwister gewünscht.

Medea zögerte mit ihrer Antwort und musterte sorgsam sein Gesicht. »Ich habe mich nicht für dich beworben, um mit gebrochenem Herzen nach Hause zurückkehren zu müssen. Jedes

Mädchen, das dir nahesteht, ist Konkurrenz für mich, selbst meine eigene Schwester.«

Lean war überrascht und zugleich beeindruckt von ihrer Ehrlichkeit. Gern hätte er ihr in diesem Moment gesagt, dass sie sich keine Sorgen zu machen brauchte, aber das wäre gelogen gewesen – auch wenn sie für diesen einen Augenblick seine Nummer eins war. Medea schien alles zu haben, was er sich für seine Braut wünschte. Sie war hübsch, intelligent, talentiert und dazu verstand sie Spaß.

Hätte er heute wählen müssen, wäre sie seine Erwählte gewesen. Aber es lagen noch Wochen vor ihnen. Sechs andere Mädchen waren noch im Rennen und vier Prinzessinnen warteten darauf, um ihn zu kämpfen. Es war zu früh für eine Entscheidung, deshalb konnte er nicht mehr tun, als ihr ein Lächeln zu schenken.

»Du gefällst mir, Medea.«

Sie errötete, ohne den Blick zu senken. Für ein paar Sekunden sahen sie einander an, und alles andere schien um sie herum zu verschwimmen.

Doch dann holte Malo sie ins Geschehen zurück, als sein Bierkrug direkt in Medeas Richtung umfiel und ihr blaues Kleid tränkte. Sie keuchte erschrocken auf und der Schauspieler fiel vor ihr auf die Knie.

»Liebste Medea, sorgt Euch nicht! Ich habe wundervolle Kleider, sucht Euch eins davon aus.«

Medea wirkte erst verunsichert, nahm dann aber sein Angebot an und verschwand mit ihm hinter der Bühne.

Der Tag neigte sich bereits dem Abend zu und Lean nahm auf der königlichen Tribüne Platz, während die ersten Zuschauer in das Theater strömten. Der rote Vorhang wurde zugezogen und Medea war immer noch nicht zurück.

Umso überraschter zeigte sich Lean, als sie das Schauspiel eröffnete und in einem von Malos Kleidern auf die Bühne trat. Einige der Zuschauer erkannten sie und riefen begeistert ihren Namen, doch Medeas Augen waren auf Lean gerichtet.

Das Volk blickte ebenfalls zu ihm empor und applaudierte begeistert. Er winkte allen lächelnd zu.

»Ich möchte Prinz Lean für den schönsten Tag meines Lebens danken«, sagte Medea mit lauter und starker Stimme. »Deshalb singe ich heute nur für ihn.«

Malo reichte ihr den Käfig mit der Lerche und in Begleitung des Klaviers begannen sie zu singen.

Lean schloss die Augen, lauschte ihrer Stimme und vergaß alles um sich herum. Er würde von ihr und diesem wundervollen Tag träumen.

Als sie in der Dunkelheit ins Schloss zurückkehrten, bedauerte Lean zum ersten Mal, dass der Tag nicht mehr Stunden hatte. Er hatte Medeas Nähe genossen. Sie hielten vor der Treppe an, die ihre Wege trennte.

»Danke für diesen schönen Tag«, sagte Lean liebevoll und streichelte wie selbstverständlich über Medeas Wange.

»Ich habe dir zu danken«, erwiderte sie und hielt seine Hand fest.

Sie sahen einander tief in die Augen, und Lean verspürte in seiner Brust ein Verlangen wie nie zuvor.

Er wollte ihr nahe sein – sie küssen.

Das war das erste Mal in seinem Leben, dass es ihm tatsächlich schwerfiel, sich von einem Mädchen zu lösen. Es tat beinahe körperlich weh, von ihr zurückzutreten und den enttäuschten Blick in ihren Augen zu sehen.

Er verneigte sich vor ihr und küsste ihre Hand zum Abschied. »Schlaf gut!«

27

Medea

Medeas Schritt war beschwingt, als sie durch den Flur zurück zu ihrem Zimmer ging. Am liebsten hätte sie die ganze Nacht gesungen, getanzt und sich in Leans Augen verloren.

Der Tag im Theater war unvergesslich und könnte nur durch eine Hochzeit getoppt werden. Aber selbst wenn nicht, würde sie zwar daran zerbrechen, doch zumindest bliebe ihr die Erinnerung wie ein warmes Feuer in ihrem Inneren.

Sie hatte erwartet, dass sie ihre Liebe zur Musik aufgeben müsste, wenn sie den Prinzen heiratete, weil es sich für eine Königin nicht schickte, wie eine Schaustellerin umherzuziehen, aber vielleicht konnte sie Lean lieben, ohne etwas anderes dafür hinter sich lassen zu müssen. Vielleicht wäre es ihr sogar vergönnt, den Künsten zu einer größeren Rolle in der Gesellschaft zu verhelfen.

Als Königin läge es in ihrer Macht, dafür zu sorgen, dass neue Theater erbaut und die Alten repariert wurden. Sie könnte Mädchen und Frauen als Schauspieler zulassen, auch wenn Malo seine Rolle als holde Helena hervorragend gespielt hatte. Er hatte ihr angeboten, sollte der Prinz so dumm sein und sich für eine andere entscheiden, so dürfe sie gerne ihn heiraten.

Allein bei dem Gedanken daran fing sie erneut zu kichern an.

Zum ersten Mal, seitdem sie im Schloss war, glaubte sie wirklich daran, dass sie es schaffen könnte. Lean mochte sie, das hatte er nicht nur gesagt, sondern sie hatte es auch in seinen Augen gesehen und in ihrem Herzen gespürt.

Als sie die anderen Mädchen wie zufällig im Flur stehen sah, hob sie ihr Kinn noch etwas höher. Sollten die anderen denken, was sie wollten, sie würde sich von niemandem ihre Freude verderben lassen.

Die neugierige Daphne ging ihr als Erste entgegen. »Du siehst aus, als hättest du einen schönen Tag gehabt«, stellte sie fest.

Medea lächelte sie triumphierend an. »Der schönste meines Lebens.«

»Was habt ihr unternommen?«, fragte Xenia begeistert und hakte sich bei ihr ein, als wären sie Freundinnen.

Vielleicht hätten sie sogar welche werden können, aber das war gewesen, bevor die anderen begonnen hatten, ihr zu misstrauen.

Sanft, aber bestimmt löste sich Medea von ihr. »Wir waren im Theater. Ich habe die Show eröffnet und für Lean gesungen.«

»Es schickt sich nicht, den Prinzen bei seinem Namen ohne Titel zu nennen«, korrigierte Agnes sie hochnäsig.

»Er hat mich darum gebeten«, widersprach Medea unbeirrt.

»Habt ihr euch geküsst?«, fragte Daphne und alle hielten vor Spannung den Atem an.

Es hatte mehr als einen Moment gegeben, in dem Medea beinahe erwartet hätte, dass Lean sie küssen würde. Sie hatten sich öfter tief in die Augen gesehen, hatten dabei alles um sich herum vergessen und waren ganz schweigsam geworden. Zuletzt auf der

Treppe vor dem Schloss, bevor sich ihre Wege voneinander getrennt hatten.

Aber Lean war zu gut erzogen, um sie bereits nach dem ersten Treffen auf den Mund zu küssen. Stattdessen hatte er sich vorgebeugt und ihr einen Kuss auf die Hand gehaucht. Sie hatte sich wie eine Prinzessin gefühlt.

»Er hat mich geküsst«, antwortete Medea mit seligem Lächeln.

Es war nicht einmal gelogen. Was konnte sie dafür, wenn die anderen es falsch verstanden?

Der eifersüchtige Ausdruck in ihren Gesichtern war ihr Genugtuung für die letzten Tage, in denen die anderen sie ignoriert und wie eine Verräterin behandelt hatten.

»Entschuldigt mich bitte, ich möchte nun zu Bett gehen und von meinem Prinzen träumen«, verabschiedete sich Medea großspurig und schob sich an den anderen vorbei zu ihrer Tür.

Sie huschte in ihr Gemach und lehnte sich mit geschlossenen Augen und klopfendem Herzen gegen das kühle Holz.

Von draußen hörte sie leises Stimmengemurmel. Die anderen würden sich nun wieder die Mäuler über sie zerreißen, aber es verletzte sie nicht länger, sondern erfüllte sie mit Stolz.

»Ich wusste, du würdest ihn um den kleinen Finger wickeln«, sagte plötzlich eine Stimme, die ihr bekannter war als ihre eigene.

Erschrocken schlug Medea die Augen auf.

Heera saß auf ihrem Bett und blickte ihr durch das dunkle Zimmer entgegen.

»Was tust du denn hier?«, stieß Medea aus und stellte den Käfig mit der Lerche auf den Tisch.

»Ich habe auf dich gewartet«, erklärte Heera mit einem fürsorglichen Lächeln, das es Medea schwermachte, länger wütend auf sie zu sein.

Trotzdem blieb sie misstrauisch. »Was ist? Möchtest du auch wissen, ob wir uns geküsst haben?«

»Ich bin sicher, dass ihr das habt. Er müsste ein völliger Dummkopf sein, um dir widerstehen zu können.« Heera grinste und zog Medea sanft an der Hand zu sich aufs Bett. Sie strich ihr das seidige Haar aus dem Gesicht und griff nach der Bürste von ihrem Nachttisch. Zärtlich begann sie, ihr das Haar zu bürsten.

Medea entspannte sich augenblicklich. Irgendwie hatten sie die Rollen getauscht. Sonst war sie es immer gewesen, die Heera zu Hause vor dem Feuer die Haare gekämmt hatte.

»Es war wunderschön«, murmelte sie. »Wir waren den ganzen Tag im Theater. Lean liebt das Schauspiel genauso sehr wie ich.«

»Ich freue mich für dich«, versicherte Heera ihr eindringlich und hörte sich dabei so aufrichtig an, dass Medea ein schlechtes Gewissen bekam.

Vielleicht hatte Lean recht und Heera wollte wirklich nur ihr Bestes, so wie sie es die ganze Zeit beteuert hatte.

Sie drehte sich zu Heera um. Es fiel ihr schwer, in deren äußerlicher Erscheinung die ältere Schwester zu erkennen. Medea war es gewohnt, Heera mit verfilztem Haar und der Kleidung ihres Vaters vor sich zu sehen, doch jetzt blickte sie in das schöne Gesicht einer starken jungen Frau.

Heeras Haar war nicht so glatt und seidig wie ihres, aber dafür von einem warmen Braunton und sanften Wellen, die ihrem harten Gesichtsausdruck etwas Sanftes und Weiches verliehen. Auch in dem schlichten Kleid machte sie eine gute Figur.

Heera selbst sagte immer, dass sie weder in Schönheit noch in Talent mit den anderen Erwählten mithalten könnte, doch Medea wusste, dass sie sich irrte. Sie sah in ihrer Schwester, was Lean von ihrem ersten Zusammentreffen an gesehen haben musste. Sie war tough und hart im Nehmen, aber trotzdem gelang es ihr nicht, das Mädchen in sich völlig zu verstecken.

»Es tut mir leid.« Erst als Medea es aussprach, spürte sie, wie sehr sie der Streit belastet hatte. Tränen der Schuld traten in ihre Augen, sie schloss ihre Arme um die Taille von Heera und schmiegte sich an sie. »Ich war zu Unrecht gemein zu dir«, schluchzte sie, während die weiche Seide von Heeras Kleid ihre Tränen aufsog. Obwohl sie Heera nicht anblickte, spürte sie ihr Lächeln, während diese ihr über den Rücken streichelte.

»Ist schon gut, ich verzeihe dir«, meinte Heera versöhnlich. »Du bist meine kleine Schwester und ich kann dir nicht lange böse sein. Aber bitte vertrau mir in Zukunft!«

»Das werde ich«, versprach Medea und löste sich von ihr.

Heera reichte ihr ein Taschentuch. »Darf ich dich etwas fragen?«

»Natürlich«, murmelte Medea, während sie sich die Nase putzte.

»Aber du darfst nicht wütend werden. Ich möchte es nur wissen, um sicherzugehen.«

»Was möchtest du wissen?«

»Hat Lean etwas über mich gesagt?«

Obwohl sie sich gerade erst vertragen hatten, war Medea überrascht von Heeras Frage. Es hatte sie verletzt, dass Lean an ihrem gemeinsamen Tag von Heera gesprochen hatte.

»Warum möchtest du das wissen? Ist er dir doch nicht gleichgültig?«, hakte sie nach.

»Wie könnte er mir gleichgültig sein, wenn er mal mein Schwager wird?«, konterte Heera. »Ich möchte es nur wissen, um dir zu zeigen, dass mein Benehmen keinen schlechten Einfluss auf dich genommen hat. Ich wette, er hat mich nicht mit einem Wort erwähnt, hab ich recht?«

Medea konnte die Unsicherheit in der Stimme ihrer Schwester hören. Es waren nur ein paar Sätze gewesen, die sie mit Lean über Heera gewechselt hatte. Aber in diesen wenigen Worten hatte er voller Anerkennung und Zuneigung über sie gesprochen. Allerdings nicht unbedingt, wie man über seine Braut sprechen würde. Um genau zu sein, hatte er sogar gesagt, dass er froh wäre, sie als älteren Bruder zu haben. Es war im Grunde unbedeutend.

»Du hast recht. Er hat dich nicht mit einem Wort erwähnt«, flüsterte Medea und spürte dabei bereits das schlechte Gewissen an sich nagen.

Warum log sie schon wieder? Wenn es unwichtig war, warum konnte sie dann nicht die Wahrheit sagen?

Heera nickte zufrieden. »Siehst du, ich bin keine Bedrohung für dich. Lass uns nicht mehr streiten. Schon bald werde ich zurück bei unseren lieben Eltern sein, deshalb lass uns die restliche Zeit genießen.«

Medea nickte und fürchtete sich zum ersten Mal davor, im Schloss ohne ihre Schwester zu sein.

Wer würde ihr dann noch bleiben, mit dem sie reden konnte? Wem würde sie noch vertrauen können?

Heera küsste sie auf die Stirn. »Gute Nacht, liebes Schwesterchen. Schlaf gut und träum süß von deinem Prinzen.«

»Gute Nacht«, entgegnete Medea und sah dabei zu, wie Heera das Zimmer verließ.

Kaum dass sich die Tür schloss, zwitscherte die Lerche anklagend: »Schöne Medea, warum hast du gelogen?«

Medea fühlte sich ertappt und spürte, wie ihre Wangen vor Scham zu glühen begannen. Sie zuckte unglücklich mit den Schultern. »Ach, liebe Lerche, meine Schwester wird mit jedem Tag schöner. Lean hat bereits ihr gutes Herz erkannt, da wird es nicht mehr lange dauern und er wird auch ihre Schönheit bemerken.«

»Medea, du bist die Schönste im ganzen Reich, aber dein Herz wird mit jedem Tag schwerer. Der Prinz hat deine Schönheit gesehen, aber eines Tages wird er auch deine Missgunst bemerken. Willst du ihn deshalb verlieren?«

Medea war es nicht gewohnt, dass der kleine Vogel derart harte Worte für sie fand, und begann zu schluchzen. »Liebste Lerche, wendest nun selbst du dich gegen mich?«

»Weine nicht, meine Schöne. Ich werde nie von deiner Seite weichen«, versprach der Vogel. »Aber merke dir meine Worte: Der Prinz wird dich nur wählen, wenn dein Herz so rein wie dein Äußeres ist. Du stehst dir selbst im Weg!«

Medea zog ihr Kleid aus und legte sich in Unterwäsche unter die weiche Bettdecke. Sie winkelte ihre Beine an und vergrub ihr Gesicht in den Kissen.

Es war ein herrlicher Tag gewesen und sie allein hatte ihn mit ihrer Lüge zerstört.

Die Angst, Lean an eine andere zu verlieren, war so groß, dass sie sich selbst nicht mehr erkannte. Früher hatte sie nie gelogen, schon gar nicht gegenüber ihrer älteren Schwester. Sie hatte Heera blind vertraut, mehr als Elena oder ihren Eltern.

In der Dunkelheit der Nacht erkannte sie, dass es nicht ihre Schwester war, der sie misstraute, sondern sich selbst. Nicht nur Heera hatte sich verändert, sondern auch sie. Würde das am Ende der Grund sein, warum sie den Prinzen tatsächlich verlor?

Die Lerche sang tröstend für sie, bis Medea die Augen zufielen und sie in einen traumlosen Schlaf sank.

Als sie am nächsten Morgen den Frühstücksraum betrat, war dieser ungewöhnlich leer.

Xenia und Erina nahmen die eine Seite des Tisches ein, während Agnes in der Mitte und Medea am anderen Ende saß.

Phoibe und Daphne fehlten, was nur eines bedeuten konnte. Lean hatte sie bereits vor Sonnenaufgang zur Prüfung einberufen.

Kein Weg zu lang,
kein Fluss zu tief,
kein Berg zu hoch
für
der Liebe Lohn.

28

Heera

Phoibe und Daphne blieben volle drei Tage verschwunden. Erst am Abend des dritten Tages klopfte Erina gegen Heeras Tür und rief aufgeregt: »Daphne ist zurück!«

Heera hastete neugierig zum Fenster und spähte auf den Weg, der zum Schloss führte: Dort ging Daphne in gekrümmter Haltung. Ihr einst rosafarbener Mantel hing in dünnen Fetzen von ihren Schultern. Die blonden Locken waren zerzaust und die Kratzer, die ihren Körper übersäten, waren selbst aus weiter Ferne zu sehen.

Was mochte dem Mädchen nur Schreckliches widerfahren sein?

Daphnes Rückkehr sprach sich in Windeseile herum. Genau wie alle anderen stürmte Heera aus ihrem Zimmer in Richtung des Thronsaals. Auch Prinz Lean und seine Eltern waren bereits über das Eintreffen der Erwählten informiert worden und warteten genauso ungeduldig auf sie wie die anderen Kandidatinnen.

Wenige Minuten später betrat Daphne in Begleitung von Silas, der ihr entgegengelaufen war und sie nun stützte, den Saal.

Ein Heiler eilte sogleich herbei, der ihre Wunden untersuchte.

Daphne jedoch schüttelte ihn ab und taumelte auf wackligen Beinen dem Prinzen entgegen. Ihr einst so makelloses Gesicht war von einem eiternden Ausschlag übersät. Sie sah zum Fürchten aus.

Als sie vor Lean stand, fiel aus ihrer Hand eine goldene Kugel, die über den Boden rollte. Das Mädchen sackte zusammen und die Königin stimmte einen Applaus an.

»Daphne hat ihre Prüfung bestanden«, rief sie laut aus.

Der Hofstaat fiel in den Beifall mit ein, während Lean dem Heiler dabei half, Daphne zu verarzten. Sie war wie weggetreten, doch ein seliges Lächeln lag auf ihren Lippen.

Heera war erschüttert von dem Anblick der sonst so selbstbewussten und schlagfertigen Konkurrentin. Als der Applaus leiser wurde, fragte sie laut: »Was ist mit ihr passiert?«

Daphne schien sie kaum wahrzunehmen, doch Niobe entgegnete: »Den Erwählten ist es verboten, über ihre Prüfungen zu sprechen.«

Heera deutete vorwurfsvoll auf Daphne. »Sie ist kaum bei Bewusstsein und von Wunden übersät. Habt ihr sie etwa in Lebensgefahr gebracht?«

»Es geht nicht darum, das Herz eines Bauern, sondern das eines Prinzen zu gewinnen«, rechtfertigte sich die Königin. »Seine zukünftige Braut muss bereit sein, Opfer zu bringen. Ich weiß selbst, wovon ich spreche.«

Niobe wandte ihr den Rücken zu und schob ihr langes, dunkles Haar beiseite, sodass ihr Nacken frei lag. Eine große gezackte Narbe zog sich darüber. »Ich selbst musste mich einer Höllenbestie stellen, um Königin zu werden.«

Ein ehrfürchtiges Staunen ging durch die Menge. Weder Heera noch ihre Eltern hatten gewusst, was in den Prüfungen von ihnen erwartet werden würde, doch sie hätten nicht damit gerechnet, dass es gefährlich – lebensgefährlich – sein würde.

»Was ist mit Phoibe?«, wollte nun auch Xenia furchtsam wissen. »Wird sie auch bald zurückkehren?«

»Bedauerlicherweise hat Phoibe ihre Prüfung nicht bestanden«, sagte Lean. Er wagte es dabei nicht einmal, auch nur einer der Erwählten in die Augen zu blicken.

»Wo ist sie?«, hakte Heera ungehalten nach.

Für einen Moment wurde es still. In diesem Augenblick schaute Lean flehend zu seinen Eltern, doch seine Mutter schüttelte energisch den Kopf.

»Mehr musst weder du noch sonst …«, richtete sie sich gebieterisch an Heera, doch es war Lean, der seiner Mutter aufgebracht ins Wort fiel.

»Nein!«

Sie verstummte und sah ihn mit großen Augen an. »Nein?«

»Nein«, wiederholte Lean ernst. »Wir dürfen darüber nicht schweigen. Sie ist meinetwegen in Gefangenschaft geraten und deshalb ist es auch meine Aufgabe, sie zu befreien.«

Ein furchtsames Raunen ging durch die Anwesenden.

»Das ist ausgeschlossen«, meldete sich nun auch König Egeas streng zu Wort. »Du bist mein Nachfolger und bist deinem Volk verpflichtet. Ich erlaube nicht, dass du dich in Gefahr begibst! Nicht dafür!«

»Von wem wird sie gefangen gehalten?«, forderte Heera zu erfahren und funkelte dabei wütend die Königin an.

Wie konnte sie das Mädchen einfach seinem Schicksal überlassen? Niobe war weder gütig noch warmherzig, sondern in Heeras

Augen nur kalt und berechnend. Aber es überraschte sie, dass Lean sich gegen sie stellte.

»Phoibes Prüfung bestand darin, mir einen goldenen Apfel aus dem Garten von König Aphron zu bringen. Bei dem Versuch, ihn zu stehlen, wurde sie jedoch erwischt. Seitdem hält Aphron sie gefangen«, erklärte der Prinz.

»Ich werde sie befreien«, entschied Heera, ohne zu zögern. Sie fürchtete keinen König.

»Nein«, widersprach ihr Egeas. »Du hast deine Prüfung bereits hinter dich gebracht. Aber eines der anderen Mädchen soll ihr Glück versuchen! Die nächste Prüfung wird darin bestehen, Phoibe zu befreien. Alle Erwählten, die noch keine Prüfung absolviert haben, mögen nach vorne treten!«

Erina, Medea und Agnes stellten sich vor den König.

Während Erina und Medea vor Angst zitterten, hielt Agnes stolz den Kopf aufrecht. »Ich melde mich freiwillig«, verkündete sie, doch der König überging sie und richtete sein Augenmerk stattdessen auf die anderen beiden Mädchen.

Ganz gleich, welche von beiden er wählen würde, Heera könnte vor Sorge kaum ruhen. Medea war ihre Schwester, aber auch Erina war ihr in der kurzen Zeit ans Herz gewachsen.

Der König hob seinen Arm und deutete mit dem Finger auf Medea. »Ich erwähle dich, diese Aufgabe zu erfüllen!«

Medea nickte, aber die Angst stand ihr ins Gesicht geschrieben. Wenn Phoibe die Prüfung bereits nicht hatte meistern können, so würde Medea ebenfalls an ihr scheitern.

Heera stellte sich schützend an die Seite ihrer Schwester. »Guter König, bitte lasst mich meine Schwester begleiten«, bat sie und verneigte sich sogar demütig vor ihm.

»Nein, das ist die Prüfung deiner Schwester«, lehnte er mit fester Stimme ab. »Bete für sie und wünsche ihr Glück, mehr kannst du nicht tun.«

Medea sah mit tränenverschleiertem Blick, bleichem Gesicht und zitternden Lippen zu ihrer Schwester. Ihre Augen beschworen Heera, sich nicht gegen den Befehl des Königs aufzulehnen. »Ich werde mein Bestes geben«, versprach sie mit zarter Stimme.

»Du musst nicht sofort aufbrechen«, meinte der König etwas sanfter. »Erst werden meine Wachen dich mit allem ausstatten, was du für die Reise brauchst.«

Medea wurde abgeführt, während Heera nichts anderes tun konnte, als ihrer Schwester verzweifelt nachzuschauen. Ihr Blick begegnete dem von Lean, der ebenfalls in Sorge schien, doch Heera wünschte ihn zum Teufel. Sollte Medea irgendetwas passieren, würde sie ihn dafür verantwortlich machen.

29

Medea

Medea kehrte schluchzend in ihr Zimmer zurück. Sie zitterte am ganzen Körper.

»Liebste Medea, warum weinst du so bitterlich, dass mir das Herzlein bricht?«, rief die Lerche ihr besorgt zu.

»Der König schickt mich zur Prüfung. Ich soll Phoibe aus der Gefangenschaft von König Aphron befreien. Wie soll ich das schaffen, wenn sie bereits gescheitert ist? Ich verstehe nichts vom Kämpfen«, klagte das Mädchen traurig.

»Weine nicht! Nimm mich mit auf deine Reise und ich will dir auch dieses Mal helfen«, versprach die Lerche.

»Du bist nur ein kleiner Vogel, wie willst du mir helfen?«, erwiderte Medea hoffnungslos. »Ich könnte es nicht ertragen, dich zu verlieren.«

»Ich verspreche dir, du wirst mich nie verlieren! Vertrau mir und lass mich aus dem Käfig«, bat der Vogel.

Medea zögerte, aber hörte schließlich auf das Tier und öffnete die goldene Tür des Käfigs. Sogleich flog die Lerche heraus und ließ sich auf der Schulter des Mädchens nieder.

»Versteck mich unter deinem Umhang, sodass mich niemand bemerkt, bevor wir das Schloss verlassen haben«, forderte die Lerche sie auf und Medea tat wie ihr geheißen.

30

Heera

Heera saß auf ihrem Bett und hatte die Hände in ihrem Schoß zu Fäusten geballt. Es fiel ihr schwer, Geduld zu bewahren, während ihre Schwester sich vielleicht bereits im Wald verlief und nie das Reich des fremden Königs erreichen würde. Sie hatte ihrem Vater versprochen, auf ihre kleine Schwester achtzugeben, und alles in ihr schrie danach, Medea zu folgen. Einzig der flehende Blick ihrer Schwester hielt sie davon ab. Medea wollte es versuchen und Heera durfte sich nicht einmischen, nicht schon wieder.

Es klopfte an ihrer Tür.

»Herein«, rief Heera und rechnete mit der einfühlsamen Erina, die gekommen war, um ihr Mut zuzusprechen und sie zu trösten.

Doch stattdessen stand der Prinz vor ihr.

Ihre Wut flammte erneut auf und sie erhob sich von ihrem Bett, bereit, ihm die Meinung zu sagen.

Beruhigend hob er die Hände, als würde er sich einem wilden Tier nähern. »Ich weiß, du bist wütend auf mich, aber sei dir sicher, dass ich mich genauso sehr um Medea sorge wie du.«

»Ich bin ihre Schwester und kenne sie bereits ihr ganzes Leben. Du hingegen weißt nichts über sie«, fuhr sie ihn aufgebracht an. »Bist du nur gekommen, um mir dein Beileid auszudrücken, als wäre sie bereits tot?«

»Medea wird nicht sterben! Das weiß ich«, widersprach er sofort und trat einen Schritt auf sie zu, doch Heera wich vor ihm zurück.

»Erst küsst du sie und dann bringst du sie in Lebensgefahr. Wenn das deine Art ist …«

»Ich habe sie nicht geküsst«, unterbrach er sie bestimmt.

Heera runzelte skeptisch die Stirn. Medea hatte sich mit ihr wieder vertragen, warum hätte sie lügen sollen?

Lean stand so aufrecht vor ihr, dass sie geneigt war, ihm zu glauben. In seinen warmen Augen suchte sie nach einem Anzeichen für eine Lüge, doch es war ihr, als könnte sie tief in seine Seele blicken.

Medea war diejenige, die ihrer eigenen Schwester ins Gesicht gelogen hatte. Heeras Sorge um sie war zu groß, um wütend oder verletzt zu sein.

»Warum hast du sie nicht geküsst?«, wollte sie stattdessen argwöhnisch von ihm wissen.

Vor der Auswahl hatten schon einige junge Burschen Medea förmlich angefleht, ihnen nur ein paar Stunden ihrer Zeit zu schenken, aber Medea hatte sämtliche Einladungen ausgeschlagen. Gewiss hätte jedoch keiner von ihnen gezögert, sie zu küssen, wenn sich die Gelegenheit ergeben hätte.

Wenn schon Heera nicht nachvollziehen konnte, dass der Prinz sich diese Chance entgehen ließ, wie musste Medea sich dann erst fühlen? Hatte sie deshalb gelogen? War sie gekränkt?

Nach dem Tag mit Lean war sie beschwingt und glücklich gewesen. Ein Kuss hätte den idealen Abschluss gebildet. Warum hatte Lean ihn ihr verwehrt? Jedermann mochte Medea, dem Prinzen konnte es dabei nicht anders gehen. Er hatte selbst gesagt, dass er sich um sie sorgen würde.

Ein leichtes Schmunzeln glitt über Leans Lippen, als er sagte: »Erst machst du mir Vorwürfe, weil du glaubst, dass ich Medea vor ihrer Prüfung geküsst hätte, und nun machst du mir Vorwürfe, weil ich es nicht getan habe. Du wirst mir wohl immer ein Rätsel bleiben.«

Heera war nicht zum Spaßen aufgelegt und funkelte ihn wütend an. »Kannst du nicht einfach meine Frage beantworten? Warum hast du sie nicht geküsst? Gefällt sie dir etwa nicht? Du wärst der erste Mann, dem es so gehen würde.«

»Sie gefällt mir sehr«, gab Lean zu. »Aber ich möchte mir sicher sein, dass sie die Eine ist, bevor ich sie küsse. Ich möchte ihr keine falschen Hoffnungen machen.«

Heera blickte ihn ungläubig an. Er klang vernünftig, beinahe prüde. Das war nicht, was sie von einem Prinzen erwartet hätte.

Lean fuhr sich unsicher durchs Haar. »Was ist? Hältst du mich jetzt für altmodisch?«

»Nein, ich bin nur überrascht«, gab sie zu.

»Worüber?«

»Bedeutet das, du bist noch ungeküsst?« Sie kam sich albern vor, es auch nur anzusprechen. Die Mehrheit aller Erwählten hätte ihm dann gewiss etwas voraus.

Nun reagierte er doch etwas verlegen. »Meine Eltern sind sehr streng, falls es dir noch nicht aufgefallen ist.«

Heera lachte, weil sie nicht wusste, was sie sagen sollte. Sie war nur froh, dass er sie nicht nach ihren Erfahrungen fragte. Aber vielleicht ging er auch intuitiv davon aus, dass niemand ein Mädchen wie sie küssen wollen würde.

Die meisten hätte sie vermutlich auch allein für den Versuch verprügelt, aber Lean war nicht wie die meisten. Er behandelte sie auch nicht, wie es die anderen taten. Er nahm Rücksicht auf die Gefühle der Mädchen und spielte nicht mit ihnen wie mit Murmeln. Der erste Kuss sollte etwas Besonderes sein – für beide Seiten.

»Ich bin nicht gekommen, um mit dir zu streiten, sondern um dich abzulenken«, meinte Lean versöhnlich.

»Es gibt nichts, was mich von meiner Schwester ablenken könnte!«, behauptete Heera trübsinnig.

»Hör mir doch erst mal zu«, forderte Lean sanft. »Ich werde heute den Tag im Wald mit der Jagd verbringen. Möchtest du mich begleiten?«

Das klang verlockend, aber Heera verschränkte dennoch bockig die Arme vor der Brust. Sein Angebot anzunehmen und womöglich den Tag sogar zu genießen, erschien ihr wie ein Verrat an Medea, die sich möglicherweise in Lebensgefahr befand.

»Nein danke.«

Lean funkelte sie schelmisch an. So leicht ließ er sich nicht abwimmeln. Er war es nicht gewohnt, dass jemand ihm eine Abfuhr erteilte. »Was muss ich tun, damit du mit mir kommst? Soll ich auf die Knie gehen und dich anflehen?«

»Einen Versuch wäre es wert«, feixte sie, doch als der Prinz tatsächlich Anstalten machte, vor ihr auf den Boden zu gehen, hielt sie ihn an beiden Schultern zurück. »Schon gut, ich weiß dein Engagement zu schätzen.«

»Also kommst du mit?« Lean grinste, und Heera nickte widerwillig.

Heeras Herz pochte gegen ihre Rippen, als sie in Reiterhosen ihr Zimmer verließ. Sie war besorgt um ihre Schwester, aber empfand auch eine gewisse Nervosität, die der Prinz seit ihrem nächtlichen Gespräch stets bei ihr auslöste, wenn sie ihm allein begegnete.

Umso erleichterter war sie, als sie beim Betreten des Schlosshofes feststellte, dass sie den Tag nicht allein mit ihm würde verbringen müssen. Während Lean stolz auf seinem Schimmel saß und die Zügel einer schwarzen Stute ungeduldig in den Händen hielt, warteten mit ihm seine treuen Begleiter Silas und Yanis sowie der junge Zauberer Amphion, der unglücklich in seinem Sattel saß.

»Verzeiht meine Verspätung«, entschuldigte sie sich bei den Anwesenden.

»Auf eine schöne Frau warten wir gerne«, schmeichelte ihr Yanis, woraufhin Heera errötete.

Sie war es weder gewohnt, Komplimente zu bekommen, noch, als schön bezeichnet zu werden.

»Entschuldige dich nicht bei uns, sondern bei dem Pferd, das sich deinetwegen die Beine in den Bauch stehen musste«, zog Lean sie frech auf.

Heera nahm die Zügel von ihm entgegen, aber wusste nicht, wie sie nun auf das Pferd steigen sollte. Sie war noch nie mit einem Sattel geritten und die Steigbügel erschienen ihr zu hoch, um sich daran emporziehen zu können. Als sie es dennoch versuchte, lief das Pferd los, sodass sie stolperte und sich gerade noch fangen konnte, ohne zu stürzen.

Lean brach in lautes Gelächter aus. »Was ist los, mutige Heera, wirst du nicht mit einem Pferd fertig?«, neckte er sie.

Heera warf ihm einen strafenden Blick zu und versuchte es erneut. Doch sobald Lean sich auf seinem Schimmel auch nur einen Schritt nach vorne bewegte, folgte ihm Heeras Pferd.

Nach dem zweiten erfolglosen Versuch stemmte sie wütend die Hände in die Hüften und sah zu Lean empor. »Mach dich ruhig lustig über mich, weil ich noch nie auf die *feine Art* geritten bin. Ich werde dich bei der Jagd dafür auslachen, da es kein Ziel gibt, das ich nicht treffen kann«, konterte sie siegessicher.

»Das bezweifle ich, wenn du es nicht einmal schaffst, ein harmloses Pferd zu erklimmen«, entgegnete Lean. »Wie wäre es, wenn wir eine Wette daraus machen?«

»Meinetwegen«, willigte Heera ein.

»Wenn ich gewinne, wirst du beim Abschlussball den Eröffnungstanz mit mir begehen«, verlangte Lean amüsiert. Er wusste offenbar ganz genau, dass Heera zwei linke Füße hatte, wenn es darum ging, zu tanzen.

»Und wenn ich gewinne?«, wollte sie herausfordernd wissen, denn sie hatte keine Zweifel daran, dass sie ihn schlagen würde. In der Jagd konnte ihr niemand etwas vormachen, schon gar nicht ein Prinz.

»Dann darfst du dir von mir etwas wünschen, was immer dein Herz begehrt.«

»Einverstanden.« Sie reichte ihm ihre Hand, um die Wette zu besiegeln.

Sein Griff war fest, während seine Haut sich überraschend weich anfühlte. Heeras eigene Hand zeichneten Schwielen und Hornhaut.

»Amphion, würdest du ihr nun bitte aufs Pferd helfen?«, bat Lean seinen Zauberer.

Als Heera es dieses Mal versuchte, war es, als würde sie jemand von unten nach oben schieben. Amphion zwinkerte ihr freundlich zu.

Sie ritten aus dem Schlosshof, durch die Stadt. Die Bürger traten ehrfürchtig beiseite, wenn sie an ihnen vorbeikamen. Einige verneigten sich demütig, andere jubelten ihnen zu. Heera erregte die meiste Neugier. Manche der Bewohner kannten sie bereits ihr ganzes Leben durch den Handel, den sie nur allzu oft mit ihnen betrieben hatte. Trotzdem kamen sie aus dem Staunen nicht mehr heraus, als sie Heera auf dem edlen Pferd in einem weichen Mantel und mit offenem Haar sitzen sahen.

Sie schien sich tatsächlich verändert zu haben. Zwar spürte sie selbst nichts davon, aber sie konnte es in den Augen der anderen wie in einem Buch lesen. Die Kinder rannten ihnen vergnügt bis an die Stadtgrenze hinterher.

Als der Wald in Sichtweite kam, holte Heera zu Lean auf und gesellte sich neben ihn an die Spitze ihres kleinen Jagdzugs.

»Hast du kein schlechtes Gewissen?«, fragte sie ihn provokativ.

Er verdrehte die Augen. »Du hast meinen Vater, den König, selbst gehört. Es ist meine Aufgabe, mein Volk zu beschützen. Ich darf Phoibe nicht helfen.«

»Du hättest sie erst gar nicht so einer Gefahr aussetzen müssen«, widersprach ihm Heera. »Sollte nicht ein Prinz seine Braut beschützen? Sollte nicht ein Prinz gegen Drachen kämpfen? Du schickst stattdessen deine Braut vor.«

Lean hob amüsiert seine rechte Augenbraue. »Seit wann bist du so altmodisch? Ich möchte eine Braut, die sich nicht von Drachen abschrecken lässt. Ihr sollte kein Weg zu lang, kein Fluss zu tief und kein Berg zu hoch sein, wenn es darum geht, die zu retten, die sie liebt. Eine Königin muss nicht nur hübsch an der Seite ihres Mannes aussehen, sondern auch für ihr Volk einstehen können.«

Heera hatte das Gefühl, er würde sie nun mit ihren eigenen Worten schlagen. Sie selbst behauptete doch immer, dass Frauen Männern ebenbürtig waren. Warum regte sie sich dann jetzt darüber auf, dass der König von den Erwählten nichts anderes erwartete, als ginge es darum, seine Tochter und nicht seinen Sohn zu vermählen?

Würden zwölf Jünglinge um die Hand einer Prinzessin kämpfen, würde sich niemand darüber wundern, dass von ihnen in den Prüfungen erwartet wurde, ihren Mut unter Beweis zu stellen.

Lean beugte sich auf seinem Schimmel leicht in ihre Richtung. Ein Schmunzeln umspielte seine Lippen. »Was ist los? Bist du sprachlos?«

Er lachte und gab seinem Pferd die Sporen. Heera hingegen ließ sich zurückfallen.

Es kam ihr vor, als hätte sie ein Spiel verloren, und sie war eine schlechte Verliererin. Aber sie würde ihre Rache bekommen, spätestens bei der Jagd.

Amphion, der ebenfalls Abstand zu den anderen hielt, ritt neben sie. »Sorge dich nicht um deine Schwester«, sagte er einfühlsam.

Heera starrte beschämt auf ihre Hände. Tatsächlich hatte sie kaum noch an Medea gedacht, seitdem sie das Schloss hinter sich gelassen hatten.

»Ich denke immerzu an sie«, behauptete sie jedoch.

Sie konnte und wollte nicht zugeben, dass sie den Ausritt genoss. Es lag gewiss nicht am Prinzen, sondern an der Stille des Waldes. Alles war von einer dicken Schneeschicht bedeckt, und neben dem Trappeln ihrer Pferde war nur ab und an das Knacken der Äste zu hören, die unter dem Schnee brachen.

Als Amphion sprach, hinterließ sein Atem eine Wolke in der Luft. »Warum traust du ihr so wenig zu? Du, Xenia und Daphne habt eure Prüfungen auch bestanden. Man könnte meinen, du würdest dich für etwas Besseres halten.«

Fassungslos musterte sie sein Gesicht, doch er lächelte sie unbeirrt an, was ihr den Wind aus den Segeln nahm. Sie konnte auf niemanden wütend sein, der sie so ehrlich und aufrichtig ansah.

»Ich bin nichts Besseres, aber ich bin anders als die anderen Mädchen«, versuchte sie sich zu erklären, ohne dabei eingebildet zu klingen.

»Inwiefern?«

»Die anderen sind alle so schön, wie ich furchtlos bin.«

»Ich glaube nicht, dass du furchtlos bist«, entgegnete er ernst und fügte lächelnd hinzu: »Außerdem bist du gewiss nicht hässlich.«

Heera grinste, aber ging auf ihr Aussehen nicht weiter ein. »Es gibt nichts, wovor ich mich fürchte. Kein Mensch, kein Tier und kein Zauber.«

»Das mag sein und dennoch fürchtest du dich vor etwas.«

Heera runzelte verständnislos die Stirn. Worauf wollte er hinaus? »Was sollte das sein?«

»Du fürchtest die Liebe.«

Heera wollte lachen und alles abstreiten, doch kein Ton drang aus ihrer Kehle. Ihr Herz begann so wild zu klopfen, als wollte es sich selbst zu Wort melden. Sie hatte ihre Chance, Amphion zu widersprechen, verpasst.

31

Heera

Die Pferde standen festgebunden unter einem großen Eichenbaum, während sich die Jagdgesellschaft ins Unterholz wagte. Es war bereits Nachmittag und die Sonne glühte am Horizont in einem tiefen Orange. Die ersten Tiere würden sich nun aus ihren Verstecken wagen.

Lean reichte Heera eine Armbrust. Misstrauisch betrachtete sie das Gerät. Sie war damit genauso wenig vertraut wie mit dem Reiten in einem Sattel. Er zeigte ihr überraschend hilfsbereit und geduldig, wie sie die Waffe richtig halten musste und wie sie die Bolzen einlegte. Das Gewicht der Armbrust lag gut in ihrer Hand.

»Worauf soll ich zielen?«, fragte sie Lean herausfordernd.

Er sah sich um, als Yanis vorschlug: »Wie wäre es für den Anfang mit dem Wappen des Königs in dem Baum dort hinten?« Er deutete mit ausgestrecktem Arm in den Wald hinein.

Kleine Metallwappen markierten das Jagdgebiet. Eines war in einiger Entfernung zu erkennen.

»Erst ich, dann du«, entschied Lean und hob die Armbrust an. Er zielte und sein Bolzen traf genau in die Mitte des Wappens.

Ein anerkennendes Raunen ging durch die Runde.

»Jetzt du«, forderte der Prinz sie auf.

Heera hob die Waffe an und zielte, wie sie es sonst mit ihrem Bogen tat. Trotzdem zuckte sie von dem Ruck, den die Armbrust beim Schuss auslöste, zusammen. Ihr Bolzen schlug knapp neben dem Wappen in den Baumstamm.

»Ich befürchte, du solltest dir schon einmal Gedanken darüber machen, welches Kleid du zum Ball tragen wirst«, zog Lean sie siegessicher auf.

Ehe Heera ihm etwas entgegnen konnte, setzte sich Silas für sie ein. »Ich wäre nicht so vorschnell, Lean. Erinnerst du dich nicht mehr an deinen ersten Schuss?«

»Ich bin ein Naturtalent«, beteuerte der Prinz lachend.

Silas und Yanis tauschten belustigte Blicke aus, bevor Silas sagte: »Ein Naturtalent, das anstatt der Zielscheibe dem König die Krone vom Kopf geschossen hat.«

Heera sah ihn entsetzt an, aber Lean winkte lässig ab. »Alles genau geplant.«

»Was ich sagen möchte, ist, dass du dich im Gegensatz zu unserem Prinzen für deinen ersten Schuss wirklich verdammt gut geschlagen hast«, lobte Silas sie. »Ist es wirklich das erste Mal, dass du eine Armbrust hältst?«

Heera nickte und schwieg darüber, dass sie im Umgang mit Pfeil und Bogen dafür umso besser war.

»Lasst uns ein etwas spannenderes Ziel wählen«, forderte der Prinz kampfeslustig und ging weiter durch den Wald.

Die Gruppe folgte ihm. Sie erreichten ein nahe gelegenes Seeufer.

»Zu dumm, dass wir keinen Hund dabeihaben«, meinte Lean bedauernd und drehte sich mit spitzbübischem Grinsen zu Amphion um.

Dieser begann ebenfalls zu grinsen. Kaum merklich murmelte er ein paar Worte und deutete dabei auf Yanis. Einen Augenblick später stand dieser als bellender brauner Jagdhund vor ihnen.

Lean lachte begeistert auf, während Yanis sich verwirrt im Kreis drehte. Silas und Heera begannen ebenfalls zu lachen, als der Hund versuchte, seinen Schwanz zu fangen.

»Yanis, aus!«, feixte Lean.

Der Hund hielt inne und legte den Kopf schief, bevor er ein unwilliges Brummen von sich gab.

»Sei ein guter Hund und jag uns die Enten aus dem Weiher«, forderte er seinen nun vierbeinigen Freund auf.

Yanis gab ein widerwilliges Knurren von sich, bevor er schnuppernd die Nase in Richtung des Sees hielt und laut bellend losstürmte.

Eilig legten Silas, Lean und Heera ihre Armbrüste schussbereit an. Erst drang ein lautes Schnattern aus dem Schilf, dann schossen die ersten Vögel in den Himmel empor.

Bereits der erste Bolzen von Silas traf, und eine Ente fiel im Sturzflug zu Boden. Kurze Zeit später trafen auch Lean und Heera ihr Ziel.

Sie eilten zu der Stelle, an der die Tiere zu Boden gefallen sein mussten. Alle drei Enten waren tot.

»Was passiert nun mit ihnen?«, fragte Heera, während sie den Bolzen aus dem leblosen Körper zog.

»Landen vermutlich im Kochtopf. Enten gibt es bei uns im Überfluss, ich bevorzuge lieber eine saftige Wildschweinkeule«, erwiderte Lean gleichgültig.

In den Dörfern konnten es sich die meisten Leute nur einmal die Woche leisten, Fleisch zu essen, wenn überhaupt. Dem einfachen Volk war es verboten, im Wald zu jagen. Heera hatte sich bisher nicht daran gehalten, aber wer würde nun für ihre Familie auf die Jagd gehen? Ihr Vater war den ganzen Tag damit beschäftigt, das Feld zu bestellen, und weder Elena noch ihre Mutter waren geübt im Umgang mit dem Bogen.

»Dürfte ich die Enten meiner Familie bringen?«, fragte Heera zögerlich.

Es fiel ihr schwer, Lean um etwas zu bitten. Er sollte nicht sehen, wie sehr sie ihre Eltern und ihre Schwester vermisste.

Lean musterte neugierig ihr Gesicht, bevor er entschuldigend den Mund verzog. »Du darfst, solange du in der Auswahl bist, deine Familie nicht besuchen«, entgegnete er.

Heera wusste natürlich davon, aber ein Teil von ihr hatte gehofft, dass Lean sich nicht an die Regeln halten und bei ihr eine Ausnahme machen würde.

»Unser Hof liegt nicht weit von hier«, setzte sie erneut an und spürte, wie ihre Sehnsucht über sie wie eine Welle hinwegrollte.

»Ich werde deinen Eltern selbst alle Tiere bringen, die wir heute erlegen«, versprach Lean versöhnlich. Mitgefühl lag in seinen Augen.

Heera wollte zu gern ihre Eltern selbst sehen, aber die Vorstellung, wie der Prinz höchstpersönlich vor ihrer kleinen Schwester stehen würde, brachte sie dennoch zum Schmunzeln. Elena würde sich vermutlich sogar mehr über den Besuch des Prinzen freuen als über den Besuch ihrer ältesten Schwester. Ihre Mutter würde sich hektisch das Haar aus dem Gesicht streichen und wie ein junges Mädchen erröten, wenn sie sich vor Lean verneigte. Sie würden vermutlich monatelang über nichts anderes als den Besuch des Prinzen reden und ihn in den höchsten Tönen loben.

»Danke«, sagte sie zaghaft und kämpfte den Kloß in ihrem Hals zurück.

Sie spürte, wie Lean sie ansah, als er sagte: »Am besten fängst du direkt morgen an, für den Eröffnungstanz zu üben.«

Sie hörte den Triumph in seiner Stimme und schüttelte heftig den Kopf. »Ich habe mein Ziel getroffen«, beharrte sie und hielt zum Beweis die Ente empor.

»Amphion, mein zauberhafter Freund, hilf uns«, wandte sich Lean an den Zauberer, der erschrocken zusammenzuckte, so als hätte er mit offenen Augen geschlafen.

»Was soll ich tun?«

»Zaubere uns den Mond empor, damit wir ihn vom Himmel schießen können«, befahl Lean.

Amphion zog eine Münze aus dem Ärmel und warf sie hoch, während er flüsterte:

»*Steh am Himmelszelt,*

auf dass du die Nacht erhellst.«

Die Münze verschwand und an ihrer Stelle war am Himmel neben den zarten Umrissen der Wintersonne eine zweite Kugel zu erkennen. Doch diese strahlte heller als die Sonne und funkelte, wie nur Edelsteine es vermochten.

Heera hielt sich die Hand vor die Augen, um nicht geblendet zu werden.

»Derjenige von uns, der den Mond vom Himmel schießt, hat die Wette gewonnen«, sagte Lean und legte seine Armbrust an. »Silas, sei so gut und zähle für uns an.«

Eilig setzte Heera selbst ihre Waffe an.

»3 …«

Der falsche Mond blendete sie so sehr, dass sie kaum etwas erkennen konnte.

»2 …«

Niemals würde sie ihr Ziel erreichen.

»1 …«

Sie schloss die Augen …

»Los!«

… und schoss, ohne zu zielen. Sie verließ sich auf ihr Gefühl.

Als sie die Augen wieder öffnete, war der zweite Mond vom Himmel verschwunden. Dafür war tief im Wald zwischen den Bäumen ein warmes Leuchten zu erkennen.

Lean schien davon ebenso überrascht wie sie.

»Einer von uns hat wohl getroffen«, rief er aus und rannte neugierig los.

»Woher wissen wir, wem der Bolzen gehört?«, fragte Heera, während sie ihm nachrannte.

»Meine haben eine goldene Spitze«, erwiderte er und wurde langsamer.

Nur noch wenige Schritte von ihnen entfernt lag auf dem schneebedeckten Waldboden die Münze, die wie ein Stern, der vom Himmel gefallen war, in der Dämmerung leuchtete.

Ehrfurchtsvoll traten sie näher. Mitten in der Münze steckte ein Bolzen, während ein zweiter mit goldener Spitze direkt danebenlag.

Jubelnd stürzte sich Heera auf die Münze und hob sie samt ihrem Bolzen in die Höhe. »Ich habe gewonnen«, verkündete sie mit breitem Grinsen. Sie sah zu Lean und erwartete, die Niederlage in seinem Gesicht zu sehen, doch stattdessen starrte er sie ungläubig an, als hätte er einen Geist gesehen.

Sie ließ den Bolzen sinken, während das Leuchten der Münze verglühte. »Was ist?«

Aufmerksam musterte er ihr Gesicht, als sähe er sie zum ersten Mal. Ein kühler Wind fuhr durch sie hindurch, und Lean trat einen Schritt auf sie zu. Er sah ihr in die Augen, als hätte er etwas in ihnen entdeckt, was er vor langer Zeit verloren hatte.

»Ich kenne dich«, murmelte er plötzlich gedankenverloren.

Heera wurde unbehaglich zumute, als sie verstand, worauf er hinauswollte. Sie wich vor ihm zurück.

»Du bist der Junge aus dem Wald«, sagte Lean. »Der Junge, der die Ente vom Himmel geschossen hat und dann vor mir weggelaufen ist.«

Sie erinnerte sich noch gut an jenen Herbstmorgen. Es hatte ihr einen Riesenspaß bereitet, den arroganten Prinzen und sein Gefolge an der Nase herumzuführen.

»Ich hatte nicht erwartet, so früh am Morgen auf jemanden zu treffen«, rechtfertigte sie sich.

»Warum hast du mich glauben lassen, du wärst ein Junge, und hast dich vor mir versteckt?«, wollte er verständnislos wissen.

Sie lachte spöttisch auf. »Du hast nur gesehen, was du sehen wolltest. Kein Mann käme je auf die Idee, dass eine *Frau* …« Sie verzog missbilligend das Gesicht. »… in der Lage wäre zu jagen. *Frauen* sind hübsch anzusehen, aber mehr ist ihnen nicht zuzutrauen, schließlich handelt es sich bei ihnen ja um das schwächere Geschlecht.« Verachtung schwang in ihrer Stimme mit. Es war nicht das erste Mal gewesen, dass ein Mann sie unterschätzte. Trotzig hob sie den Kopf. »Außerdem ist es verboten, im Wald zu jagen.«

Aufgeregt griff Lean in die Tasche seines Umhangs und zog ein kleines silbernes Gerät hervor.

»Diesen Kompass fand ich an jenem Tag im Wald«, erzählte er Heera. Daraufhin öffnete er das Gehäuse und zeigte ihr das

Zifferblatt. Die Nadel deutete direkt auf sie, so als wäre sie die Richtung, der er folgen müsste.

Auf der Rückseite befand sich eine Prägung:

Folge dem Weg deines Herzens.

32

Lean

Yanis begleitete Heera zum Schloss zurück, während Lean mit Silas und Amphion aufgebrochen war, um sein Versprechen einzulösen. Er hatte sich von Heera erklären lassen, wie er den kleinen Hof ihrer Eltern finden konnte. Sie lebten außerhalb des nächsten Dorfes, doch als Lean dort nach dem Weg fragte, wussten die Bewohner sofort, von wem er sprach.

Bauer Theo schien ein rechtschaffener Mann zu sein und seine Frau war fest in der Dorfgesellschaft integriert. Doch in höchsten Tönen schwärmten die Menschen von den Töchtern der Familie. Sie wussten, dass Heera und Medea bei der Auswahl waren.

Jeder lobte Medeas Stimme, aber wenn sie über Heera redeten, funkelten ihre Augen, als würden sie von ihrer eigenen Tochter erzählen. Ein jeder wusste von einer Situation zu berichten, in der Heera ihm bereits geholfen hatte. Sie hatte Räuber verjagt, gestohlene Tiere und Gegenstände zurückerobert und so mancher alten Witwe das Haus winterfest gemacht.

Lean wünschte sich, dass seine Mutter all diese wundervollen Worte über Heera hören könnte, vielleicht würde sie ihre Meinung über das Mädchen dann ändern. Sie entsprach sicher nicht dem Bild, das man von einer Königin hatte, aber sie war mutig, selbstlos und gütig.

Das einzige Problem sah Lean darin, dass sie nicht an der Krone interessiert war. Sie hasste die Beengtheit und die Regeln des Schlosses geradezu.

Unfreiwillig hatte sie an der Auswahl teilgenommen und nur wegen ihrer Schwester war sie geblieben. Wenn er sich gegen Medea entschied, würde Heera ohne Zweifel ebenfalls gehen, da machte er sich nichts vor. Nicht einmal die Furcht vor der Enttäuschung ihrer Mutter könnte sie dann noch halten.

Obwohl das Dorf bereits außer Sichtweite war und die Dämmerung heraufzog, fiel es ihnen schwer, das Haus des Bauern Theo zu finden. Es war mehr eine Hütte, an die ein kleiner Stall grenzte. In den Fenstern war der Schein eines Feuers aus der Stube zu erkennen.

Lean, Amphion und Silas banden ihre Pferde vor dem Haus fest, doch noch ehe einer von ihnen hätte klopfen können, öffnete sich die Tür, und eine Frau mittleren Alters mit langem blonden Haar kam heraus.

Sie fiel vor dem Prinzen auf die Knie und rief: »Welche Ehre!«

Ihr folgte ein kleines Mädchen mit blondem Lockenkopf. Sie verneigte sich neben ihrer Mutter, aber schielte dabei neugierig zu den Besuchern empor.

Zuletzt trat der Hausherr aus der Stube. Sein Gesicht war faltig und seine Haltung gebückt. Er schien ein Rückenleiden zu haben, trotzdem wollte er vor dem Prinzen in die Knie gehen, doch dieser gebot ihm Einhalt.

»Das ist nicht nötig«, versicherte Lean freundlich und wandte sich an das Mädchen und die Frau. »Bitte, steht auf!«

Sie erhoben sich beide mit strahlenden Gesichtern.

»Was verschafft uns die Ehre?«, fragte Bauer Theo.

»Ich hoffe doch, es ist ein erfreulicher Anlass«, fügte seine Frau Cynthia besorgt hinzu. »Heera wird doch nichts angestellt haben?«

»Aber nein.« Lean lachte. »Ganz im Gegenteil! Eure Töchter sind beide bezaubernd. Ich werde es schwer haben, eine Entscheidung zu treffen.«

Lean konnte sehen, wie die Brust des Vaters vor Stolz anschwoll und seine Haltung etwas gerader wurde. Die Mutter lächelte breit und erinnerte Lean dabei an Medea. Obwohl sich ihre Haarfarben unterschieden, sahen sie einander ähnlich. Beide waren anmutig und strahlten eine innere Wärme aus.

Auch im Alter war die Mutter noch eine Schönheit, sodass Lean nicht umhinkam, sich zu fragen, ob sie sich damals für seinen Vater beworben hatte.

Lean nahm von dem Sattel seines Pferdes den Beutel mit den drei erschossenen Enten und reichte sie dem Bauern. Als dieser in den Sack schaute, hellte sich sein Gesicht auf. Fragend blickte er zu dem Prinzen.

»Ein Geschenk Eurer Tochter Heera. Sie ist ein wahres Naturtalent in der Jagd«, lobte Lean.

Während Mutter und Vater betreten erröteten, sagte das kleine Mädchen aufgeregt: »Heera ist eine Meisterschützin. Sie versorgt das ganze Dorf mit Fleisch!«

Die Mutter schlug ihrer Jüngsten eilig die Hand vor den Mund und begann nervös zu kichern. »Hört nicht auf sie, Prinz. Sie muss geträumt haben.«

Lean erkannte, dass diese Menschen sich vor ihm fürchteten. Heera hatte im Wald gejagt, obwohl es dem Volk verboten war. Sie glaubten, dass er sie bestrafen würde, wenn er davon erfuhr.

Aber wie, wenn nicht durch illegale Jagd, hätten sie je an Fleisch kommen sollen? Die Preise der zugelassenen Jäger des Königs waren hoch. Für manche Menschen wohl zu hoch.

Spontan traf Lean eine Entscheidung. »Sorgt Euch nicht! Ich werde schon morgen ein neues Gesetz erlassen, das jedem Bürger von Chóraleio erlaubt, an einem Tag in der Woche in den Wäldern zu jagen. Heera hat sich keines Verbrechens schuldig gemacht.«

Die Eltern atmeten sichtlich auf und lösten ihre angespannte Haltung.

»Prinz Lean, würdet Ihr uns die Ehre erweisen, in unsere bescheidene Stube einzukehren?«, fragte Cynthia freundlich.

Es dämmerte bereits, doch Lean wusste, welche Ehre es für diese Menschen bedeutete, wenn er ihre Hütte betrat.

Er konnte das Angebot nicht abschlagen und so sprach er: »Es wäre mir eine Freude.«

Zusammen mit seinen Freunden folgte er den Bauern in die kleine Hütte, die lediglich aus einem Zimmer bestand. Es gab einen Kamin, in dem ein warmes Feuer loderte, eine kleine Kochnische, einen Tisch mit fünf Stühlen sowie ein großes Bett, davor lagen auf dem Boden drei Matten, auf denen offenbar die Mädchen schliefen.

Es war ein komisches Gefühl, in den vier Wänden zu stehen, in denen Heera und Medea aufgewachsen waren und ihr bisheriges Leben verbracht hatten. Es wunderte ihn nicht mehr, dass es Heera schwerfiel, sich im Schloss einzuleben.

Diese Hütte schien einer völlig anderen Welt anzugehören. Sie war winzig und die Möbel wirkten alt. In dieser bescheidenen

Bleibe glänzte nichts und trotzdem hatte Lean nie einen gemütlicheren Ort gesehen. In jeder Faser des Hauses schien die Liebe zu stecken, die diese Familie miteinander verband.

Bauer Theo zog dem Prinzen einen Stuhl am Tisch zurück. »Bitte, nehmt Platz!«

Lean folgte seiner Bitte und ließ sich mit Amphion und Silas am Tisch nieder. Das Holz der Stühle knarrte unter ihrem Gewicht. Der Vater und die Mutter setzten sich zu ihnen, während das kleine Mädchen Wasser am Kamin erhitzte.

»Wie geht es meinen Töchtern, Prinz Lean?«, fragte Theo.

Lean entging nicht die Sorge in seiner Stimme. Theo kannte seine Töchter besser als jeder andere und musste wissen, dass Heera sich in einem Schloss niemals wohlfühlen konnte.

»Medea ist eine hervorragende Tänzerin. Der ganze Hof hat sich bereits so sehr an sie gewöhnt, dass niemand sie mehr gehen lassen möchte«, erzählte Lean.

Die Mutter schlug erfreut die Hände an ihre Wangen. »In dieser Stube habe ich ihr das Tanzen beigebracht, könnt Ihr Euch das vorstellen?« Sie lachte stolz.

Doch der Vater ließ nicht locker. »Und Heera?«

»Sie sagt stets, was sie denkt. Nicht jeder kommt damit zurecht. Aber ich schätze sie dafür umso mehr«, antwortete Lean aufrichtig.

Nun trat ein Schmunzeln auf das Gesicht des Vaters. »So ist mein Mädchen!«

Er hatte dieselben aufmerksamen grünen Augen wie seine älteste Tochter. In seinem fast grauen Haar waren einige braune Strähnen zu erkennen. Heera kam ganz nach ihm.

Die Jüngste stellte Tassen auf den Tisch und schenkte dampfenden Tee aus. »Weißt du, wie wir das Pferd und die Kuh genannt haben, die du uns geschenkt hast?«, fragte sie Lean mit der Zutraulichkeit, die nur Kinder innehatten.

Die Mutter strafte sie sogleich mit einem strengen Blick für ihre unpassende Wortwahl, woraufhin das junge Mädchen beschämt errötete.

Lean begann zu lachen.

Obwohl Heera bei Weitem kein Kind mehr war, hatte sie sich von Anfang an das Recht herausgenommen, ihn zu duzen. Dadurch hatte er sich ihr schon immer näher als den anderen gefühlt, auch wenn sie fast nur gestritten hatten.

»Duze mich ruhig«, forderte er das Mädchen lächelnd auf. »Ich bin es bereits von deinen Schwestern gewohnt.«

»Das habe ich ihnen nicht beigebracht«, verteidigte sich die Mutter empört. »So kenne ich Medea gar nicht.«

»Eine Eurer Töchter habe ich gebeten, mich nicht länger förmlich anzusprechen, die andere hat sich selbst die Erlaubnis erteilt.« Lean grinste. Er musste den Eltern nicht erklären, welche womit gemeint war. Er wandte sich an das Mädchen. »Wie hast du die beiden Tiere genannt?«

»Ich habe das Pferd Lean und die Kuh Heera genannt, weil beides Geschenke von dir an Heera sind«, erzählte das Mädchen stolz, woraufhin Lean erneut zu lachen begann.

Das hätte ihrer ältesten Schwester gefallen. Sie selbst hatte vorgeschlagen, das Pferd nach ihm zu benennen. Seine Mutter war entsetzt gewesen, genau wie sich Heeras eigene Mutter offenbar dafür zu schämen schien.

»Was hast du Medea geschenkt?«, fragte die Kleine neugierig.

»Sie hat sich eine Lerche gewünscht, mit der sie im Duett singen kann.«

»Oh, wie gerne würde ich das einmal hören«, seufzte sie sehnsüchtig. »Kannst du meine Schwestern von mir grüßen, wenn du zurück im Schloss bist?«

»Natürlich«, versprach Lean.

Ein freundliches Wort vermag
Berge zu versetzen.
Wer von reinem Herzen,
den bremsen keine Grenzen.

33

Medea

Der schneebedeckte Waldboden knirschte unter Medeas Füßen bei jedem ihrer Schritte. Dicke Schneeflocken fielen auf den blauen Stoff ihres Umhangs. Die kleine Lerche saß auf ihrer Schulter und schmiegte sich mit ihrem weichen Gefieder dicht an ihren Hals.

»Frierst du nicht, mein treuer Freund?«, fragte das Mädchen schon zum dritten Mal, seitdem sie aufgebrochen waren.

»Mir ist wärmer als je zuvor«, versicherte der Vogel.

»Ich weiß nicht, wie lange wir bereits unterwegs sind und wie lange unsere Reise noch dauern wird. Der Weg scheint mir seit Stunden gleich. Bäume zur Linken, Bäume zur Rechten. Wie soll ich jemals das Reich von König Aphron finden?«

Medea hatte nicht den Orientierungssinn ihrer älteren Schwester.

Für sie war der Wald mit seinen vielen Schatten ein unheimlicher Ort voller Gefahren. Sie fürchtete sich vor der Einsamkeit und fühlte sich der Natur hilflos ausgeliefert.

»Verzage nicht und lass dich von deinem Herzen leiten. Wenn Phoibe sein Schloss gefunden hat, wirst auch du es nicht verfehlen können«, sprach die Lerche ihr gut zu.

Medea schmerzten die Füße, aber sie klagte nicht und lief weiter, bis die Finsternis heraufzog und der Wind ihr so eisig ins Gesicht blies, dass ihre Lippen zitterten. Dennoch ging sie weiter, da sie nicht wagte zu rasten. Solange sie in Bewegung blieb, konnte sie zumindest nicht erfrieren.

Das Mädchen und der Vogel ließen den Wald hinter sich und erreichten mitten in der Nacht eine steinerne Mauer.

»Das ist die Grenze von Chóraleio«, meinte die Lerche allwissend. »Hinter dieser Mauer liegt das Reich des Königs Aphron. Nun, Medea Nachtigall, klettere über die steile Mauer. Dahinter wirst du einen herrlichen Garten finden, in dem es niemals Winter wird. Dort steht ein Baum, der goldene Äpfel trägt, die Phoibe für die Königin besorgen sollte. Wenn du Phoibe gefunden hast, steige mit ihr über die Mauer, aber fasse nichts im Garten an!«

»Liebe Lerche, wirst du mich denn nicht begleiten?«, wollte Medea bestürzt wissen.

»Ich darf das Reich des fremden Königs nicht betreten und werde deshalb hier auf dich warten«, sprach die Lerche bedauernd, aber zugleich voller Zuversicht in Medea. »Schon bald sehen wir uns wieder. Nun spute dich geschwind.«

Die steile Mauer war mit Efeu bewachsen, sodass Medea an den Ranken Halt fand und emporklettern konnte.

Kaum dass sie auf der anderen Seite angekommen war, spürte sie warme Strahlen in ihrem Rücken, obwohl es tiefste Nacht war. Der Mond schien diesen wundersamen Ort bei Nacht zu wärmen wie die Sonne am Tag.

Pfauen in den prächtigen Farben des Regenbogens stolzierten über das weiche Gras. Die Büsche trugen saftige Beeren, und Blumen wuchsen in den schönsten Farben.

In der Mitte des Gartens stand der erwähnte Baum mit den goldenen Äpfeln. Phoibe saß wohlauf in einem goldenen Stuhl darunter, aber als sie Medea erkannte, rannte sie ihr freudig entgegen.

Die beiden Mädchen umarmten einander erleichtert. Ihr Streit war vergessen.

»Was machst du denn hier?«, erkundigte sich Phoibe erstaunt. »Ich dachte, ich wäre für alle Zeit vergessen.«

»Der Prinz hat mich geschickt, um dich zu suchen. Komm, flieh mit mir«, forderte Medea sie erleichtert auf.

Ihre Prüfung schien sich leichter lösen zu lassen, als sie befürchtet hatte.

Phoibe zögerte und ließ den Blick über den Garten schweifen. »Aber schau doch nur, wie schön es hier ist! Hier gibt es einen Baum, dessen Früchte nie verfaulen, und einen Bach, dessen Wasser schmeckt süß wie Traubensaft. Willst du dich nicht wenigstens noch etwas von der Reise ausruhen? Auf eine Stunde mehr oder weniger wird es nicht ankommen.«

Medea dachte an die Warnung ihrer Lerche und schüttelte den Kopf. »Ein Freund hat mich davor gewarnt, in diesem Garten irgendetwas zu berühren.«

»Warum? Was soll denn schon passieren?«, fragte Phoibe verwirrt. »Iss wenigstens etwas, bevor wir aufbrechen.« Sie bemerkte Medeas Zögern. »Nur einen Apfel.«

»Was, wenn König Aphron uns bemerkt?«

Obwohl Phoibe wohlauf war, wusste Medea, dass sie nicht mehr als ein ungebetener Eindringling war. Es gehörte sich nicht, wie ein Verbrecher in einen fremden Garten zu klettern.

»Er wird ein schönes Mädchen wie dich nicht hungern lassen«, versprach Phoibe, und ehe Medea sichs versah, streckte diese ihre Arme bereits nach den goldenen Äpfeln über ihnen aus.

Die Früchte waren so groß wie eine Faust und ließen Medea das Wasser im Munde zusammenlaufen, dennoch wagte sie nicht, danach zu greifen.

Doch kaum dass Phoibe einen Apfel berührte, kreischten alle Pfauen in den hellsten Tönen. Von allen Seiten kamen die Wächter herbei, nahmen die Mädchen gefangen und führten sie vor ihren Herrn, den König Aphron.

Dieser empfing sie in einem prächtigen Thronsaal, der nicht weit von dem Garten lag und aus Säulen erbaut war. Es gab keine Wände, dafür bauschten sich dünne Vorhänge im lauen Sommerwind. Sie trugen den Duft von Jasmin und Veilchen in das Innere. Musikanten spielten liebliche Melodien auf ihren Harfen, die jedoch augenblicklich verstummten, als die Wachen eintraten.

Der König war ein gut aussehender Mann mittleren Alters mit dunklen Augen, dichtem Haar und einem vollen Bart – sein Gesicht aber war vor Zorn verzerrt. Er schrie Medea mit drohender Stimme an: »Schämst du dich nicht, mich zu bestehlen? Wer bist du? Wo kommst du her?«

Medea antwortete ängstlich: »Ich bin Medea Nachtigall, die Tochter des Bauern Theo, aus dem Königreich Chóraleio. Prinz Lean hat mich geschickt, um Phoibe zu retten.« Sie ließ unerwähnt, dass nicht sie, sondern Phoibe es gewesen war, die den Apfel berührt hatte. Es änderte nichts an der Situation, außerdem hätte es Phoibe selbst sein müssen, die den Irrtum richtigstellte.

»Seit wann schickt der Prinz Mädchen, um mich zu bestehlen?«, höhnte Aphron wütend.

Medea war es nicht gewohnt, dass man sie anschrie, und brach vor Furcht in Tränen aus. »Ich bin eine Erwählte, und wenn ich Phoibe nicht zurück ins Schloss bringe, wird der Prinz mich nicht heiraten. Verzeiht mir, guter König Aphron, ich wollte Euch nicht bestehlen.«

Die Tränen des Mädchens erweichten den König und ließen ihn sanft werden. »Hübsches Mädchen, so weine doch nicht«, bat er versöhnlich. »Bist du sicher, dass der Prinz dir aufgetragen hat, mich zu bestehlen? Wärst du zu mir gekommen und hättest mich ehrlich darum gebeten, dann hätte ich die liebliche Phoibe in Ehren ziehen lassen. Sie ist nicht meine Gefangene, sondern mein Gast. Es wird den Prinzen nicht freuen, wenn ich verkünden lasse, wie räuberisch du in meinem Reich verfahren bist.«

Er bedachte sie mit strenger Miene, und Medea schämte sich augenblicklich dafür, dass sie über den Zaun geklettert war, anstatt auf rechtschaffene Weise den Palast zu betreten. Sie hatte die Erwartung gehabt, dass Phoibe sich in Gefahr befände und gerettet werden müsste.

»Doch höre, Medea, wenn du mir den Dienst leistest und mir den Feuervogel von König Iwan verschaffst, dann will ich dir verzeihen und Phoibe mit dir zurückschicken!«

Medea wusste nicht, wie sie diese Aufgabe bewerkstelligen sollte, aber nickte vor Verzweiflung dennoch.

Tief bekümmert kehrte sie zu der Lerche zurück. Sie erzählte ihr, was der König von ihr gefordert hatte.

»Ach, schöne Medea«, klagte die Lerche, »warum hast du nicht auf meine Worte gehört und trotzdem den Baum berührt?«

»Es war Phoibe, nicht ich«, verteidigte Medea sich nun.

»Sie war dir anvertraut. Du hättest auf sie achtgeben müssen«, entgegnete die Lerche unnachgiebig.

Schuldbewusst sah Medea ihren Fehler ein.

»Verzeih mir bitte«, bat sie den Vogel.

»Geschehen ist geschehen«, meinte die Lerche gütig. »Lass uns im Morgengrauen aufbrechen und ich werde dich zu König Iwan bringen. Sieh zu, dass du den Feuervogel bekommst.«

Sie waren den ganzen Tag unterwegs, bis sie in tiefer Nacht das marmorschimmernde Schloss von König Iwan erreichten. Ein goldener Schein hatte ihnen aus der Ferne den Weg gewiesen.

Aber erst nun, da Medea in den Schlosshof blicken konnte, erkannte sie, dass jenes Licht von dem Feuervogel ausging. Dieser saß in einem goldenen Käfig und war in seinem Glanz und seiner Pracht nicht zu übertreffen.

»Lock den Feuervogel aus dem Käfig, aber wage es ja nicht, die Gitterstäbe zu berühren«, riet die schlaue Lerche Medea.

Auch dieses Mal würde sie das Mädchen nicht begleiten können.

Medea zögerte, sich erneut unbefugt Zutritt zu verschaffen, aber sie konnte sich nicht vorstellen, dass König Iwan ihr den einzigartigen Vogel freiwillig überlassen würde. Deshalb blieb ihr kaum etwas anderes übrig.

Sie schlich in den Schlosshof und begann zu singen. Der Vogel reckte neugierig sein Haupt und ließ sich von Medeas lieblichem Gesang anlocken.

Zutraulich setzte er sich auf ihren ausgestreckten Arm. Behutsam streichelte Medea über das funkelnde Gefieder und ging Schritt für Schritt zurück.

Als der Vogel jedoch erkannte, dass sie mit ihm das Schloss verlassen wollte, schlug er in den hellsten Tönen Alarm.

Von überallher liefen Diener herbei, nahmen Medea gefangen und führten sie vor ihren Herrn, den König Iwan.

Dieser war schrecklich zornig und schrie: »He, junges Mädchen, aus welchem Lande bist du, wie heißt du, dass du nachts meinen Feuervogel stehlen willst?«

Medea antwortete mit zitternder Stimme und gesenktem Haupt: »Chóraleio ist meine Heimat, Medea Nachtigall nennt man mich. Ich kämpfe um das Herz des Prinzen Lean. Ohne den Feuervogel werde ich ihn verlieren.«

»Oho, meine Schöne«, sprach König Iwan, »ziemt das einer jungen Dame? Du hättest zu mir kommen sollen, dann hätte ich dir den Feuervogel in Ehren gegeben. Wird es denn gut sein, wenn ich in allen Ländern verkünden lasse, wie sich die zukünftige Königin von Chóraleio in meinem Reich aufgeführt hat?«

Medea traute ihren Ohren kaum. Auch dieser König hätte ihr den prächtigen Feuervogel einfach so überlassen? Warum hatte sie nicht mehr in das Gute vertraut?

»Höre, Medea Nachtigall«, fuhr Iwan fort. »Wenn du mir den Dienst leistest und mir das goldmähnige Ross bringst, so will ich dir verzeihen und dir den Feuervogel in Ehren geben. Leistest du mir aber den Dienst nicht, so lasse ich in allen Reichen verkünden, dass du eine ehrlose Diebin bist, und dein Prinz wird dich auf ewig verstoßen!«

Medea entschuldigte sich vielmals, bevor sie betrübt das Schloss verließ und bitterlich weinend zu ihrer Lerche zurückkehrte. Schuldbewusst erzählte sie ihr alles, was ihr widerfahren war.

»Ach, meine schöne Medea«, meinte die Lerche traurig. »Geschehen ist geschehen. Verzage nicht! Ich will dich zu Königin Jelena bringen, der das goldmähnige Ross gehört.«

Sie gingen einen Tag und eine Nacht, bis sie im Morgengrauen das Reich der Königin Jelena erreichten. Die Lerche führte Medea vor ein goldenes Gitter. Dahinter lag ein herrlicher Park, in dem das goldmähnige Ross graste.

Da sprach die Lerche: »Nun, Medea, will ich dich nicht verlassen. Lass uns in den Park gehen und im Schutz des Baumes auf die Königin warten.«

Medea war erleichtert, dass sie dieses Mal die Lerche nicht zurücklassen musste, und tat wie ihr geheißen.

Als die goldene Sonne gegen Abend sich neigte, trat Jelena in den Park, um sich in der lieblichen Abendkühle zu ergehen.

Als die Königin, von ihren Hofherren und Hofdamen, Zofen und Lakaien begleitet, durch den Garten wandelte und an der Stelle vorüberkam, wo Medea und die Lerche saßen, begann der kleine Vogel zu zwitschern: »Königin Jelena, im ganzen Land und weit darüber hinaus bist du für deine Güte bekannt. Höre mich an!«

Jelena wirkte geschmeichelt von den Worten des Vogels, dachte jedoch, dass Medea mit ihr gesprochen hätte, schließlich waren Vögel des Redens nicht mächtig. Sie wandte sich der Erwählten lächelnd zu. »Liebes Mädchen, was kann ich für dich tun?«

»Gute Königin, ich bin Medea Nachtigall und habe einen weiten Weg zurückgelegt. Mein Herz gehört dem Prinzen Lean, doch wenn ich Euer goldmähniges Ross nicht zu König Iwan bringe, wird meine Liebe für immer unerwidert bleiben.«

»Armes Mädchen«, seufzte Jelena voller Mitgefühl, »du sollst mein goldmähniges Ross in Ehren haben, weil du mich so lieb darum gebeten hast. Nun eile geschwind, um den Prinzen nicht länger auf seine rechte Braut warten zu lassen.«

Dieses Mal hatte Medea alles richtig gemacht. Sie bedankte sich aufrichtig bei der Königin und stieg auf den Rücken des Rosses.

Sie ritten schneller als der Wind zurück in das Reich des Königs Iwan.

Doch als sie das marmorne Schloss erreichten, seufzte Medea. »Noch ein weiter Weg liegt vor uns. Bliebe mir das goldmähnige Ross, so wären wir geschwind bei König Aphron.«

»Sorge dich nicht«, erwiderte die Lerche. »Habe ich dir bis jetzt geholfen, will ich dir auch dieses Mal helfen!«

Der kleine Vogel flog von Medeas Schulter hinab auf die kühle Mutter Erde. Er schlug heftig mit den Flügeln und stand mit einem Mal da als goldmähniges Ross.

»Wie hast du das gemacht?«, staunte Medea.

»Nicht alles ist, was es scheint«, wieherte das falsche Tier. »Nun führe mich zu dem König.«

»Aber ich kann dich nicht bei Iwan zurücklassen«, widersprach Medea. »Du bedeutest mir mehr als ein goldmähniges Ross!«

»Hab keine Angst, ich werde schon bald zu dir zurückkehren.«

Da nahm Medea das falsche Ross bei den Zügeln, um es zu König Iwan zu führen. Das richtige Ross band sie vor den Toren des Schlosses fest.

König Iwan war hocherfreut, als er Medea mit dem vermeintlichen Ross kommen sah. Er befahl sogleich, den Feuervogel in seinem Käfig zu bringen.

Medea nahm den goldenen Käfig entgegen und ging mit ihm aus der Stadt. Vor dem Schloss stieg sie auf das rechte Ross und jagte auf ihm mit dem Feuervogel auf und davon zum Reich des Königs Aphron.

Die Lerche aber blieb als goldmähniges Ross bei Iwan.

Doch bereits am nächsten Tag wollte der König ausreiten, um dem Volk sein prächtiges Ross zu präsentieren. Kaum dass sie den Schlosshof verlassen hatten, warf die Lerche den König in hohem

Bogen von sich ab und galoppierte so schnell davon, dass niemand sie fangen konnte.

Medea zog indessen mit dem Feuervogel über Wiesen und Felder. Ihr Herz war schwer vor Sorge und Sehnsucht.

»Ach, wo ist meine treue Lerche?«, seufzte sie schmerzlich.

Kaum aber hatte sie die Worte ausgesprochen, landete die Lerche leibhaftig auf ihrer Schulter, als wäre sie nie fort gewesen. »Medea, ich habe dir versprochen, dich nie zu verlassen«, zwitscherte sie vergnügt.

Gemeinsam setzten sie ihren Weg fort.

Über kurz oder lang waren sie bis auf sechs Kilometer vor der Stadt des Königs Aphron angelangt. Medea bewunderte das Gefieder des Feuervogels, das ihr in der Nacht ein tröstendes Licht wäre.

»Liebe Lerche, du hast mir schon so oft beigestanden, willst du mir dazu verhelfen, dass ich auch den Feuervogel behalten kann?«, bat sie ihren kleinen Freund.

Die Lerche sagte nichts, hüpfte von ihrer Schulter, legte sich auf die kühle Mutter Erde und flog als Feuervogel wieder empor.

Medea ließ den wahren Feuervogel im Wald zurück, während sie mit dem falschen zum Garten des Königs Aphron ritt. Dieser war hocherfreut, als er Medea mit dem Feuervogel kommen sah. Er ging ihr entgegen, begrüßte sie feierlich und ließ ihr zu Ehren ein prächtiges Mahl servieren.

Zum Abschied stellte er Phoibe frei, Medea zurück nach Chóraleio zu begleiten. »Kehre zurück zu deinen Eltern, aber wisse, dass du in meinem Reich immer willkommen sein wirst. Du warst die schönste Blume in meinem Garten.«

Phoibe war sichtlich geschmeichelt und sie hatte die Zeit bei Aphron sehr genossen, dennoch ging sie mit Medea vor das Schloss, wo der Feuervogel auf sie wartete. Auf dem goldmähnigen Ross ritten sie der Heimat zu.

Die Lerche aber blieb als Feuervogel bei König Aphron.

Am nächsten Tag wollte Aphron den wunderschönen Vogel seinem Volk zeigen und ging mit ihm in die Stadt. Doch kaum dass er den Käfig öffnete, floh der Feuervogel und verwandelte sich zurück in die Lerche.

Als sie Medea eingeholt hatte, ließ sie sich auf ihrer Schulter nieder und sprach: »Ich werde dich nie verlassen.«

Medea war überglücklich, die Lerche wieder bei sich zu haben.

Nach kurzer Zeit hatten sie das Königreich Chóraleio bis auf dreißig Kilometer erreicht. Sie kamen an einer kleinen Hütte mitten im Wald vorbei.

Da hielt Medea das Ross an, stieg ab und band es an einen Baum. Zusammen mit Phoibe, dem Feuervogel und der Lerche trat sie in die Hütte. Dort standen zwei Betten, die mit Staub überzogen waren, als wäre seit Jahren niemand mehr dort gewesen.

Todmüde legten sie sich zur Ruh und sanken alsbald in tiefen Schlummer.

Ihre Reise war nicht unbeobachtet verlaufen, sondern von der Schwarzen Hexe aus der Ferne verfolgt worden. Deren Seele war schwärzer als die dunkelste Nacht und sie trug ein Herz aus purem Stein in ihrer Brust.

Sie fürchtete, dass Medea ihre Pläne durchkreuzen könnte, wenn es ihr gelänge, zu Prinz Lean zurückzukehren. Deshalb beschloss sie, die beiden Mädchen umzubringen.

Ihre Augen waren schlecht, sodass sie die kleine Lerche nicht bemerkte.

Sie sprach einen Zauber, der Medea und Phoibe in einen ewigen Schlaf versetzte. Die Schwarze Hexe nahm das goldmähnige Ross und den Feuervogel an sich.

Medea hatte sich als würdig erwiesen, doch niemand würde jemals davon erfahren.

Als die Lerche erwachte, war Medeas Haut bereits so kalt wie Schnee. Zu gern hätte der Vogel ihr geholfen und sie wieder lebendig gemacht, doch er wusste nicht, wie er es anfangen sollte. Es war, als wäre mit dem Mädchen auch das Herz der Lerche erfroren.

Als diese so tief bekümmert neben dem toten Mädchen saß, sah sie auf einmal eine Krähe mit ihren beiden Jungen über der Hütte kreisen.

Der Lerche kam eine Idee und sie verwandelte sich in einen großen Wolf mit scharfen Zähnen. Als die Krähen sich auf den Boden setzten, sprang der Wolf hinzu und fing eines der Krähenjungen, das sogleich furchtsam kreischte.

»Lass mein Jüngstes frei«, bat die Krähenmutter erschrocken. »Es hat dir doch nichts getan!«

»Hör mich an, Krähenmutter«, sprach die Lerche mit der rauen Stimme des Wolfes. »Deinem Jüngsten soll kein Leid geschehen, wenn du mir einen Dienst erweist. Flieg, so schnell dich deine schwarzen Schwingen tragen, und bringe mir von dem Wasser des Lebens.«

»Du sollst bekommen, wonach du verlangst«, erklärte sich die Krähe bereit und flog fort.

Die Lerche hätte für solch einen Flug viele Tage gebraucht, doch die Krähenmutter kam noch am Abend desselben Tages wieder geflogen. Sie brachte zwei Gläschen mit – für jedes Mädchen eines – und gab sie der Lerche, die sich weiterhin als Wolf tarnte.

Die nahm beide Gläschen und ließ das Krähenjunge mit seiner Mutter und seinem Bruder davonfliegen.

Die Lerche verwandelte sich zurück in ihre Vogelgestalt und besprengte sogleich die Mädchen mit dem Wasser des Lebens.

»Ach, was hab ich so lange geschlafen?«, wunderte sich Medea, als sie die Augen aufschlug. Sie ahnte nicht einmal, dass sie bereits tot gewesen war.

Die Lerche schmiegte sich gegen ihre Wange und spürte erst jetzt ihr Herz wieder schlagen. »Liebe Medea, du würdest auf ewig schlafen, wenn ich nicht hier gewesen wäre. Die Schwarze Hexe hat dich und Phoibe verwunschen und das goldmähnige Ross und den Feuervogel mitgenommen. Auf, eilt so schnell wie möglich in die Heimat! Vielleicht halten euch alle bereits für tot.«

Nach einer Weile erreichten Medea und Phoibe das Schloss, eilten in den Thronsaal und wurden von den anderen herzlich empfangen. Heera küsste ihre Schwester auf die Stirn, die Wangen und die Nasenspitze.

Aber auch Prinz Lean war die Erleichterung über die Rückkehr der beiden Mädchen anzusehen, als er verkündete: »Medea hat ihre Prüfung bestanden.«

Phoibe hingegen gehörte nicht länger zu den Erwählten, da sie in ihrer Prüfung versagt hatte. Sie kehrte noch am selben Tag zurück zu ihrer Familie.

34

Heera

Heera lag mit offenen Augen in dem dunklen Zimmer auf ihrem Bett. Nur der Mond warf seinen schwachen Lichtschein durch das Fenster.

Ihr Herz hämmerte, und ihre Gedanken kreisten. Sie war überglücklich, dass Medea wohlbehalten zurückgekehrt war, aber es fiel ihr schwer, zu glauben, dass sie es ohne fremde Hilfe geschafft haben sollte, fast eine ganze Woche allein im Wald oder gar in einem fremden Königreich zu überleben.

Als sie versucht hatte, ihre Schwester darauf anzusprechen, lächelte Medea nur und schüttelte tadelnd den Kopf. »Du weißt, dass ich nicht über meine Prüfung sprechen darf«, meinte sie und tat so, als würde sie ihre Lippen mit einem unsichtbaren Schlüssel verschließen.

Heera dachte an die Vorwürfe der anderen Mädchen, dass Medea nachts mit jemandem reden würde. Zuerst hatte Heera ihnen keinen Glauben geschenkt, aber jetzt siegte ihre Neugier.

Bisher war jedoch aus dem Nebenzimmer kein Ton erklungen, nicht einmal ein leises Lied.

Rund um das Schloss herrschte eine schaurige Stille. Kein Ruf des Uhus, kein Heulen der Wölfe und kein Kind, das vor Kälte und Hunger schrie.

Doch plötzlich hörte sie das leise Zwitschern eines Vogels. Es war ungewöhnlich, denn Vögel begannen ihren Gesang normalerweise mit den ersten Sonnenstrahlen und nicht mitten in der Nacht. Ein leises Flüstern war zu hören, so leise wie das Scharren von Mäusen hinter Wänden.

Angespannt lauschte Heera in die Dunkelheit. Wieder vernahm sie ein Murmeln, ohne auch nur ein Wort zu verstehen. Sie stieg aus ihrem Bett und presste ihr Ohr gegen jene Wand, die ihr Zimmer von Medeas trennte.

»Du hast mir das Leben gerettet, wie könnte ich dir da einen so frommen Wunsch abschlagen?«, hörte sie die gedämpfte Stimme ihrer Schwester. Im nächsten Moment begann diese zu singen.

Mit wem hatte sie gesprochen? Dieser Jemand musste noch in ihrem Zimmer sein.

Heera zögerte nicht und trat in den Flur hinaus. Auch hier war leise Medeas liebliche Stimme zu vernehmen. Sie klopfte gegen die Tür, woraufhin der Gesang sofort verstummte.

Erst war es still, dann flüsterte Medea mit ängstlicher Stimme hinter dem Holz: »Wer ist da?«

»Ich bin es. Mach mir auf«, forderte Heera voller Ungeduld, und die Tür öffnete sich einen schmalen Spalt.

Medea trug nur ihr dünnes Nachthemd und funkelte Heera wütend an. »Warum weckst du mich mitten in der Nacht?«

Heera versuchte einen Blick in das Innere zu erhaschen, doch Medea versperrte ihr die Sicht, als hütete sie ein Geheimnis.

»Mit wem hast du gesprochen?«, wollte Heera hartnäckig wissen.

»Ich habe mit niemandem gesprochen«, entgegnete Medea entrüstet. »Ich habe geschlafen. Du musst den Wind gehört haben!«

»Nein, ich bin mir sicher, dass ich dich erst sprechen und dann singen gehört habe«, beharrte Heera, drückte ihre Schwester grob beiseite und trat in das fremde Zimmer.

Sie wusste nicht, wen sie dort erwartet hatte. Vielleicht Lean? Aber es war niemand da. Lediglich der goldene Käfig mit der Lerche stand auf dem Schreibtisch. Der Vogel blinzelte ihr verschlafen entgegen.

»Was soll das?«, beschwerte sich Medea aufgebracht. »Glaubst du etwa, ich würde mich nachts mit dem Prinzen treffen?« Ihre Augen verzogen sich zu schmalen Strichen. »Du solltest nicht von dir auf andere schließen!«

Heera errötete schuldbewusst. »Es war nur ein einziges Mal und ich wusste selbst nicht, dass er mich besuchen würde.«

»Wie du siehst, ist niemand da. Kann ich jetzt bitte weiterschlafen? Ich habe anstrengende Tage hinter mir!«

Nur um sicherzugehen, öffnete Heera auch noch Medeas Kleiderschrank, doch bis auf das schlichte Kleid, in dem sie für den Prinzen vorgesprochen hatte, war er leer. Auch unter dem Bett ihrer Schwester fand Heera keinen heimlichen Besucher.

»Was habe ich verbrochen, dass du den Gerüchten anderer mehr glaubst als meinen Worten?«, warf Medea ihr verletzt vor und stemmte die Hände in die Hüften. »Man könnte meinen, du würdest mir meinen Erfolg bei der Prüfung nicht gönnen!«

Heera drehte sich gekränkt zu ihr um. »Natürlich gönne ich ihn dir. Du kannst dir nicht vorstellen, welche Angst ich um dich hatte.«

»Oh doch, denn ich befand mich bereits in derselben Situation, als du bei deiner Prüfung warst«, widersprach Medea eindringlich. »Aber als du zurückkamst, habe ich dir auch nicht unterstellt, dass du betrogen hättest.«

»Ich unterstelle dir gar nichts«, wehrte Heera ab.

»Wonach suchst du dann?«

Heera wusste sich nicht mehr zu rechtfertigen. Sie war sich so sicher gewesen, dass jemand bei Medea sein müsste. Mit wem sollte sie sonst gesprochen haben?

»Ich dachte, ich hätte dich reden gehört«, wiederholte sie verwirrt.

Medea seufzte. »Na gut, es ist mir zwar peinlich, aber sonst gibst du ja nie Ruhe. Ich habe wirklich gesprochen, aber nur mit mir selbst.«

Heera runzelte ungläubig die Stirn. »Seit wann führst du Selbstgespräche?«

»Ich habe an Prinz Lean gedacht und mir vorgestellt, was ich zu ihm sagen würde, wenn er um meine Hand anhalten würde«, vertraute Medea ihr an, wobei sich ihre Wangen rosig verfärbten.

»Du hast gesagt, er hätte dir das Leben gerettet«, wandte Heera skeptisch ein. »Habe ich irgendetwas nicht mitbekommen?«

»Wenn ich seine Frau werde, rettet er unsere ganze Familie aus der Armut«, erklärte Medea, als wäre es offensichtlich. »Als Königin wird für mich ein neues Leben beginnen, so gesehen hat er mich gerettet.«

Heera wusste nicht, ob sie Medeas Erklärung glauben konnte, aber ihr fiel auch kein Grund ein, warum sich ihre Schwester so eine Geschichte ausdenken sollte. »Findest du unser altes Leben denn so schrecklich?«, fragte sie sowohl verunsichert als auch gekränkt.

Ihre Eltern gaben ihr Bestes, um ihr aller Leben so gut wie möglich zu gestalten. Sie hatten nicht viel, aber zumindest hatten sie einander. Das war mehr, als manch anderer hatte. Es gab Kinder, die wuchsen als Waisen auf, ohne Eltern und ohne Geschwister – wie Erina.

»Nein, aber ich könnte nicht ohne Lean leben. Es würde mir das Herz brechen.« Medea beugte sich vertraulich zu ihrer Schwester. »Könntest du deshalb bitte für dich behalten, dass ich im Traum mit mir selbst gesprochen habe? Es wäre mir zu peinlich vor den anderen.«

»Natürlich«, versicherte Heera ihr, ohne zu zögern.

Medea küsste sie auf die Wange und schob sie aus ihrem Zimmer. »Gute Nacht, Schwesterherz«, flüsterte sie und schloss die Tür, ehe Heera etwas hätte entgegnen können.

Heera blieb verunsichert im Flur zurück und wusste nicht, wie sie die Unterhaltung einordnen sollte.

Medeas Verhalten war ungewöhnlich, aber Heera hatte keine Beweise für eine Lüge. Sie wusste nicht einmal, was genau sie ihrer Schwester überhaupt vorwarf.

Selbst wenn Prinz Lean sie des Nachts in ihrem Zimmer besucht hätte, wäre das doch eigentlich nur ein Grund zur Freude, denn Heera wünschte ihrer Schwester nichts mehr, als dass ihre Wünsche in Erfüllung gingen.

Aber was, wenn es nicht der Prinz wäre? Ihre Schwester war unsterblich in ihn verliebt, sodass es ausgeschlossen schien, dass sie sich mit einem anderen als ihm treffen würde.

Mit wem, wenn nicht dem Prinzen, könnte sie sonst gesprochen haben? Etwa mit der Lerche? Warum sollte Medea lieber behaupten, Selbstgespräche zu führen, als zuzugeben, dass sie mit einem

Vogel sprach? Oder war die Lerche am Ende nicht das, was sie zu sein vorgab?

Die Hexe des Ostens hatte sie vor einer Erwählten gewarnt, die Unheil über das ganze Reich bringen würde. Für Hexen war es leicht, die Gestalt von Tieren anzunehmen, was, wenn die Lerche am Ende böse war? Sie könnte Medea in ihren Bann ziehen und ihr alles Mögliche versprechen, nur um sie zu benutzen.

Es betrübte Heera, dass Medea ihr nicht die Wahrheit anvertraute, aber sie würde auch so herausfinden, was ihre Schwester zu verbergen hatte.

Solange die Rose blüht,
hast du Zeit, das Herz des Prinzen
zu gewinnen.
Erst wenn das letzte Blatt zu
Boden fällt
und er dein Flehen nicht erhört,
musst du zu mir zurückkehren.
Dann sollst du für immer bei mir
bleiben.

35

Heera

Als die Mädchen am nächsten Morgen nichts ahnend beim Frühstück zusammensaßen, betrat nicht nur Prinz Lean, sondern auch seine Mutter Niobe den Raum.

Eilig erhoben sich alle und verneigten sich vor der Königin. Sie hatten sich mittlerweile an den morgendlichen Besuch des Prinzen gewöhnt, aber Niobe brachte sie allesamt aus der Fassung. Ihre Einschätzung schien oft entscheidender zu sein als die des Prinzen, so als würde sie am Ende die Fäden in der Hand halten, die über Sieg und Niederlage entschieden.

Auch Heera verspürte in ihrer Nähe eine gewisse Unruhe, die sie sich nicht erklären konnte. Es war unbedeutend, ob die Königin sie leiden konnte, solange sie sich nichts zuschulden kommen ließ.

Medea würde mit ihr als zukünftiger Schwiegermutter zurechtkommen müssen. Schon bald würde Heera sie vermutlich nicht mehr öfter als einmal im Jahr zu Gesicht bekommen. Selbst wenn ihre Familie nach der Hochzeit ins Schloss zog.

Heera würde gewiss nicht an den höfischen Spielen teilnehmen, sondern die Tage auch weiterhin in der Natur verbringen. Niemand könnte ihr das je verbieten.

»Guten Morgen, meine lieben Damen«, grüßte die Königin sie feierlich. Die Wärme in ihrer Stimme erreichte jedoch nicht ihre Augen.

Heera glaubte nicht, dass Niobe ein schlechter Mensch war, sondern jemand, der gelernt hatte, seine Gefühle wie hinter einem Schleier zu verbergen.

Trotz ihrer Anfeindungen achtete Heera die Herrscherin von Chóraleio. Sie war eine starke und gerechte Frau, die stets nur das Beste für ihre Familie und ihr Volk wollte. Heera konnte Niobe nicht zum Vorwurf machen, dass diese sie nicht für die beste Wahl für ihren Sohn hielt, denn in diesem Punkt waren sie sich einig.

»Guten Morgen, Königin Niobe. Guten Morgen, Prinz Lean«, riefen die Mädchen im Chor.

Niobe ging auf Medea zu und streichelte ihr liebevoll über die Wange. »Tapferes Mädchen! Du bist nicht nur hübsch und talentiert, sondern auch mutig. Du würdest eine großartige Königin abgeben«, lobte sie diese, wobei die anderen Erwählten vergeblich versuchten, sich ihre Eifersucht nicht anmerken zu lassen.

Heera hätte sich gerne für ihre Schwester gefreut, aber Zweifel nagten an ihr. Wie war es Medea gelungen, ihre Prüfung zu bestehen? Sie kannte ihre Schwester gut genug, um zu wissen, dass sie nicht in der Lage war, sich bei dichtem Schneefall allein durch den Wald zu schlagen. Medea hatte mehr als genug Talente, aber Mut gehörte nicht dazu.

Die Königin schritt von Medea weiter zu Erina, die neben Agnes bisher als Einzige nicht zu einer Prüfung gerufen worden war. Sobald Niobe vor ihr hielt, wich jegliche Farbe aus ihren Wangen. Sie machte ein so geschocktes und unglückliches Gesicht, dass die Königin Mitleid zeigte. Sie nahm die Hand des Mädchens zwischen ihre eigenen schlanken Finger.

»Liebe Erina, heute soll deine Prüfung beginnen. Aber fürchte dich nicht, der König, Prinz Lean und ich glauben fest an dich«, sprach sie ihr Mut zu.

Lean stellte sich neben seine Mutter und lächelte Erina ebenfalls aufmunternd an.

»Was muss ich tun?«, piepste das zierliche Mädchen mit hoher Stimme.

»Du hast dein gutes Herz und deine ehrlichen Absichten bereits unter Beweis gestellt, deshalb soll deine Prüfung darin bestehen, mir eine Rose zu bringen. Aber es soll keine gewöhnliche Rose sein, sondern eine goldene Rose«, sprach die Königin.

Erina starrte entsetzt von ihr zu dem Prinzen. »Ich habe noch nie eine goldene Rose gesehen. Wo soll ich meine Suche beginnen?«

»Lass den Wald hinter dir zurück und zieh von einer Stadt zur nächsten, vielleicht werden die Bewohner dir helfen können«, riet ihr Lean, ohne sich anmerken zu lassen, ob er etwas wusste. »Ich bin überzeugt davon, dass du einen Weg finden wirst, meiner Mutter ihren Wunsch zu erfüllen.«

Erina nickte entschlossen. »Ich werde alles geben!«

Der Königin eine Rose zu bringen, ob nun eine rote oder eine goldene, klang einfach, doch Heera zweifelte nicht daran, dass auch Erina es alles andere als leicht haben würde. Sie schaute ihr besorgt nach, als sie den Saal verließ.

Heera war mit ihren Gedanken bei Erina. Sie wusste nicht, was das Mädchen erwartete, aber wenn sie gekonnt hätte, wäre sie mit ihr gegangen, um sie vor jeder Gefahr zu beschützen.

Erina war immer freundlich zu ihr gewesen und sie hatte in ihr eine Freundin gefunden.

Als sie aus ihrem Fenster in den Schlossgarten blickte, entdeckte sie dort Lean, der einsam auf einer Bank saß und den Kopf betrübt in den Händen vergraben hatte. Sein Anblick rührte sie, denn er machte einen herzzerreißend verzweifelten Eindruck. Was mochte einen Prinzen, der vermeintlich alles hatte, nur betrüben?

Heera warf sich ihren Umhang über und eilte selbst in den Garten, in der Hoffnung, dass keines der anderen Mädchen ihr zuvorkäme.

Noch vor wenigen Wochen hatte sie angenommen, dass dem Prinzen alle Erwählten gleichgültig wären, doch sie wusste es mittlerweile besser. Sicher sorgte sich Lean genauso um Erina wie sie selbst.

Als sie vor ihm zu stehen kam, sah er überrascht auf. Schneeflocken hatten sich auf sein braunes Haar gelegt, die langsam durch die Wärme seines Körpers schmolzen.

Sie wartete nicht auf eine Einladung, sondern ließ sich neben ihm nieder.

»Erina besitzt so eine reine Seele, dass niemand es übers Herz bringen würde, ihr etwas anzutun«, versuchte Heera den Prinzen aufzuheitern, auch wenn sie nicht ganz sicher war, ob seine Sorge wirklich Erina galt.

»Ich zweifle nicht an Erina, sondern an mir«, entgegnete Lean. »Es scheint mir mit jedem Tag unmöglicher, eine Entscheidung zu treffen. Verstehe mich bitte nicht falsch, aber ein Teil von mir hofft beinahe, dass Erina scheitert, denn dann gäbe es eine Person weniger, gegen die ich mich entscheiden müsste.«

Heera wusste nicht, was sie sagen sollte. Sie war selbst eine Erwählte, aber hatte von Anfang an außen vor gestanden. Es schien immer klar gewesen zu sein, dass sie nicht eine Runde weiterkommen würde. Und doch war sie noch da – als eine der letzten sechs.

»Was ist mit der Rangliste? Du hast doch bereits eine Entscheidung getroffen«, wandte sie ein, ohne dabei vorwurfsvoll zu klingen.

Er schüttelte den Kopf. »Die Rangliste beruht nicht nur auf meinem persönlichen Empfinden, sondern entsteht auch durch die Anzahl der bestandenen Prüfungen und das Ansehen der Mädchen am Hof.«

Es war eine Weile her, dass eine Rangliste veröffentlicht worden war. Trotzdem zweifelte Heera nicht daran, dass ihre Schwester zumindest unter den ersten dreien sein musste, genau wie Erina – vorausgesetzt, sie bestand ihre Prüfung. So blieb Lean noch die Wahl zwischen Daphne, Xenia und Agnes. Wobei Agnes sich erst auch noch beweisen musste.

»Wen würdest du an meiner Stelle wählen?«, fragte Lean verzweifelt.

Heera lächelte entschuldigend. »Du kannst von mir keine objektive Antwort erwarten. Ich bin Medeas Schwester.«

»Du bist selbst eine Erwählte«, entgegnete Lean. »Was wäre, wenn ich mich gegen dich entscheide?«

Obwohl Heera immer davon ausgegangen war, dass es so kommen würde, weckte die Vorstellung Unbehagen in ihr. Sie wollte den Prinzen nach wie vor nicht heiraten, aber sie mochte ihn und verbrachte gerne Zeit mit ihm. »Es ist unbedeutend, was ich oder irgendjemand anderes von dir erwartet, wichtig ist nur, was du selbst möchtest.«

»Wenn ich das mal wüsste«, seufzte er.

»Höre auf dein Herz.« Heera lächelte und stupste ihn vertraut an. »Was immer es dir sagt, kann nicht falsch sein.«

36

Erina

Erina schritt durch den verschneiten Wald, ohne zu frieren, denn die Kälte machte ihr nichts aus, diese war sie bereits gewohnt. Unablässig setzte sie einen Fuß vor den anderen.

Sie wusste nicht, wo sie mit der Suche beginnen sollte, aber würde sich an den Rat des Prinzen halten und so lange durch den Wald gehen, bis sie dessen Ende erreicht hätte.

Als es bereits dunkel wurde, war sie immer noch zwischen den hohen Bäumen gefangen.

Es schneite heftig und der Wind riss so unbarmherzig an ihr, dass er sie beinahe umwarf.

Aber sie fürchtete sich nicht vor dem Schnee oder dem Wind, sondern vor den Wölfen, die sie ringsherum heulen hörte. Womöglich würden sie über sie herfallen, sie in Stücke reißen und gar fressen.

Auf einmal entdeckte sie am Ende einer langen Baumallee ein strahlendes Licht, so leuchtend wie der Polarstern am Himmel.

Sie ging in dieser Richtung weiter und bald sah sie ein hell erleuchtetes Schloss vor sich. Schnell eilte sie darauf zu, doch zu ihrer Verwunderung waren die Höfe menschenleer.

Erina betrat das Innere, fand aber auch dort keine Menschenseele. Im großen Saal flackerte jedoch ein wärmendes Feuer, und eine mit Speisen reich besetzte Tafel war für eine Person gedeckt.

Da Regen und Schnee sie bis auf die Haut durchnässt hatten, trat sie ans Feuer, um sich zu trocknen.

Eine beträchtliche Zeit wartete sie, aber da es elf Uhr geschlagen hatte, ohne dass der Herr des Hauses oder ein Diener sich zeigten, konnte sie ihren Hunger nicht länger bezähmen: Sie nahm ein gebratenes Huhn von der Tafel und verschlang das Fleisch in wenigen Bissen. Auch trank sie einige Schlucke süßen Traubensaft.

Dann, kühner geworden, verließ sie den Saal und durchschritt mehrere große, prachtvoll möblierte Räume.

Schließlich fand sie ein Zimmer, in dem ein Bett bereitstand, und da Mitternacht vorüber war, beschloss sie, die Tür abzuschließen und sich schlafen zu legen.

Es war schon zehn Uhr morgens, als Erina erwachte, und zu ihrer Überraschung fand sie anstelle ihrer alten, schmutzigen Kleider ein sauberes Gewand.

Sie sah aus dem Fenster. Der Schnee war verschwunden und herrliche Blumenbeete breiteten sich vor ihr aus, die ihre Augen entzückten.

»Sicher gehört dieses Schloss einer guten Fee«, sagte sie zu sich, »die Mitleid mit mir hat.«

Sie kehrte in den großen Saal zurück, wo sie abends zuvor gespeist hatte, und sah ein Tischchen, auf dem eine heiße Schokolade dampfte.

»Ich danke Euch, gnädige Fee, dass Ihr die Güte hattet, an mein Frühstück zu denken«, sagte sie laut.

Nachdem sie die heiße Schokolade getrunken hatte, ging sie hinaus, um ihre Suche fortzusetzen. Da kam sie an einem Rosenstrauch vorüber, dessen Blütenblätter golden erstrahlten, so wie die Königin es sich gewünscht hatte. Sie konnte ihr Glück kaum fassen und brach fröhlich einen Rosenzweig ab.

Im gleichen Augenblick hörte sie einen furchtbaren Lärm und sah ein so schreckliches Tier auf sich zustürzen, dass sie beinahe das Bewusstsein verlor.

»Undankbare!«, rief das Tier mit donnernder Stimme. »Ich habe dir das Leben gerettet, indem ich dich in meinem Schloss aufnahm. Und dafür stiehlst du mir meine Rosen, die ich über alles in der Welt liebe! Du musst sterben, um diese Schuld zu sühnen.«

Erina warf sich panisch auf die Knie und flehte das Tier an: »Verzeiht mir, gnädiger Herr, ich glaubte, Euch nicht zu kränken, als ich eine Rose pflückte. Sie war für die Königin von Chóraleio bestimmt, die mich darum gebeten hat. Wenn ich ihr keine goldene Rose bringe, darf ich ihren Sohn, den Prinzen Lean, nicht heiraten.«

»Ich bin kein *gnädiger Herr*«, erwiderte das Tier. »Schau mich an, ich bin ein Biest! Höflichkeiten sind mir verhasst! Ich will, dass man sagt, was man denkt. Nur wenn du mir für immer zu Diensten sein willst, werde ich dich verschonen.«

Sie schüttelte weinend den Kopf. »Was wird dann aus dem Prinzen, dem ich mein Herz geschenkt habe?«

Das Biest schnaubte, die Tränen des Mädchens schienen es zu erweichen. »Ich bin ein Tier, aber nicht herzlos«, knurrte es. »Nimm die Rose mit dir! Solange sie blüht, hast du Zeit, das Herz des Prinzen für dich zu gewinnen. Erst wenn das letzte Blatt zu

Boden fällt und er dein Flehen nicht erhört hat, musst du zu mir zurückkehren. Dann sollst du für immer bei mir bleiben.«

Das wilde Tier mit der menschlichen Stimme schien nicht an die Liebe zu glauben, denn es gab sich zuversichtlich, dass es das Mädchen schon bald wiedersehen würde.

»Es fällt mir leicht, dir dieses Versprechen zu geben, denn wenn der Prinz sich gegen mich entscheidet, hat mein Leben ohnehin keinen Sinn mehr«, erwiderte Erina verzweifelt. »Warte jedoch nicht auf mich, denn ich würde mein Leben riskieren, um den Prinzen für mich zu gewinnen.«

»Versuch dein Glück. Aber hüte dich davor, jemandem von mir zu erzählen. Dann sollst du auf der Stelle tot umfallen!«

Das Biest ließ sie widerwillig mit der Rose ziehen und sah dem hübschen Mädchen mit den feuerroten Haaren noch eine ganze Weile nach.

Kurz vor Einbruch der Dunkelheit kehrte Erina in das Schloss von Chóraleio zurück und überreichte Königin Niobe die goldene Rose. Über das Versprechen, das sie dem Biest hatte geben müssen, sprach sie mit niemandem.

37

Heera

Pünktlich zum Abendmahl wurde eine neue Rangliste veröffentlicht.

1. Medea
2. Erina
3. Daphne
4. Xenia
5. Agnes

Sobald Medea diese sah, entfuhr ihr ein freudiges Jauchzen. Sie schien nicht einmal zu bemerken, dass ein Name auf der Liste fehlte. Ein breites Grinsen zog sich über ihr gesamtes Gesicht, ihre Augen leuchteten und ihre Wangen färbten sich rosa.

Die Missgunst der anderen Mädchen konnte ihr nichts anhaben, zu groß war ihre Freude darüber, zur Nummer eins des Prinzen aufgestiegen zu sein.

Heera hingegen stand schweigend vor der Tafel und versuchte das Gefühl einzuordnen, das sie dabei empfand, ausgeschieden zu sein.

Sie hatte Lean geraten, auf sein Herz zu hören, und sein Herz hatte sich gegen sie entschieden. Es sollte ihr gleichgültig sein, doch das war es nicht. Sie empfand Enttäuschung, wie man sie in sich trug, wenn man von einem Freund verraten wurde.

Erst jetzt bemerkte Medea ihre Schwester und sie erkannte, dass ihr Name auf der Liste fehlte.

Bestürzt schlang sie die Arme um Heera. »Du wirst mir fehlen«, wisperte sie und drückte ihr Gesicht in das weiche Haar ihrer Schwester.

Heera erwiderte die Umarmung und versuchte zu verstehen, woher die plötzliche Trauer kam, die von ihr Besitz ergriff.

Es ging schon lange nicht mehr nur um Medea, aber worum ging es dann? Hatte sie der Ehrgeiz gepackt? Oder wollte sie im Königreich etwas verändern? Gefiel ihr Lean womöglich doch besser, als sie es sich eingestand?

Als sie ihre Schwester zur Auswahl begleitet hatte, war sie von einem arroganten Schönling ausgegangen, dem das Wohl seines Volkes völlig gleichgültig war.

Stattdessen hatte sie einen humorvollen jungen Mann kennengelernt, der seine Verpflichtungen über sein eigenes Wohl stellte.

Sie genoss jede einzelne Minute in seiner Nähe. Er nahm sie so, wie sie war, und versuchte nicht, aus ihr eine Dame zu machen. In seiner Gegenwart musste sie nicht stark sein wie zu Hause, wo sie immer ihrem Vater den Sohn hatte ersetzen wollen. Bei Lean konnte sie einfach sie selbst sein.

Vielleicht hatte sie in ihm tatsächlich so etwas wie einen Freund gefunden. Würde das nun vorbei sein? Was, wenn er sich am Ende nicht einmal für Medea entschied? Würde sie dann den Kontakt zu ihm völlig verlieren? Dann wäre es, als hätte es ihre gemeinsamen Momente niemals gegeben, dabei hatten sie Heera mehr verändert, als sie es je für möglich gehalten hätte. Lean hatte Heera ihre weiche, verletzliche Seite offenbart.

Amphion hatte völlig recht, sie war nicht furchtlos.

Sie fürchtete sich vor der Liebe.

»Bist du enttäuscht?«, fragte plötzlich eine bekannte Stimme. Heera zuckte zusammen, während sie den Blick von der Tafel wendete und Lean in die warmen braunen Augen sah, die er von seiner Mutter geerbt hatte.

Medea wich von ihrer Seite und bemerkte hinter Lean die neugierigen Gesichter der anderen Mädchen. Einzig in Erinas hübschen Augen lag Bedauern.

»Nein«, beteuerte Heera, ohne zu zögern, und verschränkte schützend die Arme vor der Brust.

Er schien enttäuscht über ihre Entschlossenheit. »Gehst du ein Stück mit mir?«, lud er sie ein und trat mit ihr in den Flur – weg von den Blicken der anderen.

»Du glaubst nicht, wie schwer mir diese Entscheidung gefallen ist. Ohne dich wird mir etwas fehlen.« Aufrichtiges Bedauern zeigte sich in seiner Miene, das Heera nur noch mehr verwirrte.

Warum hatte er sich nun gegen sie entschieden? Warum erst jetzt und nicht schon früher, als sie sich noch darüber gefreut hätte? Was hatte sie falsch gemacht? Er wusste, dass sie eigentlich alle Prüfungen bestanden hatte. Sie hatte sich sogar Mühe gegeben, nicht mehr ganz so oft anzuecken. War sie ihm vielleicht deshalb langweilig geworden?

Heera lächelte über seine Verzagtheit. Wie gut, dass er nicht wusste, wie sehr sie seine Abweisung traf. »Warum hast du dich dann gegen mich entschieden?«, fragte sie dennoch, jedoch mit einem aufgesetzten, herausfordernden Grinsen, wie er es von ihr gewohnt war.

»Du magst es mir vielleicht nicht glauben, aber ich habe es dir zuliebe getan«, erwiderte er mit Nachdruck. »Das Schloss ist kein Ort für dich. Es kam mir mit jedem Tag mehr vor, als würde ich dich in einem goldenen Käfig gefangen halten.«

Tatsächlich hatte Heera sich oft so gefühlt, aber die Momente mit Lean waren es ihr wert gewesen, doch das konnte sie sich erst jetzt, als es bereits zu spät war, eingestehen.

»Du bist gar nicht so übel«, gab sie zu und fügte tapfer lächelnd hinzu: »Vielleicht könnten wir sogar Freunde werden.« Ihre Miene wurde ernst. »Vorausgesetzt, du brichst meiner Schwester nicht das Herz, denn dann müsste ich dir leider jeden deiner Knochen zertrümmern.«

Lean lachte erleichtert auf. »Ich werde mir Mühe geben«, versprach er. »Mein Angebot, dich als Jägerin einzustellen, steht übrigens immer noch. Wenn du schon nicht meine Braut sein möchtest, vielleicht kann ich dich dann wenigstens dazu bringen, für mich zu arbeiten.«

Heera sah ihn nachdenklich an. Wenn sie für ihn arbeiten würde, müsste sie auf ihre gemeinsamen Ausritte im Wald nicht verzichten. Ihre Familie wäre gut versorgt. Dennoch zögerte sie mit einer Zusage.

»Eventuell könnte ich noch etwas von dir lernen«, fügte Lean mit einem schelmischen Grinsen hinzu und versetzte ihr einen freundschaftlichen Stoß mit der Schulter.

»Eventuell?«, zog Heera ihn mit gespielter Empörung auf. Die Aussicht, Lean weiter sehen zu können, heiterte sie auf.

»Wirst du es dir wenigstens überlegen?«, bat Lean sie.

Wann immer sie miteinander sprachen, schien es fast, als würden sie die Rollen tauschen. Er behandelte Heera als ihm ebenbürtig. Er hätte ihr auch befehlen können, ihm zu dienen, stattdessen umwarb er sie. Er würde ein guter König sein.

»Ich denke darüber nach«, versprach Heera, dabei stand ihr Entschluss bereits fest. Sie wäre dumm, sein Angebot abzulehnen.

»Sollte es etwas anderes geben, das ich für dich tun kann, lass es mich wissen«, meinte Lean zuvorkommend. »Vergiss nicht, dass du noch einen Wunsch bei mir frei hast.«

Heera grinste ihn an. »Das würde ich nie vergessen, aber einen Wunsch bei einem Prinzen gewinnt man nicht alle Tage, deshalb werde ich mir gut überlegen, wofür ich ihn einlöse.«

»Ich ahne bereits Böses«, scherzte er. »Denk bitte daran, dass ich ein Prinz und kein Zauberer bin. Für ein fliegendes Pferd müsstest du dich an Amphion wenden.«

»Wer will schon ein geflügeltes Pferd?«, konterte Heera unbeeindruckt und streckte Lean die Zunge heraus.

»Du kannst noch diese Nacht bleiben und wirst morgen von einer Kutsche zurück zu deiner Familie gebracht werden«, fuhr Lean fort und mied plötzlich den Blick in ihre Augen.

Fiel es ihm genauso schwer, sie gehen zu lassen, wie es ihr beinahe das Herz zerbrach, ihn zu verlassen?

Sie versuchte daran zu denken, dass sie schon bald ihre geliebten Eltern und ihre kleine Schwester wiedersehen würde. Sie hatte sie schmerzlich vermisst, aber alles, woran sie denken konnte, war Lean.

Fühlte sich so Liebe an? Dann konnte sie ihr gestohlen bleiben!

Vielleicht war es aber auch nur eine Phase, die wieder vergehen würde. Sicher würde sie bald schon darüber lachen können – besser noch heute als morgen.

Eine wahre Königin
stellt das Wohl ihres Volkes
über ihr eigenes.
Nicht nur Mut ist eine Tugend,
sondern auch Mitgefühl.

38

Lean

Kurz nach Sonnenaufgang brach Agnes zu ihrer Prüfung auf. Bisher hatte sie jede Aufgabe bestanden und zumindest sie selbst schien nicht daran zu zweifeln, dass sie auch diese erfolgreich meistern würde. Trotzdem gab es etwas an ihr, das Lean auf Distanz hielt. Etwas Geheimnisvolles umgab sie wie ein schwarzer Nebel.

Bereits zur Mittagsstunde kehrte Agnes zurück. Unter ihrem Arm trug sie ein Huhn wie eine Trophäe. In ihren Augen lag ein siegessicherer Ausdruck. Keinem anderen Mädchen war es gelungen, seine Aufgabe so schnell zu meistern.

Auch die anderen Erwählten wurden in den Thronsaal gerufen, um das Ergebnis von Agnes' Prüfung zu erfahren. Sie war die Letzte gewesen und so würde der Prinz innerhalb der nächsten Tage eine Entscheidung darüber treffen müssen, welche Mädchen ihn in die nächste Runde begleiten sollten.

Lean schritt auf Agnes zu, die in ihrem schwarzen Umhang mit zufriedener Miene vor dem Thron stand.

»Agnes, mein Vater hat dich gebeten, ihm das Huhn zu bringen, das goldene Eier legt«, sagte er zu dem schwarzhaarigen Mädchen. »Hast du es bei dir?«

Sie reichte ihm das Tier mit den braunen Federn. Auf den ersten Blick wirkte es gewöhnlich, doch kaum dass Lean es zu Boden setzte, legte es bereits ein goldenes Ei.

Der Hof applaudierte, doch weder der Prinz noch seine Eltern waren mit Agnes zufrieden. König Egeas hob seine Hand, um die Anwesenden zur Ruhe zu bringen.

Sofort verstummten alle und sahen gespannt zwischen ihm, Lean und Agnes hin und her.

Egeas stemmte sich aus seinem Thron und schritt bedrohlich auf die Erwählte zu. »Verrate mir, Agnes, was musstest du tun, um dieses Huhn zu bekommen?«

Sie lächelte ihm ohne Furcht entgegen. »Verehrter König, darüber darf ich nicht sprechen«, verhöhnte sie ihn.

Der König selbst war derjenige gewesen, der den Erwählten verboten hatte, anderen von ihrer Prüfung zu erzählen.

Ein leichter Rotton zog sich über das bärtige Gesicht des Königs, während Niobe empört nach Luft schnappte. Wäre es nicht Agnes gewesen, die dort vor ihnen stand, hätte Lean ihre Schlagfertigkeit vielleicht imponiert. Doch im Gegensatz zu allen anderen wusste er, was sie hatte tun müssen, um an das Huhn zu gelangen. Zuvor war sie ihm ein Rätsel gewesen, nun hegte er Verachtung für sie.

»Ich, der König von Chóraleio, gestatte dir, eine Ausnahme zu machen und uns allen von deiner Prüfung zu berichten«, wandte sich Egeas an Agnes und baute sich vor ihr auf.

Er war ein großer Mann, trotzdem reichte ihm Agnes bis zur Nasenspitze. Sie ließ sich von Egeas nicht einschüchtern und reckte ihm herausfordernd das Kinn entgegen.

Keiner der Anwesenden verstand, was dort vorging. Warum war die Königsfamilie so wütend auf die Erwählte? Hatte sie nicht genau das getan, was man von ihr verlangt hatte?

»Wie Ihr wünscht«, säuselte Agnes. »Ich fand das Huhn nicht weit von hier in einem Dorf!«

»Lief es dort allein herum oder gehörte es jemandem?«, fragte Egeas mit scharfem Tonfall weiter.

»Das Huhn lebte bei einer Mutter und ihrer Tochter«, antwortete Agnes wahrheitsgetreu, ohne jegliches Schuldgefühl.

»Haben sie dir das Tier freiwillig überlassen?«

»Nein«, gab sie zu und fügte hinzu: »Ich weiß, was ich will, und ich weiß, wie ich es bekomme. Was ist daran verkehrt?«

Die Augen des Königs formten sich vor Wut zu schmalen Schlitzen. Er deutete anklagend auf das Huhn, das gackernd über den Boden lief. »Dieses Huhn ist alles, was jener Frau geblieben ist. Ohne dieses Huhn werden sie und ihre Tochter bald Hunger leiden müssen. Wie konntest du so herzlos sein, ihnen das Wertvollste zu nehmen, was sie hatten?«

Agnes zuckte mit den Schultern. »Sie haben einander. Ich habe ihnen das Leben gelassen, ist das nicht mehr als genug?«

Der Hofstaat begann entrüstet zu tuscheln. Der König wandte sich von Agnes ab, als würde er ihren Anblick nicht länger ertragen.

Lean war nur froh darüber, dass ihr wahrer Charakter offenbart wurde, bevor er ihretwegen ein anderes Mädchen weggeschickt hätte. Seit jeher begleitete ihn ein ungutes Gefühl bei ihr und nun erklärte sich seine Empfindung.

Die Königin ergriff das Wort. »Du bist so schön wie jede andere Erwählte, aber du hast ein Herz aus Stein. So jemand wird niemals Königin von Chóraleio sein. Agnes, du wirst noch heute das Schloss verlassen!«

Agnes schritt wütend auf die Königin zu. Schnell ging Lean dazwischen. Anklagend deutete das Mädchen mit dem Zeigefinger auf ihn. »Sagt mir, was hätte ich tun müssen, um die Prüfung zu bestehen? Wie hätte ich dem König das Huhn bringen sollen, ohne die Familie zu bestehlen? Warum habt Ihr mir eine Prüfung gestellt, die ich nie hätte erfüllen können? Wolltet Ihr mich loswerden?«

»Du hättest die Prüfung bestanden, wenn du mit leeren Händen zurückgekehrt wärst«, wies Lean sie zurecht. »Eine wahre Königin stellt das Wohl ihres Volkes über ihr eigenes. Deine Aufgabe bestand nicht darin, Mut, sondern Mitgefühl zu beweisen. Du hast versagt!«

»Ihr habt mich betrogen«, kreischte Agnes außer sich und wirbelte zu dem tuschelnden Hofstaat herum. »Ihr alle! Zunähen sollte man Euch Eure schändlichen Mäuler. Keiner von Euch ist besser.«

Die anwesenden Gäste verstummten nicht etwa, sondern debattierten nur noch lauter über Agnes' unangebrachtes Benehmen.

Diese schien sich nun in Rage zu reden und zischte an Lean vorbei auf die Königin zu. »Habe ich mein Mitgefühl zu Euch nicht ausreichend gezeigt, Königin Niobe?«, sprach Agnes sie voller Verachtung an. Ihr sonst so starres Gesicht verzerrte sich dabei zu einer hässlichen Fratze. »Habe ich Euch nicht Euren größten Wunsch erfüllt?«

Während die Königin erbleichte, verstand Lean nicht, was Agnes anzudeuten versuchte. Diese griff sich nun in ihr langes schwarzes Haar und riss es sich büschelweise aus. Dazu schrie sie so laut, dass es in den Ohren schmerzte. Zornentbrannt trampelte sie mit ihren Füßen auf den Boden. Sie verlor völlig die Beherrschung. Es war ein entsetzliches Schauspiel.

Lean hatte geahnt, dass nicht jedes Mädchen freundlich reagieren würde, wenn er sich gegen sie entschied. Verständnislosigkeit, Tränen, vielleicht auch Vorwürfe – mit all dem hätte er gerechnet, aber nicht mit solch einem Tobsuchtsanfall.

Behutsam trat er auf Agnes zu und wollte seine Hand nach ihr ausstrecken, als diese den Kopf hochriss und ihn mit blutroten Augen anstarrte. Von dem einst so hübschen Mädchen war nichts mehr übrig. Lange, spitze Zähne ragten aus ihrem Mund. Scharfe Krallen wuchsen aus ihren Fingern, und ihre Haut war von Borsten bedeckt. Vor ihm stand die Schwarze Hexe, die er bisher nur aus Erzählungen kannte.

Geifernd lachte sie über sein Entsetzen. »Was starrst du denn so, Bürschlein? Bin ich etwa nicht die Braut, die du dir erträumt hast?«

Instinktiv zog Lean sein Schwert, das er an der Hüfte immer bei sich trug, und richtete es auf das böse Geschöpf. »Was willst du hier, Hexe? Warum hast du uns alle zum Narren gehalten?«

»Wie üblich hat mich niemand eingeladen, deshalb habe ich mir selbst Zutritt verschafft«, keifte die Hexe. »Welch unbeschreibliches Vergnügen, dabei zuzusehen, wie du von einer dummen Gans zur nächsten stolperst. Ein paar schmeichelnde Worte, ein koketter Augenaufschlag und ein funkelndes Kleid, mehr braucht es nicht, um deine Aufmerksamkeit zu erregen, Prinz.« Anklagend drehte sie sich im Kreis und zeigte auf jeden Anwesenden. »Pfui, seid ihr alle oberflächlich! Nicht alles, was funkelt und glänzt, ist Gold.«

»Wenn du ein so leichtes Spiel mit mir hattest, wie kommt es dann, dass deine Tarnung aufgeflogen ist?«, konterte Lean. »Du hast dein Äußeres unter einer falschen Hülle versteckt, aber dein hässliches Wesen konntest du nicht verbergen. Ich habe dich durchschaut!« Stolz schwang in seinen Worten mit. Seine Intuition hatte ihn nicht im Stich gelassen und auch wenn er Agnes nicht als die Schwarze Hexe entlarvt hatte, so war er dennoch nicht auf sie hereingefallen. Nicht auszudenken, wenn er sie zu seiner Braut erwählt hätte. Allein die Vorstellung ließ ihn schaudern.

»Freu dich nicht zu früh, Bürschlein«, giftete die Hexe. »Wir werden uns wiedersehen. Früher, als dir lieb ist.«

Mit einem lauten Knall verschwand sie in einer dunklen Rauchwolke. Einige der Mädchen schrien erschrocken auf und klammerten sich aneinander fest. Erst als der Qualm sich auflöste und nichts mehr von dem bösen Geschöpf zu sehen war, konnten alle wieder aufatmen.

»Auf unseren klugen Prinzen, der sich nicht von der Hexe hat täuschen lassen«, rief Silas laut aus und begann zu applaudieren.

Der gesamte Hofstaat fiel mit ein. »Auf unseren Prinzen! Auf Lean«, riefen sie vergnügt.

Lean verneigte sich zu allen Seiten geschmeichelt.

Beinahe alle wirkten erleichtert und glücklich, nur seine Eltern sahen einander besorgt an. Gewiss bereitete es ihnen Unbehagen, dass es der Hexe überhaupt gelungen war, sich unbemerkt ins Schloss zu schleichen. Aber dazu würde es kein zweites Mal kommen. Dafür würde Lean sorgen. Er hatte sich nicht von Agnes täuschen lassen. Sollte es ihm dann nicht auch möglich sein, zu erkennen, wer die richtige Braut für ihn war? Alles, was er zu tun brauchte, war, auf sein Herz zu hören.

39

Lean

Beschwingt von seinem Triumph wollte er Heera erzählen, was sich im Thronsaal zugetragen hatte. Ihm war nicht entgangen, dass sie nicht dort gewesen war, deshalb begab er sich nun zu ihrem Gemach. Vermutlich bereitete sie sich dort auf ihre Heimreise vor. Zuvor wollte er seine Freude jedoch noch mit ihr teilen. Obwohl er sich gegen sie entschieden hatte, war es ihm wichtig, dass sie gut über ihn dachte.

Als er ihr Zimmer erreichte, klopfte er ungeduldig gegen die geschlossene Tür. Angespannt lauschte er auf Schritte, doch im Inneren tat sich nichts. Er wollte nicht länger warten und drehte deshalb kurzerhand selbst den Knauf und trat ein.

Stille schlug ihm entgegen. Heera war nicht mehr da.

Sie musste das Schloss bereits verlassen haben – ohne sich zu verabschieden.

Die Erkenntnis traf ihn härter, als er erwartet hätte. Es war unhöflich, sich einfach ohne ein Wort davonzumachen, immerhin hatte sie die letzten Wochen im Schloss gelebt. Zumindest für die

Gastfreundschaft und die Geschenke hätte sie sich bedanken können. Aber Heera hatte noch nie viel Wert auf Etikette gelegt.

Lean versuchte sich einzureden, dass die Art ihres Abgangs ihn lediglich kränkte, aber tief in seinem Inneren wusste er, dass das nicht stimmte. Er vermisste sie.

Schon jetzt.

Nach nicht einmal einem Tag.

Er hatte gute Gründe gehabt, sich gegen sie zu entscheiden. Aber jegliche Vernunft war machtlos gegen das Verlangen seines Herzens. Nun kam er sich wie ein Narr vor, weil er sie hatte aufsuchen wollen, um vor ihr mit seinem Erfolg zu prahlen. Was hatte er erwartet? Wollte er sich vielleicht nur vergewissern, dass es ihr gut ging?

Der schmerzliche Ausdruck ihrer Augen, als sie erkannte, dass er sich gegen sie entschieden hatte, ging ihm nicht mehr aus dem Kopf. Sie hatte es mit Scherzen zu überspielen versucht, sodass er sich später gar nicht mehr sicher gewesen war, ob er sich diese Gefühlsregung nur eingebildet, wenn nicht gar herbeigesehnt hatte. Aber jetzt, da sie fort war, sah er sie wieder ganz deutlich vor sich. Ihr wortloser Abgang glich einer Bestätigung.

All die Euphorie, die er zuvor empfunden hatte, wich nun Bedauern. Er hatte einen Fehler gemacht. Er hätte Heera nicht gehen lassen dürfen.

Ein Klopfen riss ihn aus den Gedanken. Für einen irrwitzigen Moment gab er sich der Hoffnung hin, dass es Heera wäre, die zu ihm zurückgekehrt sei. Doch als er sich umdrehte, stand ihre Schwester in der Türschwelle.

»Heera ist weg«, sagte Medea und klang traurig dabei. Sollte sie sich nicht darüber freuen? Heera war überzeugt davon gewesen, dass ihre Schwester sie nicht hierhaben wollte. Ihretwegen hatte sie Lean mehr als einmal aufgefordert, sie nach Hause zu schicken.

»Sie hat sich nicht verabschiedet«, klagte Lean und trat ihr entgegen.

Medea bedachte ihn mit einem schiefen Lächeln. »Worte waren noch nie ihre Stärke.« Beschämt senkte sie den Kopf. »Bedauert Ihr … ich meine du … bedauerst du deine Wahl?«

So sah es aus. So war es.

Dennoch brachte Lean es nicht über sich, das vor Medea zuzugeben. Er wollte sie nicht verletzen. »Ich musste eine Entscheidung treffen«, versuchte er sich herauszureden.

Sie schaute auf und suchte in seinen Augen nach der Wahrheit, aber ließ sich nicht anmerken, ob sie diese fand. »Offenbar haben wir gerade beide an Heera gedacht, sonst wären wir nicht hier. Ich bin froh über diese Fügung, denn so kann ich dir zu deinem Sieg über die Hexe gratulieren.«

Ihr Lob schmeichelte ihm. »Danke, aber ich bin nicht der Einzige, der sie durchschaut hat. Du hast ihr von Anfang an misstraut.«

An dem Zucken ihrer Mundwinkel konnte er erkennen, dass sie gleich lächeln würde. Als sie es dann tat, war es, als würde die Sonne aufgehen. »Sie war mir zwar unheimlich, aber ich wäre nie darauf gekommen, dass sie eine Hexe sein könnte«, wehrte Medea ab.

»Es ist schwer, die Menschen zu durchschauen«, erwiderte Lean. »Ganz besonders, wenn sie einem fremd sind.« Vertrauensvoll ergriff er ihre Hände. »Bei dir habe ich das Gefühl, zu wissen, wer vor mir steht. Manchmal kommt es mir vor, als würden wir uns schon viel länger kennen. Das mag ich ganz besonders an dir, Medea.«

Sie strahlte ihn an, wobei ihre blauen Augen wie Saphire funkelten. »Das kann ich nur bestätigen«, hauchte sie. »Seit dem ersten Tag. Du bist genau so, wie ich mir dich immer vorgestellt habe.«

Verlegen fuhr sich Lean durchs Haar. Er spürte dieses Knistern zwischen ihnen. Sein Puls beschleunigte sich und sein Blick glitt immer wieder zu ihren hübschen erdbeerfarbenen Lippen.

Seine Mutter hatte ihm verboten, ein Mädchen vor der Hochzeit zu küssen. Ihr Wort allein hielt ihn jedoch nicht davon ab, es dennoch zu tun, sondern vielmehr der Skandal, den er damit auslösen würde, wenn das herauskäme. Medeas Tugend wäre beschmutzt. Er hielt sich nicht seinetwegen, sondern ihretwegen zurück.

Erwartungsvoll schaute sie zu ihm auf. Es tat ihm leid, sie zu enttäuschen, und er hoffte, dass sie seine Distanziertheit nicht als mangelndes Interesse deuten würde. Dann tat sie jedoch etwas, womit er nicht gerechnet hätte.

Sie stellte sich auf ihre Zehenspitzen und ehe er sichs versah, drückte sie ihren Mund an seine Wange. Es war ein keuscher Kuss. Ein Kuss, an dem niemand Missfallen finden konnte.

Ein Kuss, aus freiem Willen gegeben.

Kaum dass sich ihre Lippen von seiner Haut lösten, jagte ein heftiger Schmerz in sein Herz. Entsetzt presste er sich die Hand auf die Brust und rang um Atem. Sein Blut brodelte und floss wie Gift durch seinen ganzen Körper.

»*Lean!*«, schrie Medea verzweifelt und hielt ihn an den Schultern. »Was ist mit dir?«

Er konnte ihr nicht antworten. Seine Kehle war wie zugeschnürt und seine Sicht verschwamm. Dunkler Rauch waberte um seinen Körper, und eisige Hände schlossen sich um seinen Kopf. Klauen hielten ihn fest.

Blinzelnd erblickte er die Fratze der Schwarzen Hexe, die ihn voll boshafter Genugtuung anstarrte.

»Ich sagte dir doch, dass wir uns schon bald wiedersehen würden. Aber glaube mir, auch ich ahnte nicht, wie bald es sein würde.« Gehässig lachte sie auf, während Medea vor Angst schrie.

»*Hilfe!*«, brüllte sie, so laut sie konnte, und rannte auf den Korridor hinaus.

Hilfe, dachte auch Lean. *Irgendjemand muss mir helfen.*

Sein Körper erstarrte und verweigerte ihm den Dienst. Der Rauch schloss sich um ihn und nahm ihn in tiefer, kalter Dunkelheit gefangen. Mit dem grausigen Gelächter der Hexe in den Ohren verlor er das Bewusstsein.

40

Medea

Verzweifelt musste Medea mit ansehen, wie die Schwarze Hexe Lean in einer Rauchwolke gefangen nahm und mit ihm verschwand. Als der Rauch sich lichtete, gab es keine Spur mehr von dem Prinzen.

Alles war so entsetzlich schnell gegangen, dass Medea kaum glauben konnte, was geschehen war. Bittere Tränen rollten ihr über die Wangen und sie wünschte sich nichts sehnlicher, als sich in einem Albtraum zu befinden, aus dem sie jeden Augenblick erwachen würde.

Aber sie wusste, dass dies nicht geschehen würde. Sie verstand nicht, warum die Hexe wie aus dem Nichts aufgetaucht war, aber sie wurde das schreckliche Gefühl nicht los, dass dies etwas mit ihrem Kuss zu tun haben musste.

Wenn sie doch nur an sich gehalten hätte.

Nur einmal hatte sie mutig sein und ihr Schicksal selbst in die Hand nehmen wollen.

So wie Heera.

Aber immer wenn sie etwas anpackte, ging es schief. Was hatte sie nur angerichtet? Wie wollte sie dem König und der Königin unter die Augen treten und ihnen gestehen, was sie getan hatte? Sie würden sie des Hofes verweisen, wenn nicht noch Schlimmeres. Aber ihre eigene Zukunft war ihre geringere Sorge.

Der arme Lean befand sich nun in der Gewalt der Hexe. Was würde sie mit ihm anstellen? Wo hatte sie ihn hingebracht?

Sie brauchte Hilfe. Jemand, der nicht viele Fragen stellen würde, sondern handelte. Jemand, der kein Abenteuer scheute. Jemand, der furchtlos genug war, sich einer Hexe entgegenzustellen.

Sie brauchte ihre große Schwester. Sie brauchte Heera.

Medea hatte beobachtet, wie sie im Morgengrauen zu Fuß das Schloss verlassen hatte. Der König hätte ihr eine Kutsche zur Verfügung gestellt, um sie in Ehren nach Hause zu geleiten, aber dafür war Heera zu stolz gewesen. Lieber hatte sie sich still und heimlich davongestohlen.

Jetzt, da sie keine Bedrohung mehr für sie darstellte, tat es Medea leid, wie sie sich ihrer Schwester gegenüber verhalten hatte. Sie musste sie einholen und sie um Hilfe bitten. Ganz gleich, was gewesen war, Heera würde nicht zögern. Es war unbedeutend, dass es dabei um den Prinzen ging, denn Heera wäre auch jedem anderen in Not beigestanden. Auf sie war Verlass.

Schnell rannte Medea durch die Korridore, bis sie den Schlosshof erreichte. Dort stand die Kutsche parat, die Heera hätte nach Hause bringen sollen.

Kurz entschlossen steuerte Medea auf den Kutscher zu. »Guter Mann, ich flehe Euch an, bitte bringt mich aus der Stadt und das so schnell wie möglich. Ich muss meine Schwester finden. Es geht um Leben und Tod.«

Erst hob jener skeptisch die Augenbrauen, doch als er sah, wie aufgelöst Medea war, schenkte er ihr Glauben. »Dann nichts wie rein mit dir, Mädchen«, forderte er sie auf und hielt ihr die Tür zur Kutsche auf.

Sobald Medea Platz genommen hatte, kletterte er auf den Kutschbock und trieb die Pferde an. In einem rasanten Tempo holperten sie aus dem Schlosstor, quer durch die Stadt, hinaus aufs Land. Felder, Wälder und Bäche zogen an ihnen vorüber, hinter ihnen wirbelte der Staub. Je mehr Entfernung sie zwischen sich und das Schloss brachten, umso unruhiger wurde Medea. Was, wenn sie Heera nicht fand? Was, wenn diese in den Wald anstatt auf direktem Weg nach Hause gegangen war?

Doch ihre Sorgen erwiesen sich schon bald als unbegründet. Querfeldein lief eine einsame Gestalt. Es war ein Mädchen mit struppigem braunen Haar in einem Bauerngewand. Heera.

»*Halt!*«, schrie Medea dem Kutscher zu, der sofort die Zügel anzog. Noch ehe die Kutsche zum Stehen kam, sprang Medea hinaus und stolperte ihrer Schwester entgegen. Bei deren Anblick kamen ihr erneut die Tränen. Sie war so froh, sie zu sehen, weil sie wusste, dass nun alles gut werden würde. Heera würde irgendwie alles zum Guten wenden.

Bestürzt fing Heera ihre jüngere Schwester auf. »Medea, was ist geschehen? Weshalb weinst du?«

»Der Prinz«, schluchzte Medea. »Die Schwarze Hexe hat ihn mit sich genommen.«

Obwohl Heera noch nichts davon wusste, dass Agnes sie die ganze Zeit getäuscht hatte, zweifelte sie nicht einen Augenblick an Medeas Worten. Ihre Schwester nahm sie bei den Händen. »Wissen es der König und die Königin schon?«

»Nein«, gestand Medea. »Ich musste dich erst einholen. Wirst du mir helfen, es ihnen zu sagen? Wirst du ihn retten?«

Medeas Glaube in ihre große Schwester war unerschütterlich.

»Ich werde es versuchen«, versprach Heera und folgte Medea in die Kutsche, die sie zurück zum Schloss brachte. Auf der Fahrt weihte Medea Heera in alles ein, was sich seit ihrem Fortgang ereignet hatte.

41

Heera

Als Heera und Medea in das Schloss zurückkehrten, war Leans Verschwinden bereits bemerkt worden und es herrschte große Aufruhr deshalb. Nun lag es an Medea, dem König und der Königin zu gestehen, was ihrem geliebten Sohn widerfahren war.

Sobald Niobe dies hörte, sank sie auf die Knie und brach in Tränen aus. Es war, als hätte man ihr das Herz aus der Brust gerissen.

Egeas versuchte sie zu trösten, obwohl sein Herz genauso schwer wog wie ihres. Beide weinten um ihren geliebten Sohn. Der ganze Hofstaat fiel in das Schluchzen mit ein, weil sie ihren schönen Prinzen verloren hatten.

Auch den erwählten Mädchen trieb es die Tränen in die Augen. Nur Heera gelang es, ruhig zu bleiben. Sie sorgte sich um Lean wie jeder andere, aber sie wusste, dass ein Meer aus Tränen ihn nicht retten konnte.

Plötzlich sprang die Königin auf und stürzte auf die furchtlose junge Frau zu. Sie ging vor ihr in die Knie, und ihre Hände klammerten sich in den Saum von Heeras Kleid. »Ich flehe dich an, bring mir meinen Sohn zurück!«

Heera wich erschrocken vor ihr zurück. »Ich weiß nicht, ob ich das kann.«

»Du wirst Heera die Furchtlose genannt. Wer, wenn nicht du, sollte es schaffen, den Prinzen zu befreien? Ich will dich reich mit Gold belohnen! Deiner Familie soll es an nichts fehlen!« Wahrscheinlich hätte Niobe in ihrer Verzweiflung alles versprochen, selbst ihre Krone.

Heera nahm die Hände der Königin in ihre eigenen und zog die zitternde Frau auf die Beine. »Ich werde mein Bestes geben, aber nicht um des Goldes willen, sondern um den Prinzen zu retten«, versprach sie.

König Egeas legte tröstend die Arme um seine Frau und blickte Heera aufrichtig ins Gesicht. »Du wirst nicht alleine gegen die Hexe kämpfen müssen. Die königliche Garde soll dich begleiten und deinen Befehlen gehorchen«, entschied er.

»Auch wir werden dich unterstützen«, riefen Yanis und Silas zeitgleich aus.

»Ich komme zwar nicht gegen eine Hexe an, aber vielleicht kann mein Zauber dir ebenfalls von Nutzen sein«, ereiferte sich Amphion.

Medea, Erina, Daphne und Xenia traten ebenfalls vor. »Der Prinz liegt uns am Herzen. Wir haben unseren Mut bereits unter Beweis gestellt und wollen nun auch nicht zögern, wenn es darum geht, sein Leben zu retten.«

Noch am selben Tag brach die Gruppe auf und sie würden erst zurückkehren, wenn sie den Prinzen gefunden hätten.

Das Schloss der Schwarzen Hexe lag
östlich von der Sonne
und westlich vom Mond.
Den Weg dorthin würde eine
Menschenseele
nie und nimmer finden.

42

Heera

Heera führte die Gruppe mit der Stute an, die sie bereits bei dem gemeinsamen Jagdausflug geritten hatte. Amphion hielt sich auf seinem Ross neben ihr. Dahinter folgten Leans treue Freunde Silas und Yanis, danach kamen die Erwählten, und die Nachhut bildete die königliche Garde.

Alle verließen sich auf Heeras Instinkt, dabei wusste diese nicht einmal, wo sie mit der Suche beginnen sollte. Das Königreich war groß und es gab Länder, von denen sie noch nie gehört hatte.

Agnes könnte mit dem Prinzen in jede Himmelsrichtung geflohen sein und vielleicht würde es ihnen niemals gelingen, Lean zu finden.

»Ach, Amphion, du bist ein Zauberer, weißt du nicht einen Rat, wo wir die Schwarze Hexe am ehesten finden werden?«, fragte Heera bekümmert.

»Ich kann dir keinen Rat als Zauberer geben, aber wohl einen als Gelehrter«, antwortete Amphion. »Es heißt, das Schloss der

Schwarzen Hexe liege östlich von der Sonne und westlich vom Mond. Aber den Weg dahin finden wir nie und nimmer.«

Heera war nicht bereit, aufzugeben, und so ritten sie viele, viele Stunden lang über Felder und Wiesen, durch Wälder und Täler, bis sie endlich an einen großen Berg kamen.

Vor dem Berg saß eine alte Frau, die mit ihren knochigen Fingern einen Goldapfel umklammert hielt. Die Gruppe fragte die Frau, ob sie den Weg zu der Schwarzen Hexe wisse.

»Was wollt ihr von der Hexe?«, erkundigte sich die Alte besorgt.

»Sie hat den Prinzen von Chóraleio entführt«, erwiderte Erina. »Wir wollen ihn befreien.«

»Seid ihr vielleicht jene erwählten Mädchen, von denen er eine heiraten wird?«

»Ja, wir sind jene Mädchen«, antworteten Erina, Medea, Daphne und Xenia im Chor.

»Meine Kinder, ich weiß leider nichts von der Schwarzen Hexe, außer dass sie auf einem Schloss wohnt, das östlich von der Sonne und westlich vom Mond liegt. Und dahin gelangt ihr wohl niemals«, erwiderte die Frau. Jedoch wollte sie die Mädchen nicht entmutigen und fuhr deshalb fort: »Aber reitet weiter zu meiner Nachbarin, vielleicht kann sie euch Auskunft geben. Und hier, nehmt den Goldapfel mit, vielleicht könnt ihr diesen noch gebrauchen.«

Sie reichte Erina den funkelnden Apfel, den diese behutsam in ihre Tasche packte.

Die Gruppe setzte sich erneut in Bewegung und ritt lange, lange Zeit. Der Schnee hüllte sie ein, sodass ihre Hufspuren bereits nach Minuten nicht mehr zu erkennen waren. Schließlich kamen sie wieder an einen Berg, vor dem eine andere alte Frau mit einer goldenen Haspel saß.

»Kannst du uns den Weg zu dem Schloss der Schwarzen Hexe verraten?«, fragte Daphne.

Die Frau sagte dasselbe wie ihre Vorgängerin: Sie wisse nicht mehr von dem Schloss, als dass es östlich von der Sonne und westlich vom Mond liege. »Und dahin«, sagte sie, »kommt ihr wohl nie. Aber zieht weiter zu meiner nächsten Nachbarin, vielleicht kann sie euch Auskunft geben.«

Zum Schluss überreichte sie Daphne ihre goldene Haspel, denn sie könnte ihnen vielleicht nützlich sein.

Die Gefährten setzten ihren langen Ritt fort. Der Schnee wehte ihnen in die Gesichter und ließ ihre Lippen zittern wie Espenlaub. Um sie herum war alles weiß, sodass sie das Gefühl hatten, sich im Kreis zu bewegen, ohne voranzukommen.

Endlich erreichten sie abermals einen großen Berg, vor dem saß eine dritte alte Frau, die ihr Haar mit einem goldenen Kamm glättete.

Dieses Mal fragte Medea nach der Schwarzen Hexe und deren Schloss.

»Seid ihr vielleicht jene erwählten Mädchen, von denen der Prinz eine heiraten wird?«, wollte auch die dritte Alte wissen, bevor sie ihnen Auskunft gab.

»Ja, wir sind jene Mädchen«, antworteten Erina, Medea, Daphne, und Xenia wie zuvor im Chor.

Aber auch diese Frau wusste nicht mehr über den Weg als die beiden vor ihr.

»Ja, östlich von der Sonne und westlich vom Mond liegt das Schloss, das weiß ich«, sagte sie. »Dahin gelangt ihr wohl niemals. Aber reitet bis zum Ostwind und fragt ihn. Vielleicht ist er dort bekannt und kann euch dorthin wehen.« Zuletzt gab die Frau

Medea auch noch ihren goldenen Kamm mit. »Er soll euch nützlich sein«, meinte sie.

Die königliche Garde, die erwählten Mädchen, Silas, Yanis, der Zauberer Amphion und Heera brachen erneut auf. Müdigkeit und Erschöpfung erschwerten ihren Marsch, aber sie waren fest entschlossen, nicht ohne Lean nach Chóraleio zurückzukehren. Kein Berg wäre ihnen zu hoch, kein Tal zu tief und kein Weg zu weit, um ihn zu finden.

Sie waren bereit, jeder Gefahr zu trotzen, und zögerten auch nicht davor, sich dem mächtigen Ostwind entgegenzustellen. Es dauerte lange, bis sie schließlich bei diesem ankamen.

Er wehte ihnen freundlich entgegen, spielte mit ihren Haaren und pustete gegen ihre Nasenspitzen.

»Lieber Ostwind, kannst du uns den Weg zur Schwarzen Hexe zeigen?«, sprach Heera ihn mutig an.

»Oh ja, von der Hexe habe ich wohl reden hören und von dem Schloss ebenfalls, aber den Weg dahin kenne ich nicht, denn so weit habe ich noch nie geblasen«, antwortete dieser. »Wenn ihr aber wollt, dann bringe ich euch zu meinem Bruder, dem Westwind, vielleicht weiß er mehr, denn er ist stärker als ich. Steigt nur auf meinen Rücken, dann trage ich euch dorthin.«

Das taten die Gefährten samt Pferden und wurden in die Luft emporgehoben wie auf einem fliegenden Teppich.

Es ging nun rasch voran. Der Schnee blieb hinter ihnen zurück und der süße Duft des Frühlings umfing sie. Unter ihnen glitt die Landschaft dahin und sie erblickten Gegenden, die keiner von ihnen je durchquert hatte.

Als sie bei dem Westwind angekommen waren, sagte der Ostwind, er bringe die erwählten Mädchen des Prinzen von Chóraleio. Sie seien auf der Suche nach ihm, weil die Schwarze

Hexe ihn entführt habe. Nun habe er sie hierherbegleitet, um zu hören, ob der Westwind wisse, wo ihr Schloss liege.

»Nein«, sagte der Westwind zu der Gruppe, »so weit habe ich noch nie geweht. Aber wenn ihr wollt, bringe ich euch zum Südwind, der ist stärker als wir beide zusammen und weit und breit herumgekommen. Vielleicht kann er euch Auskunft geben. Schwingt euch auf meinen Rücken, dann trage ich euch hin.«

Das taten sie und nun flogen sie eilig dahin zum Südwind. Mit jeder Meile wurde es wärmer, sodass sie in ihren dicken Umhängen schwitzten.

Der Duft von exotischen Blumen und Früchten stieg ihnen in die Nasen. In den farbenfrohen Wäldern tummelten sich Tiere, die keiner von ihnen je zu Gesicht bekommen hatte.

Als sie ankamen, fragte der Westwind, ob der Südwind nicht den Weg zu dem Schloss der Schwarzen Hexe weisen könne.

»Ich bin in meinem Leben weit herumgekommen«, rief der Südwind, »doch so weit habe auch ich noch nie geweht. Wenn ihr aber wollt, trage ich euch zu meinem Bruder, dem Nordwind. Er ist der älteste und stärkste von uns allen. Wenn er nicht weiß, wo das Schloss liegt, ist auf der ganzen Welt keiner, der euch helfen kann. Klettert auf meinen Rücken, dann trage ich euch hin.«

Die Gefährten stiegen auf den Rücken des Südwinds, und der flog davon, dass es nur so sauste und brauste.

Im Handumdrehen waren sie beim Nordwind angekommen. Aber der war so kalt und ungestüm, dass er ihnen schon von Weitem Schnee und Eis entgegenblies.

Er war frostiger als seine Brüder und weniger hilfsbereit. Der Umgang mit Menschen war ihm fremd, da er in dieser Gegend nur selten welche zu sehen bekam.

»Was wollt ihr?«, rief er, sobald er sie erblickte, sodass ihnen ein kalter Schauder über den Rücken lief.

»Du musst uns nicht so böse anblasen«, rügte der Südwind seinen Bruder. »Ich bin es, der Südwind. Und das sind die Mädchen, die den Prinzen heiraten wollen, der von der Schwarzen Hexe entführt wurde. Sie möchten dich fragen, ob du je bei ihrem Schloss gewesen bist und ihnen den Weg zeigen kannst; denn sie möchten den Prinzen zu gern wiederfinden.«

»Oh ja, ich weiß schon, wo das Schloss liegt«, erwiderte der Nordwind. »Ich habe ein einziges Mal ein Espenblatt dorthin geweht, aber da war ich so müde, dass ich viele Tage lang nicht mehr blasen konnte. Ich bin nicht stark genug, um euch alle zu tragen. Nur fünf haben auf meinem Rücken Platz.«

Die Gefährten beschlossen, dass die vier Erwählten samt Heera die Reise fortsetzen sollten.

Als sie ihre Entscheidung dem Nordwind mitteilten, rief dieser aus: »Wenn ihr euch nicht vor mir fürchtet, will ich euch auf meinen Rücken nehmen und versuchen, ob ich euch dorthin wehen kann.«

Die Mädchen beteuerten, dass ihnen nichts wichtiger sei, als das Schloss zu finden. Dafür würden sie keine Gefahr scheuen.

»Nun gut, dann müsst ihr hier übernachten«, sagte der Nordwind. »Denn wenn wir morgen dorthin kommen wollen, müssen wir den ganzen Tag vor uns haben. Nutzt die Nacht, um euch von euren Freunden zu verabschieden, wer weiß, ob ihr sie je wiedersehen werdet?«

Die königliche Garde strömte sogleich in die umliegenden Wälder aus, um Holz für ein Feuer zu sammeln. Als sie es beisammenhatten, entzündete Amphion dieses mit einer schlichten Handbewegung und wenigen magischen Worten. Die Flammen breiteten sich rasch aus und erhellten die Finsternis der Nacht. Als sich alle um das Feuer versammelt hatten, zauberte Amphion an ein paar Stöcke einen Brotteig, den sie in der Hitze rösten konnten. Dazu verwandelte er Wasser zu vollmundigem Wein.

Medea sah ihm dabei voller Bewunderung zu. Ihre kleine Lerche hatte sich in ihrer Hand zusammengekauert und schlief. Gedankenverloren strich sie ihr über das weiche Gefieder und legte neugierig den Kopf schief, als Amphion sich ein paar Meter von ihr entfernt niederließ. Er bemerkte ihren Blick und errötete sofort, was Medea zum Lächeln brachte.

»Du wirst mir fehlen, Amphion«, sagte sie zu ihm, woraufhin er sie überrascht anblinzelte.

»Ich nahm bisher an, du wüsstest gar nicht, dass ich überhaupt existiere«, murmelte er, ehe er sich bremsen konnte.

»Wie sollte ich nicht von dir wissen?«, entgegnete Medea verständnislos. »Ganz Chóraleio kennt Amphion, den Zauberer der königlichen Familie. Wenn du uns zum Schloss der Schwarzen Hexe begleiten könntest, müssten wir weder hungern noch frieren. Mit dir an unserer Seite wäre keine Gefahr zu groß.«

Amphion seufzte, senkte den Blick und schüttelte traurig den Kopf. »Wenn ich so ein großer Zauberer wäre, dann hätte ich bemerkt, wer Agnes in Wirklichkeit ist. Aber sie hat mich genauso getäuscht wie jeden anderen.«

Medea rückte etwas näher zu ihm. »Gräme dich nicht. Niemand hätte ahnen können, welche Bosheit sich hinter ihrem hübschen Äußeren verbirgt. Sie muss bei allen Prüfungen betrogen haben. Nicht im Leben glaube ich daran, dass sie den drei Zwergen im Walde die Hintertür von Schnee frei gefegt hat.«

Heera hörte die Worte ihrer Schwester und erschauerte. Sie erinnerte sich daran, wie die Hexe des Ostens sie davor gewarnt hatte, dass eine der Erwählten falschspielen würde und nicht wäre, wer sie zu sein vorgibt. Sie hatte sogar in Betracht gezogen, dass sie damit ihre Schwester gemeint haben könnte. Für diesen Gedanken schämte sie sich nun.

»Du hast alle Prüfungen bestanden«, sagte Amphion anerkennend zu Medea, doch diese sah von ihm furchtsam zu den anderen Mädchen.

»Da bin ich nicht die Einzige«, erwiderte sie bekümmert. »Erina und Xenia haben ebenfalls alle Prüfungen bestanden.«

»Ich weiß aber, dass Lean dich besonders mag«, raunte Amphion vertraulich. »Er konnte nach dem Tag mit dir kaum aufhören zu schwärmen.«

Medea sah ihn sowohl neugierig als auch erfreut an. »Wirklich?«

»So wahr ich ein Zauberer bin!«

»Es war der schönste Tag in meinem Leben«, gestand Medea. »Aber ich war mir nicht sicher, ob es dem Prinzen genauso ging. Als ich ihn zum Abschied küssen wollte, ist er förmlich vor mir geflohen.«

Nun ergab seine übertriebene Reaktion plötzlich Sinn. Lean war verflucht, und auch wenn er selbst nichts davon gewusst hatte, so war er doch von seinen Eltern so erzogen worden, einen Kuss zu fürchten.

»Ich bin sicher, er hätte dich gern geküsst«, redete Amphion ihr gut zu. »Der Fluch besagt, dass ein Kuss ihn eines Tages ins Unglück stürzen würde und nur der wahren Liebe Kuss ihn retten könnte. Wer weiß, was nun aus ihm geworden ist?«

»Ich schwöre bei meinem Leben, dass ich alles tun werde, um Lean zu retten. Damit darf Agnes nicht durchkommen!« Auf Medeas zarten Gesichtszügen spiegelte sich eine Entschlossenheit wie nie zuvor. Selbst die Lerche in ihrem Schoß zuckte zusammen und hob kurz den Kopf.

»Ich glaube an dich, Medea«, vertraute Amphion ihr an. »Mehr als an irgendeine andere.«

Medea schenkte ihm ein scheues Lächeln, das seine Ohren zum Glühen brachte. »Warum? Was unterscheidet mich von den anderen Mädchen?«

Er sah schüchtern auf seine Hände, während er sprach. »Ich habe dich gesehen und wusste sogleich, dass du die einzig Richtige für ihn bist. Aber eigentlich war es nicht dein Aussehen, sondern mehr deine Stimme. Sie hat mein Herz berührt.«

Medea legte ihre Hand auf den blauen Ärmel seines Samtgewands. »Ich danke dir, Amphion. Deinetwegen werde ich heute mit einem Lächeln einschlafen. Es kommt mir vor, als würden wir uns bereits ein Leben lang kennen.«

Früh am nächsten Morgen weckte der Nordwind die Mädchen. Die königliche Garde, Silas, Yanis und Amphion blieben mit den Pferden zurück, auf dass der Südwind sie nach Chóraleio zurückbringen würde.

Der Nordwind jedoch blies sich auf und machte sich so groß und dick, dass es ganz schrecklich anzusehen war. Die Mädchen nahmen allen Mut zusammen und ließen sich von ihm in die Luft heben.

Es ging mit einer Geschwindigkeit durch die Wolken dahin, als wenn sie gleich ans Ende der Welt gelangen sollten. Überall unter ihnen raste ein solcher Sturm, dass Wälder entwurzelt und Häuser entrissen wurden.

Als sie übers Meer hinsausten, scheiterten die Schiffe zu Hunderten. Weiter und immer weiter ging es in den Norden. Immer noch flogen sie übers Meer hin, aber allmählich wurde der Nordwind müde. Und er wurde immer schwächer und schwächer.

Schließlich konnte er fast nicht mehr weiter. Er sank immer und immer tiefer hinunter. Zuletzt flog er so niedrig, dass ihm die Wellen an die Fersen schlugen.

»Habt ihr Angst?«, fragte der Nordwind die Mädchen.

»Nein, noch nicht«, riefen diese aus.

Jetzt waren sie aber auch nicht mehr weit vom Lande entfernt, und der Nordwind hatte gerade noch so viel Kraft, dass er die Mädchen auf dem Strand unter den Fenstern des Schlosses absetzen konnte, das östlich von der Sonne und westlich vom Mond lag.

Es war ein karger und einsamer Ort. Hier gab es kein Grün, und kein Tier lebte dort, nur ein düsterer Nebel lag über dem gesamten Land. Kahle Dornensträucher schlangen sich um das gesamte Schloss, sodass kein Durchkommen ersichtlich war.

43

Daphne

Sobald die Dämmerung des nächsten Tages heraufzog, beratschlagten die Mädchen, wie es nun weitergehen sollte. Sie hatten den Goldapfel, die goldene Haspel und den goldenen Kamm. Mit diesen drei Gegenständen wollten sie die Aufmerksamkeit der habgierigen Hexe erregen. Jedoch waren sie zu fünft, sodass zwei von ihnen leer ausgehen würden. Sie beschlossen deshalb, das Los entscheiden zu lassen.

Erina hatte fünf Schwefelhölzer bei sich. Drei davon ließ sie lang, aber zwei brach sie entzwei. Danach verbarg sie alle in ihrer Hand und ließ jede Erwählte eines davon ziehen.

Die Mädchen, welche die langen Hölzer zogen, sollten je einen der Gegenstände bekommen, um sich damit Zutritt zum Schloss zu verschaffen. Die anderen beiden würden am Strand warten.

Medea zog als Erste und hielt ein langes Schwefelholz in ihren Fingern. Sie bekam den goldenen Kamm.

Daphne zog als Zweite und hielt ebenfalls ein langes Hölzchen in der Hand. Sie bekam die goldene Haspel.

Nur noch ein langes Schwefelholz war übrig, aber weder Xenia noch Heera zogen es, sodass es für Erina übrig blieb, genauso wie der Goldapfel.

Daphne sollte als Erste ihr Glück versuchen.

Sie setzte sich unter die Fenster des Schlosses und drehte ihre goldene Haspel. Und die erste Person, die sich im Fenster zeigte, war die Schwarze Hexe.

Sie öffnete das Fenster, erkannte das Mädchen und fragte: »Was willst du für deine goldene Haspel haben?«

»Weder für Gold noch für Geld gebe ich sie ab«, antwortete Daphne.

»Was willst du dann dafür haben?«, hakte die Hexe nach, die sich einst Agnes genannt hatte. »Verlange, was du willst!«

Es war bekannt, dass die Hexe eine Vorliebe für alles Wertvolle und Glänzende hatte. Außerdem schien sie nicht ertragen zu können, wenn jemand etwas besaß, das sie haben wollte.

»Lass Prinz Lean frei, dann will ich dir die Haspel geben«, sagte Daphne, doch Agnes lachte sie nur aus.

»So einfach ist das nicht! Der Prinz ist nicht mehr jener, der er mal gewesen ist. Tritt in mein Schloss und schau selbst, ob du deinen Schönling findest.«

Auf ihre Worte hin löste sich die Dornenhecke von dem grauen Gemäuer des Schlosses und ließ Daphne durch das Tor treten. Hinter ihr wucherte sie jedoch sogleich wieder zu.

Im Inneren des Schlosses empfing sie ein Garten, in dem keine Blumen, sondern Statuen wuchsen. Sie zeigten allesamt schöne Jungfrauen, die mit weit aufgerissenen Augen und zum Himmel gestreckten Armen erstarrt waren. Weit über hundert an der Zahl.

Ihr Anblick ließ Daphne vor Angst erzittern. Eilig durchquerte sie den Garten und betrat das Schloss. Dort befanden sich viele,

viele Käfige, in denen wundersame Wesen gefangen waren. Ein Ross mit goldener Mähne, ein Feuervogel, aber auch gewöhnliche Tiere wie ein Falke oder ein Wolf. Es war ein lautes Scharren, Zwitschern und Heulen.

Daphne wusste nicht, wo sie zuerst hinsehen sollte, und drehte sich wie benommen im Kreis. Doch plötzlich trat die Schwarze Hexe in der Gestalt von Agnes ein und ließ alle Geräusche verstummen.

Sie schritt auf Daphne zu. »Nun gib mir die Haspel, wie du es versprochen hast«, forderte sie.

»Und was ist mit Lean?«, entgegnete Daphne, während sie die Haspel fest umklammert hielt und gegen ihre Brust drückte.

»In meinem ganzen Schloss befinden sich siebentausend Käfige mit verwunschenen Menschen. Einer von ihnen ist der Prinz. Du darfst dir ein Tier aussuchen und es mit einem Kuss befreien, aber sei gewarnt, nur der Kuss seiner wahren Liebe wird den Zauber zu brechen vermögen.«

»Was, wenn ich nicht den Prinzen wähle und den Falschen küsse?«, fragte Daphne verunsichert.

»Dann wirst du zu Stein erstarren und für alle Zeit in meinem Garten verharren«, entgegnete Agnes höhnisch. »Noch ist es nicht zu spät umzukehren, gib mir nur die Haspel und ich will dich ziehen lassen.«

Für einen Moment dachte Daphne über ihr Angebot nach, aber schüttelte dann entschieden den Kopf. Sie reichte der Schwarzen Hexe die Haspel und begann an den vielen Käfigen auf und ab zu gehen.

In was mochte Agnes den Prinzen verwandelt haben? Er war mutiger als ein Löwe, stärker als ein Bär und schlauer als ein Fuchs.

Ein Käfig erregte ihre Aufmerksamkeit und sie blieb davor stehen. Im Inneren befand sich ein schneeweißer Schwan, der schöner war als jedes Tier, das Daphne zuvor gesehen hatte. Der Prinz war der schönste Mann, den sie sich vorstellen konnte.

»Ich wähle diesen Käfig!«, entschied sie und öffnete die Tür.

Der Schwan schlug aufgeregt mit den Flügeln und hüpfte vor Daphne zu Boden. Sie kniete sich vor ihm nieder und spitzte die Lippen.

Als ihr Mund den orangenen Schnabel des Schwans berührte, schoss ein scharfer Schmerz durch ihren Körper. Sie kniff die Augen zusammen und presste ihre Hände auf die Brust, um ihr Herz zu schützen, das in diesem Augenblick zu Stein erstarrte.

Die Schwarze Hexe aber schritt mit zufriedenem Lächeln an Daphne vorbei und zwang den Schwan zurück in seinen Käfig. Es war nicht Lean.

44

Medea

Als Daphne auch am nächsten Morgen noch nicht aus dem Schloss zurückgekehrt war, beschlossen die übrigen Mädchen, dass die Nächste ihr Glück versuchen sollte.

Medea wollte bereits mit dem goldenen Kamm unter den Schlossfenstern Platz nehmen, doch Heera hielt sie besorgt am Arm zurück. »Was, wenn du genau wie Daphne nicht zurückkehrst? Lass mich mit dir gehen.«

Medea löste sanft die Hand ihrer Schwester. »Ich muss mein Glück alleine versuchen. Immerhin ist es meine Schuld, dass Lean nun ein Gefangener der Hexe ist.«

»Das stimmt nicht«, widersprach Heera. »Du konntest nicht wissen, dass ein Kuss solche Folgen haben würde. Außerdem habe ich unseren Eltern versprochen, auf dich aufzupassen. Wenn dir etwas passiert, könnte ich mir das niemals verzeihen!«

Medea lächelte nachsichtig. »Ich bin nicht alleine, meine Freundin, die Lerche wird mich begleiten«, sagte sie frohen Mutes und der Vogel begann wie zur Bestätigung zu zwitschern. »Du magst die Mutigere von uns beiden sein, aber wir haben dieselben Eltern, und etwas von deinem Mut muss auch in mir stecken.«

»Das müsste heißen, dass auch etwas von deinem Gesangstalent in mir schlummert. Bisher wurde aber nur die Milch sauer, wenn ich versucht habe zu singen«, erwiderte Heera mit einem schiefen Grinsen.

»Vertrau mir«, bat Medea. »Es ist wichtig für mich, es alleine zu schaffen – als Wiedergutmachung. Wenn es mir nicht gelingt, ihn zu befreien, dann verdiene ich ihn auch nicht.«

»Sag so etwas nicht«, bat Heera betrübt. Es tat ihr weh, dass ihre Schwester sich mit ihrer vermeintlichen Schuld quälte und sie nichts dagegen tun konnte. »Jeder Mann sollte sich glücklich schätzen, dich zur Frau zu nehmen. Vertraue auf dein Herz, dann wirst du nicht verlieren.«

Heera ließ Medea nur ungern allein ziehen, aber sie verstand auch, warum dieser Schritt für Medea so wichtig war. Zum Abschied umarmten sie einander.

Medea löste sich von ihr und setzte sich allein unter die Fenster des Schlosses, wo am Tag zuvor Daphne die Aufmerksamkeit der Hexe erregt hatte. Dort zog sie den goldenen Kamm hervor und fuhr sich damit durch das Haar.

Nach kurzer Zeit zeigte sich die Schwarze Hexe erneut und rief: »Was willst du für deinen goldenen Kamm haben?«

»Kein Geld und kein Gold können ihn mir ersetzen«, entgegnete Medea.

»Was willst du denn dafür haben? Verlange, was du willst!«, forderte die Hexe sie auf.

»Lass Prinz Lean frei, dann will ich dir den Kamm geben«, beteuerte Medea wie am Tag zuvor Daphne.

»Tritt ein und wir wollen über deine Bedingung verhandeln«, erwiderte die Hexe, woraufhin sich die Dornen von dem Schlosstor zurückzogen und Medea passieren ließen.

Im Hof erschrak sie zutiefst, als sie die vielen versteinerten Mädchen sah. In einem von ihnen, direkt neben einem Rosenstrauch, aus dem jedes Leben gewichen war, erkannte sie Daphne, und ihr wurde angst und bange.

Die Schwarze Hexe trat in der anmutigen Gestalt von Agnes aus ihrem Schloss.

Als sie Medeas Furcht bemerkte, sagte sie: »Gib mir den goldenen Kamm und ich werde dich von ihrem Schicksal verschonen.«

»Hast du dasselbe auch mit Prinz Lean gemacht?«, fragte Medea stattdessen und hielt den Kamm fest in ihrer Hand.

»Nein, sein Anblick würde mich nur jeden Tag aufs Neue verärgern. Er und seine Eltern haben mich erst betrogen und schließlich auch noch verhöhnt, als sie mir eine Prüfung gestellt haben, die ich nicht lösen konnte. Jede andere hätte an meiner Stelle genauso versagt!«

»Ich hätte keine Mutter und ihr Kind bestohlen«, widersprach Medea. »Du hast nie mit fairen Mitteln gespielt und es ärgert dich, dass Lean dich durchschaut hat!«

»Ausgerechnet du wirfst mir vor, andere zu hintergehen?« Agnes lachte gehässig. »Medea Nachtigall, weiß der Prinz denn von deinem kleinen magischen Helfer?«

Medea erstarrte. Woher wusste Agnes von der Lerche?

Die Schwarze Hexe schritt auf sie zu und baute sich direkt vor ihr auf. Ihre dunklen, seelenlosen Augen schienen Medea förmlich zu durchleuchten. »Keine Sorge, bei mir ist dein Geheimnis sicher!«

Der plötzlich so freundliche Klang ihrer Stimme ängstigte Medea nur noch mehr und sie wich furchtsam vor Agnes zurück. Diese streckte ihre Hand nach der Lerche aus, die auf der Schulter des Mädchens saß und sich unter dem langen Haar verbarg.

Erschrocken schlug Medea die Hand der Hexe fort. »Du kannst den Kamm haben, aber meine Lerche bekommst du nicht!«

»Und wenn ich dir für sie den Prinzen überlasse?«, bot Agnes an.

Medea erstarrte – mit diesem Angebot hätte sie nicht gerechnet. Allein der Gedanke, ihren lieb gewonnenen, stets treuen Freund bei der Schwarzen Hexe zurückzulassen, zerbrach ihr das Herz.

»Tue, was sie verlangt«, drängte die Lerche sie, ohne zu zögern, aber Medea schüttelte den Kopf.

»Nein!«

»Nein?«, wiederholte die Hexe erstaunt.

»Nein, ich würde meine Lerche für nichts tauschen. Du wolltest mir den Prinzen für den goldenen Kamm geben, nun halte dich an dein Wort, wenn du auch nur einen Funken Ehre in dir hast!«

Agnes lächelte sie triumphierend an. »Was würde der Prinz wohl dazu sagen, wenn er wüsste, dass du einen Vogel ihm vorziehst?«

»Der Prinz würde mir keinen Vorwurf machen, denn die Lerche war ein Geschenk von ihm und sie ist mir das Liebste, was ich habe. Was muss ich tun, um Lean zurückzubekommen?« Medea reckte ihr herausfordernd das Kinn entgegen.

»Erst den Kamm«, verlangte die Schwarze Hexe und streckte fordernd ihre Hand aus.

Medea reichte ihr zögernd den goldenen Gegenstand, und sogleich schwang die Tür zum Inneren des Schlosses auf.

Darin herrschte helle Aufruhr. Viele tausend Käfige mit wundersamen Tieren befanden sich dort. Sie standen auf dem Boden, hingen an der Decke oder bedeckten die Treppenstufen, die in das obere Stockwerk führten. Alle Tiere gaben aufgeregte Geräusche von sich: jaulten, zischten und kratzten über den Boden der Käfige.

»Viele Schönlinge sind in meinem Besitz«, sagte die Schwarze Hexe stolz, die wieder ihre eigentliche Gestalt angenommen hatte. »Einer von ihnen ist der Prinz, doch zu entscheiden, welcher es ist, obliegt allein dir. Aber sei gewarnt, nur ein Kuss der wahren Liebe kann den Zauber brechen und du hast nur eine Chance. Wenn du den Falschen wählst, wird dich dasselbe Schicksal wie Daphne ereilen. Du würdest in meinem Garten der ewigen Jungfrauen eine gute Figur machen.«

So viele Tiere! Wie sollte Medea unter ihnen jemals Lean erkennen?

Sie hoffte auf den Rat der Lerche, doch die Hexe schien ihre Gedanken zu lesen, denn sie sprach: »Dein Vogel wird dir dieses Mal nicht helfen können. Aber berate dich ruhig mit ihm. Seine Wahl wird nicht richtiger sein als deine eigene.«

Medea sah furchtsam zu der Lerche, die auf ihre Hand geflogen war. »Die Schwarze Hexe hat leider recht, meine Schöne«, zwitscherte diese traurig. »Auch ich vermag den Prinzen unter den Tieren nicht zu erkennen.«

Verzweifelt stieg Medea die Treppe in das obere Stockwerk empor. Lauter Käfige säumten ihren Weg: Krähen, Schneehasen und selbst ein Löwe. Sie entdeckte auch das goldmähnige Ross und den Feuervogel, die Agnes ihr gestohlen haben musste.

Die Schwarze Hexe hatte sie also schon einmal töten wollen. Würde es ihr dieses Mal gelingen?

»Was soll ich nur tun?«, klagte sie der Lerche.

»Höre auf dein Herz, das ist der einzige Rat, den ich dir geben kann. Die Hexe hat das Aussehen des Prinzen vielleicht verändert, aber seine Seele ist noch immer dieselbe. Versuche seine Augen in denen eines Tieres wiederzufinden.«

Medea schritt an den Käfigen entlang und hielt schließlich vor einem kleinen, der von der Decke baumelte. Darin saß eine Lerche, die ihrer eigenen nicht unähnlich war.

»Du bringst mir Glück, seitdem ich dich kenne, möge der Prinz mir dasselbe Glück bringen.«

Ehe ihre Lerche Einwände erheben konnte, berührte sie mit ihren schlanken Fingern das kühle Metall des Käfigs und öffnete die Tür. Die Lerche flog sogleich auf ihre geöffnete Handfläche.

»Schau, wie zutraulich sie ist«, rief Medea erfreut aus. »Das kann kein anderer als der Prinz sein!«

Sie küsste die Lerche und spürte sofort, dass sie nicht falscher hätte liegen können. Ihr Herz zog sich zusammen und hörte auf zu schlagen, während ihr ganzer Körper zu Stein erstarrte – sowie ihre geliebte Lerche, die selbst im Tod nicht von ihrer Seite wich und mit ihr versteinert wurde.

Zwei Herzen, zwei Leben und zwei Seelen waren unter dem Stein gefangen – miteinander verbunden für die Ewigkeit.

45

Heera

Außerhalb des Schlosses setzte Heeras Herz kurz aus, nur um dann beschleunigt weiterzuschlagen. Gemeinsam mit Erina und Xenia saß sie am Strand in einer Höhle, um sich vor der Kälte zu schützen.

Die Nacht war bereits heraufgezogen und Nebel legte sich über das Eiland.

Heera spürte, dass ihrer Schwester etwas Schreckliches widerfahren sein musste. Ihr wich jegliche Farbe aus dem Gesicht, und eine einzelne Träne rollte ihr über die Wange.

»Was hast du?«, wollte Erina besorgt wissen.

»Ich fühle, dass Medea nicht zu uns zurückkehren wird«, erwiderte Heera verzweifelt.

»Uns bleibt nur noch der Goldapfel, um das Leben des Prinzen und der anderen Mädchen zu retten. Nun liegt alles an dir, Erina«, flüsterte Xenia in die Dunkelheit der Nacht. »Ich beneide dich nicht darum.«

Erina schlang besorgt ihre Arme um die Knie, dennoch konnte sie ihr Zittern nicht verbergen. »Ich habe Angst zu versagen!«

»Du darfst die Furcht nicht zulassen«, meinte Heera und legte dem zierlichen Mädchen mit den feuerroten Haaren einen Arm um die schmalen Schultern. »Ich vertraue dir!«

Erina schüttelte den Kopf. »Aber ich vertraue mir selbst nicht!« Sie sah Heera flehend an. »Geh du an meiner Stelle! Ich vertraue dir mehr als mir.«

Heera war von ihrer Bitte sowohl überrascht als auch gerührt. »Wenn es das ist, was du möchtest, werde ich für dich gehen. Aber bist du dir wirklich sicher?«

»Du bist Heera die Furchtlose, niemand wäre besser für diese Aufgabe geeignet als du. Was immer die Hexe sich Teuflisches ausgedacht hat, du wirst sie durchschauen«, beteuerte Erina voller Überzeugung.

Heera trat am nächsten Morgen unter die Fenster des Schlosses und begann mit dem Goldapfel zu spielen. Sie schmiss ihn hoch in die Luft und fing ihn wieder auf.

Nach kurzer Zeit öffnete sich ein Fenster, und die Schwarze Hexe sah hinaus. »Was willst du für deinen Goldapfel haben?«

»Du bekommst ihn weder für Gold noch für Geld von mir«, rief Heera herausfordernd.

»Was willst du denn dafür haben? Verlange, was du willst«, meinte die Hexe wie an beiden Tagen zuvor.

»Lass mich in dein Schloss und wir können darüber reden«, erwiderte Heera.

Ohne zu zögern, ließ die Schwarze Hexe die Dornen von der Tür verschwinden, sodass Heera eintreten konnte. Es erwartete sie ein

Garten, in dem anstatt Bäumen und Pflanzen Statuen standen. Allesamt junge Mädchen mit erschrockenen Gesichtern.

Heera zuckte zusammen, als sie in einer von ihnen ihre geliebte Schwester samt ihrer treuen Lerche erkannte.

In diesem Moment trat die Hexe in der Gestalt von Agnes aus dem Schloss. »Tragisch«, säuselte sie. »Sie ist in Liebe zum Prinzen gestorben.«

Heera ballte ihre Hände wütend zu Fäusten. Am liebsten wäre sie auf die Hexe losgegangen, doch das hätte ihr Medea auch nicht zurückgebracht. Sie presste die Lippen fest aufeinander und war unfähig, auch nur einen Ton herauszubringen, dafür sprach Agnes ungerührt weiter.

»Gib mir den Goldapfel und ich werde deine Schwester wieder zum Leben erwecken. Ihr könntet beide ungehindert mein Schloss verlassen, darauf gebe ich dir mein Wort.«

»Dein Wort ist wertlos«, widersprach ihr Heera. »Wenn ich dir den Apfel gebe, wirst du mich in Stein verwandeln, genau wie du es mit allen anderen getan hast.«

»Ich habe allen die Wahl gelassen«, behauptete die Hexe. »Sie hätten gehen können, doch sie wollten lieber sterben, als ohne ihren Geliebten nach Haus zurückzukehren. Aber ich glaube, du bist schlauer als die Mädchen vor dir. Also sei so weise, nimm deine Schwester und geh.«

»Medea würde mich mein Leben lang hassen, wenn ich sie zwingen würde, den Prinzen aufzugeben«, entgegnete Heera, dachte dabei aber selbst schmerzvoll an Lean.

Er hatte es genauso wenig wie Medea, Daphne oder eines der anderen Mädchen verdient, bei der Hexe gefangen für die Ewigkeit zu sein.

Heera hatte Königin Niobe ihr Wort gegeben, dass sie alles versuchen würde, um den Prinzen zu befreien. Das ganze Königreich Chóraleio setzte seine Hoffnungen auf sie. Erinas Glaube an sie war so unerschütterlich, dass sie ihr mehr vertraute als sich selbst. Sie würde all diese Menschen nicht enttäuschen, indem sie nun den leichtesten Weg wählte und ihre Schwester rettete.

Es musste möglich sein, nicht nur Medea, sondern auch Lean und alle anderen zu retten. Ein Teil der Schwarzen Hexe war menschlich und jeder Mensch besaß eine Schwachstelle.

»Wenn du das Leben deiner Schwester nicht möchtest, was verlangst du dann für den Goldapfel? Vielleicht den Prinzen?«, fragte Agnes hinterhältig.

»Was müsste ich tun, um ihn zu bekommen?« Heera rechnete damit, dass die Hexe versuchen würde, sie auf irgendeine Weise reinzulegen.

»Folge mir«, meinte Agnes und betrat das Schloss durch eine große, alte Holztür, die laut knarrte, als sie wie von Zauberhand aufschwang.

Heera war überrascht von dem Anblick, der sich ihr bot. Das ganze Schloss war voller Käfige, in denen die Hexe Tiere gefangen hielt – solche, die Heera jeden Tag im Wald sah, und solche, die sie sich in ihren kühnsten Träumen nicht gewagt hätte auszumalen. Ein Ross mit goldener Mähne und ein Feuervogel, deren Anblick schöner war als alles, was Heera je zuvor gesehen hatte.

»In meinem Schloss gibt es siebentausend Käfige. In jedem davon befindet sich ein Jüngling. Einer davon ist der Prinz.«

»Ich nehme an, du wirst mir nicht verraten, in welches Tier du ihn verwandelt hast«, murrte Heera, woraufhin Agnes gehässig lächelte.

»Wo läge dann die Schwierigkeit?« Sie grinste spöttisch. »Du hast nur eine Chance. Wenn du dich für ein Tier entscheidest, musst du es küssen, um den Zauber zu brechen.« Sie beugte sich näher zu Heera. Obwohl sie das Aussehen von Agnes hatte, konnte Heera die Fäulnis riechen, die in ihrem Atem lag, und erschauderte. »Heera, du bist anders als die anderen Mädchen. Dich interessiert nicht dein Äußeres und du nimmst kein Blatt vor den Mund. Du bist gerissen und mutiger als jeder Mann. Das gefällt mir und ich würde es wirklich bedauern, wenn du als Steinstatue in meinem Garten enden würdest, deshalb rate ich dir, nicht so dumm zu sein und zu versuchen, den Prinzen unter all diesen Tieren zu finden.«

»Fürchtest du mich etwa?«, fragte Heera herausfordernd.

Agnes brach in schallendes Gelächter aus. »Ich fürchte weder dich noch einen anderen Menschen. Es ist lediglich ein gut gemeinter Rat, denn es gibt einen Grund, warum du es niemals schaffen wirst, den Prinzen zu befreien.«

»Welcher sollte das sein?«

»Selbst wenn du den Prinzen in einem der siebentausend Käfige erkennen solltest, würde dein Kuss ihn nicht retten«, prophezeite die Hexe.

»Warum nicht?«

»Es darf kein gewöhnlicher Kuss sein, es muss ein Kuss wahrer Liebe sein. Nur das Mädchen, das den Prinzen von ganzem Herzen liebt, kann ihn auch befreien. Bist du dieses Mädchen?«

Heera erstarrte. Als sie mit ihrer Schwester zur Auswahl aufgebrochen war, hatte sie den Prinzen verachtet. Er war in ihren Augen ein arroganter, selbstverliebter und verwöhnter Schönling gewesen, dem das Leid in seinem Reich gleichgültig war.

Diesen Eindruck hatte sie revidieren müssen. Er konnte sich für andere Menschen einsetzen, war schlagfertig und konnte sogar über sich selbst lachen. Bei jedem anderen wäre sie vermutlich längst auf der Straße, wenn nicht gar im Kerker gelandet, bei dem, was sie sich alles geleistet hatte. Lean aber hatte um sie gekämpft. Er hatte versucht, hinter ihre Fassade zu blicken, und es war ihm gelungen.

Sie wusste nicht, was er in ihr sah, doch für sie war er zu einem wahren Freund geworden. Würde das reichen, um den Fluch zu brechen?

War Freundschaft wirklich alles, was sie für ihn empfand?

Bisher hatte sie sich den Gedanken an die Liebe verboten. Sie wollte keine Königin sein und noch weniger wollte sie ihre Schwester verletzen. Aber was, wenn die Liebe nun das Einzige war, was Lean retten konnte?

Sie hatte sich in seiner Gegenwart oft selbst nicht mehr wiedererkannt, war verweichlicht, ohne dass sie es sich erklären konnte. Wann immer er nicht bei ihr war, ertappte sie sich dabei, wie sie an ihn dachte, und sei es auch nur, um sich über ihn zu ärgern.

Während sie zu Beginn nach positiven Eigenschaften bei ihm hatte suchen müssen, fiel es ihr nun schwer, negative zu benennen.

Aber was blieb ihr anderes übrig, als es zu versuchen? Sie konnte nicht ohne ihn heimkehren. Nicht wegen des Königreichs, nicht wegen des Königs, nicht wegen der Königin, nicht wegen Medea, nicht wegen ihrer Eltern, sondern um ihrer selbst willen nicht.

Sie würde es nicht übers Herz bringen, ihn zurückzulassen.

»Ich bin dieses Mädchen«, sagte sie deshalb mit lauter und fester Stimme.

Sie war geübt darin, die Starke und Furchtlose zu spielen, doch zum ersten Mal in ihrem Leben empfand sie Angst. Dies war keine Prüfung, in der Mut oder Stärke über den Sieg entscheiden würden, sondern sie musste sich auf ihre Gefühle verlassen.

»Sag nicht, ich hätte dich nicht gewarnt«, erwiderte Agnes unbeeindruckt und verwandelte sich zurück in die Schwarze Hexe, deren Äußeres so abstoßend war, dass es selbst Heera schwerfiel, sie anzusehen.

»Lass dir so viel Zeit, wie du möchtest. Selbst wenn du dein ganzes Leben in meinem Schloss verbringen würdest, könntest du den Prinzen nicht erkennen.« Sie lachte überheblich und gab Heera den Weg frei.

Heera schritt durch die große Eingangshalle. Die Tiere sahen ihr in die Augen und flehten um Erlösung. Ein jedes gab den Anschein, als würde es Heera erkennen.

Sie kam an einem Löwen vorbei. Das Volk sagte, der Prinz sei so mutig wie ein Löwe, doch dieser Löwe drückte sich dicht gegen die Gitterstäbe seines Käfigs und schreckte nicht einmal zurück, als Heera ihm durch die weiche Mähne strich.

Heera ließ ihn unbeachtet und stieß als Nächstes auf einen Bären, der sich von ihr den Bauch kraulen ließ. Es hieß, der Prinz sei stark wie ein Bär, doch dieser war nicht stark, sondern traurig.

Alle Tiere waren zahm, keines schreckte vor ihr zurück. Nicht einmal der Fuchs, welcher sonst so scheu war.

Der Prinz sollte schlau wie ein solcher sein, doch ein wahrer Fuchs wäre der Hexe nie in die Falle gegangen.

Sie gelangte an einen Schwan, der wild mit den Flügeln schlug und sich im Kreis drehte, um ihr seine Schönheit zu präsentieren. Vor wenigen Wochen hätte Heera mit Sicherheit behauptet, dass dieses eitle Tier der Prinz sein müsse, doch nun erschien es ihr völlig abwegig.

Lean bedeutete innere Schönheit viel mehr als äußere, sonst hätte er sie niemals erwählt. Er hatte von Anfang an mehr in ihr gesehen, als sie es selbst tat.

Als sie die Stufen in das obere Stockwerk emporstieg, hörte sie den lieblichen Gesang einer einsamen Lerche, die in ihrem Käfig von der Decke baumelte. Sie war genauso zutraulich wie alle anderen Tiere und ihr Gesang schien von Heeras Ohren direkt in ihr Herz zu fließen, aber nicht, weil sie den Prinzen in ihr erkannte, sondern weil der Vogel sie an ihre Schwester erinnerte.

Sie war sich sicher, dass Medea die Lerche für den Prinzen gehalten haben musste, und nun stand sie versteinert im Garten der Schwarzen Hexe. Sie hatte den Fehler gemacht, nicht den Prinzen, sondern sich selbst in dem Verhalten der Tiere zu suchen.

Für welches Tier mochte Daphne sich entschieden haben? Vielleicht der wunderschöne Feuervogel oder gar der eitle Pfau?

Welches Tier würde Heera wählen, wenn sie nach sich selbst Ausschau halten würde? Es wäre gewiss weder schön noch zahm – ein Tier, dem niemand Beachtung schenken würde.

Sie entdeckte weit hinter anderen Käfigen verborgen eine kleine braune Maus. Sie war zwar unscheinbar, aber zu niedlich, um ihr gerecht zu werden. Erina hätte sich vermutlich in diesem kleinen, aber schlauen Tier wiedergefunden.

Heera ging weiter und fand ein Hausschwein, das laut zu grunzen begann, als sie sich ihm näherte.

Niemand wollte freiwillig in ein Schwein verwandelt werden. Es würde der Hexe ähnlich sehen, genau deshalb Lean in ein solches zu verzaubern. Aber Schweine waren Rudeltiere und der Prinz mehr ein Einzelgänger.

Unglücklich ließ Heera sich auf einen Stuhl sinken und schloss die Augen.

Wie sollte sie jemals den Prinzen unter all diesen Tieren erkennen? Wenn wenigstens Erina oder Amphion bei ihr gewesen wären, um ihr Mut zuzusprechen.

Zwischen all den Tierstimmen hörte sie das triumphierende Lachen der Schwarzen Hexe heraus. Sie sah Heeras Verzweiflung und erfreute sich an ihr.

Heera stand entschlossen auf und ging weiter durch das Schloss.

Sie ließ ihren Blick über alle Käfige gleiten und wartete auf eine innere Eingebung. Der Prinz war anders als jeder Mann, dem sie vor ihm begegnet war, und so musste auch das Tier sein, in welches die Hexe ihn verwandelt hatte.

Sie begegnete Hühnern, Katzen, Vögeln und selbst einem Affen, aber all diese Tiere hatten eines gemeinsam: Sie wollten von Heera befreit werden. Sie buhlten geradezu um ihre Aufmerksamkeit.

Als es bereits Nacht wurde, erreichte Heera wieder die Eingangshalle. Sie war durch das ganze Schloss gegangen, ohne ein Tier zu bemerken, das anders war.

Agnes kam ihr entgegen. Auf ihrem Gesicht lag ein zufriedenes Lächeln. »Möchtest du aufgeben?«

»Niemals«, entgegnete Heera entschlossen.

»Du wirst den Prinzen nicht finden!«

»Ich glaube, ich bin ihm bereits ganz nah«, widersprach Heera und sah sich erneut um. »Du würdest ihn nicht in einem der vielen Zimmer verstecken, sondern ihn dort aufstellen, wo jeder ihn sehen kann, ohne ihn zu bemerken. Es würde dich freuen zu sehen, wie die Mädchen scheitern, obwohl sie dem Prinzen bereits so nah waren.«

»Wenn du meinst«, sagte Agnes, ohne ein Anzeichen darauf zu geben, ob Heera richtig mit ihrer Vermutung lag.

Sie sah zu der großen Tür, durch die sie das Schloss betreten hatte.

Direkt dort auf dem Boden stand ein einsamer Käfig, in dem ein Tier saß, welchem niemand Aufmerksamkeit schenken würde: eine hässliche Kröte.

Sie quakte nicht, sah nicht einmal in Heeras Richtung, und trotzdem begann das Herz des Mädchens heftig zu pochen.

Ohne weiter nachzudenken, schritt sie auf den Käfig zu und hob ihn hoch. Sie sah dem kleinen Geschöpf in die Augen und versuchte, etwas von dem Prinzen in ihnen wiederzuerkennen.

Agnes begann sie auszulachen. »Wie gern würde ich nun die Königin sehen, wenn du ihr erzählst, dass ihr schöner Sohn ausgerechnet eine Kröte sei! Auf so eine Idee könntest auch nur du kommen.«

»Vielleicht ist es gerade deshalb die richtige Wahl«, erwiderte Heera unbeirrt.

»Bitte, dann küss deine Kröte!«, forderte Agnes sie heraus.

Heera öffnete die Tür des Käfigs, doch als sie nach dem Tier fassen wollte, sprang dieses heraus und hüpfte durch die geöffnete Tür ins Freie.

»Nicht einmal eine Kröte will sich von dir küssen lassen«, verhöhnte Agnes sie, doch Heera hastete dem Tier schon nach und versuchte es zu fangen, aber dessen Haut war so glitschig und schleimig, dass es ihr jedes Mal entkam.

Genau dieses Verhalten bestärkte sie darin, dass sie die richtige Wahl getroffen hatte. Die Kröte war anders als die anderen Tiere, weil sie sich nicht um sie bemühte. Sie floh sogar vor ihr – genau so hätte Heera es auch gemacht.

Sie rannte dem Tier durch den Garten nach, vorbei an all den Statuen der vielen unglücklichen Mädchen, während das gehässige Lachen der Hexe wie Blitz und Donner über ihr lagen.

Schließlich fand sie die Kröte nahe einem Baum. Heera nahm Anlauf und stürzte sich mit ihrem ganzen Gewicht auf das Tier. Ihre Hände legten sich fest um den schleimigen Körper, während sie hart auf den Boden aufschlug.

Triumphierend hob sie ihre Beute in die Höhe und sah in die gelben Augen der Kröte. Sie funkelten vor Zorn. Wenn eine Hexe Heera verzaubert hätte, wäre sie auch wütend.

Plötzlich erschien Agnes direkt neben ihr. »Bist du dir wirklich sicher, dass dies deine Wahl ist? Es gibt kein Zurück.«

In diesem Moment spuckte die Kröte Heera eine grüne Flüssigkeit ins Gesicht und strampelte wild mit den Beinen, um sich zu befreien.

»Ganz sicher«, entgegnete Heera zufrieden und drückte ihre Lippen auf den Mund der Kröte.

Im ersten Augenblick passierte gar nichts, doch dann spürte sie, wie das Tier ihren Händen entglitt. Sie befürchtete, es fallen gelassen zu haben, doch als sie die Augen aufriss, thronte Prinz Lean über ihr. Seine Lippen lagen auf ihren und sie starrten einander erschrocken an. Sofort lösten sie sich.

In diesem Moment brach die dichte Wolkendecke auf und das reine Licht des Mondes schien auf sie herab. Der Schrei einer Krähe ließ sie aufhorchen.

Dort, wo zuvor noch Agnes gestanden hatte, schwang sich nun ein schwarzer Vogel in den Himmel empor.

»Das ist die Hexe«, schrie Heera, rappelte sich vom Boden auf und suchte nach etwas, womit sie das Tier abwerfen könnte.

Die Krähe sah aus sicherem Abstand zu ihnen herab und krächzte: »Ich verfluche dich, Prinz Lean. Deine Schönheit wird dich nicht nur hindern, die wahre Liebe zu finden, sondern auch Hunger, Schmerz und Krankheit über ganz Chóraleio bringen. Erst ein Mädchen, das bereit ist, für dich sieben fremde Länder zu bereisen, sieben Berge und Täler zu durchqueren und sieben Aufgaben zu bestehen, wird den Fluch brechen und dich mit dem Herzen sehen lassen.«

Dann flog sie davon, auf dass niemand sie mehr hätte erreichen können.

Die Wolken zogen sich immer weiter zurück und das Licht eines jeden Sterns erlöste all die zu Stein erstarrten Mädchen. Junge Männer rannten aus den Toren des Palasts – sechstausendneunhundertneunundneunzig an der Zahl. Die Dornen, die das Schloss umwachsen hatten, wurden zu wunderschönen roten Rosen.

Der Prinz aber sah Heera an. In seiner Hand lag der Kompass, dessen Nadel unablässig auf das Mädchen vor ihm zeigte.

Folge dem Weg deines Herzens.

Wenn man etwas liebte,
gab man es nicht auf.
Ganz gleich, wie schwer oder
aussichtslos
die Situation auch sein mochte.

46

Heera

Nachdem die Schwarze Hexe ihr Schloss verlassen hatte, war es dem Nordwind ein Leichtes gewesen, nicht nur die fünf erwählten Mädchen, sondern auch alle anderen von der Insel fortzutragen.

Der Sturm und der Nebel, die für gewöhnlich rund um das Schloss geherrscht hatten, waren nicht mehr da.

Sie waren glücklich, mit dem Leben davongekommen zu sein, und verdrängten die Drohung der Hexe, doch niemand zweifelte daran, dass sie ihr eines Tages erneut begegnen würden.

Als Lean mit den Mädchen ins Schloss zurückkehrte, hatte sich bereits herumgesprochen, dass der Prinz von der Schwarzen Hexe verflucht worden war. Gerüchte verbreiteten sich schneller, als der Wind blies. Doch die Freude über seine Rückkehr überwog, sodass niemand an die Zukunft denken wollte.

Lean war für Chóraleio wie die Sonne – niemand wollte ihn missen. Das Königreich brauchte ihn.

Seine Mutter rannte ihm bereits im Schlosshof entgegen und warf sich weinend in seine Arme, nur um ihn mit Küssen zu überhäufen.

König Egeas kam ihr nach und lachte aus vollem Halse. Er schloss seine Familie in seine Arme und hielt sie lange fest. Für einen Augenblick war der anwesende Hofstaat vergessen.

Erst als Niobe es schaffte, sich von ihrem Sohn zu lösen, wandte sie sich an Heera und legte ihre Hände um das Gesicht des mutigen Mädchens. »Du wundervolles Kind, wie soll ich dir jemals danken?«, fragte sie mit tränenfeuchten Augen. »Eine Königin bist du nicht, aber eine große Heldin.«

Heera errötete bei ihren Worten und spürte, wie alle sie ansahen. Sie hatte es schon immer gehasst, im Mittelpunkt zu stehen.

»Das habe ich gern gemacht«, sagte sie und hoffte, dass es die Königin damit gut sein lassen würde.

Doch diese klatschte laut in die Hände und sprach: »Wir wollen ein großes Fest geben, um die Rückkehr meines Sohnes zu feiern!« Zu Heera meinte sie: »Wir werden sicher eine Möglichkeit finden, dich für deinen Mut zu belohnen. Lass uns in den Thronsaal gehen!«

Sie nahm Heera wie eine Schwester beim Arm und zog sie mit sich in das Schloss. Ihnen folgten der König sowie Lean und die erwählten Mädchen.

Egeas ließ sich auf seinem Thron nieder, während seine Frau und sein Sohn links und rechts von ihm Platz nahmen. Rund um sie herum herrschte helle Aufruhr. Es galt, so schnell wie möglich eine Feier zu organisieren.

»Heera, verzeih, wenn meine Gattin und ich dir nicht immer den Respekt entgegengebracht haben, den du verdienst. Du hast ein vorlautes Mundwerk, aber trägst dein Herz am rechten Fleck.

Ohne deinen Mut hätten wir unseren Sohn für immer verloren. Sag uns bitte, wie wir uns bei dir erkenntlich zeigen können«, bat der König.

Auch Lean verneigte sich vor ihr. »Ich werde auf ewig in deiner Schuld stehen. Es muss doch etwas geben, womit wir dir eine Freude machen können.«

Heera dachte daran, dass sie von ihm verlangen könnte, ihre Schwester zu heiraten, aber sie wollte nicht, dass er sich für Medea entschied, weil er sich verpflichtet fühlte. Außerdem verdiente Medea jemanden, der sie von ganzem Herzen liebte.

Als Heera stumm blieb, ergriff Niobe erneut das Wort: »Wie wäre es damit? Wir werden deinen Eltern eine Grafschaft zusprechen. Euch wird es an nichts fehlen!«

Das Angebot war großzügig und verlockend. Genau das, was Heera immer für ihre Eltern gewollt hatte. Ihr Vater könnte die Füße hochlegen und müsste nicht den ganzen Tag auf dem Feld schuften. Ihre Mutter könnte sich in feine Kleider hüllen und an der adligen Gesellschaft teilnehmen. Elena würde eines Tages einen Adligen heiraten und müsste sich keine Sorgen um ihre Zukunft machen. Selbst Medea würde einen guten Mann finden, wenn Lean sich unerwartet gegen sie entscheiden sollte.

Unsicher blickte Heera zu ihrer Schwester, die begeistert nickte. Von ihr schaute sie zu Lean, der ebenfalls einen verständnisvollen Eindruck machte.

Niemand würde ihr vorwerfen, wenn sie das Angebot annehmen würde. Doch etwas in Heera wehrte sich dagegen. Wenn sie auf den Vorschlag der Königin einging, würde sie jede Chance auf Lean verlieren.

Sie hatte gerade erst erkannt, dass sie überhaupt in der Lage war, so etwas wie Liebe zu empfinden. Wenn sie nicht mehr als

Freundschaft für Lean empfinden würde, dann hätte sie niemals den Zauber brechen können, der ihn in eine Kröte verwandelt hatte. Sie war verliebt – zum ersten Mal in ihrem Leben.

»Es gibt etwas, das ich mir mehr wünsche als eine Grafschaft«, hörte sie sich selbst sagen.

Sie wusste nicht, ob sie das Richtige tat, und schloss es nicht aus, dass sie sich in wenigen Tagen bereits über ihre eigene Dummheit ärgern würde, aber in diesem Augenblick konnte sie nicht anders. Wenn man etwas liebte, gab man es nicht auf. Ganz gleich, wie schwer oder aussichtslos die Situation auch sein mochte. Sie musste auf ihr Herz hören.

»Was könntest du dir mehr wünschen als ein sicheres Leben?«, fragte Egeas verwundert.

»Ich möchte wieder zu den Erwählten gehören«, sagte sie und wagte es nicht, den Prinzen dabei anzusehen.

In ihrem Rücken spürte sie den brennenden Blick ihrer Schwester und der anderen Mädchen.

»Aber du bist bereits ausgeschieden«, protestierte Niobe entrüstet.

»Ich erwarte nicht, dass ich direkt in die nächste Runde komme. Ich bitte lediglich darum, noch eine Chance zu bekommen.« Heera zwang sich, Lean anzusehen. In seinen Augen spiegelte sich Verwirrung. »Selbst wenn du dich gegen mich entscheidest, würde ich es dir nicht übel nehmen. Ich möchte nur eine zweite Chance.« Erschrocken stellte sie fest, dass ihre sonst so starke und feste Stimme zu zittern begonnen hatte. Das war neu für sie.

»Aber du würdest mit leeren Händen nach Hause zurückkehren«, mahnte Niobe verständnislos. »Sei nicht dumm und nimm mein Angebot an! Als Gräfin wird es dir ein Leichtes sein, einen anderen Mann zu finden. Einen, der gut zu dir passt und dich so nimmt, wie du bist.«

Das war es, was Lean von Anfang an getan hatte. Er hatte nie versucht, sie zu jemand anderem zu machen, und sich nie ihrer geschämt. Wenn andere *über* sie lachten, lachte er *mit* ihr. Sie mochten dieselben Dinge und wussten beide, was es bedeutete, für andere Verantwortung zu übernehmen.

Zum ersten Mal dachte Heera nicht an das Wohl ihrer Familie, sondern an ihr eigenes. »Ich will keinen anderen«, murmelte sie und schämte sich dafür.

Wie töricht sie selbst in ihren eigenen Ohren klang! Es fiel ihr schwer, zu ihren eigenen Gefühlen zu stehen und zu wissen, dass niemand ihre Entscheidung verstand.

Was würden nur ihre Eltern sagen, wenn sie erfuhren, was Heera getan hatte? Sie konnte bereits die Vorwürfe ihrer Mutter hören. Was hätte Medea an ihrer Stelle getan? Hätte sie das Angebot zum Wohle ihrer Familie angenommen? Niemand hätte es von ihr erwartet, weil jeder wusste, dass sie schon immer davon geträumt hatte, den Prinzen eines Tages zu heiraten. Sie war die ideale Königin.

Heera hatte nie davon geträumt, überhaupt zu heiraten, und sie konnte sich selbst jetzt nicht vorstellen, eines Tages auf dem Thron zu sitzen, aber sie wollte Lean nicht verlieren. Er hatte etwas in ihrem Inneren bewegt, das sie verändert hatte. Vielleicht würde sie scheitern, aber sie war bereit, um ihn zu kämpfen. Selbst gegen ihre eigene Schwester.

»Wenn es das ist, was du dir wünschst, sollst du eine zweite Chance bekommen«, sagte Lean und ging Heera entgegen.

Sie sah bei ihm dieselbe Unsicherheit, die sie empfand. Ihre Bitte kam für ihn genauso überraschend wie für sie selbst. Sie hatte das nicht geplant.

Er schloss sie wie einen Freund in die Arme und flüsterte dicht an ihr Ohr, sodass nur sie es hören konnte: »Danke.«

47

Erina

Erina konnte sich kaum auf die Worte konzentrieren, die im Ballsaal gesprochen wurden. Neben dem Thron stand auf einem kleinen Tisch, geschützt unter einer Glasglocke, die goldene Rose, die sie für die Königin besorgt hatte. Zwei Blütenblätter lagen bereits verwelkt auf dem Boden.

Wie viel Zeit blieb ihr noch, bis sie zu dem schrecklichen Biest zurückkehren musste?

Doch seltsamerweise ängstigte der Gedanke sie weniger, als sie es erwartet hätte.

Wenn Lean sich gegen sie entscheiden würde, hätte sie wenigstens einen Ort, an den sie gehen konnte. Es war immer noch besser, bei einem Biest an einem warmen Kamin zu leben, als allein auf der Straße zu erfrieren.

48

Heera

Am nächsten Tag waren die Feierlichkeiten in vollem Gange. Bereits am Abend würde der Prinz verkünden, welche drei Mädchen er für die nächste Runde erwählt hatte. Alle fieberten seiner Entscheidung entgegen. Als besondere Überraschung hatte er die Familien der fünf verbliebenen Erwählten eingeladen.

Seitdem Heera sich am Vortag dafür entschieden hatte, weiter um den Prinzen zu kämpfen, hatte Medea kein Wort mehr mit ihr gewechselt. Sie hatte sich in ihrem Zimmer eingeschlossen und sich geweigert, mit Heera zu reden, doch als nun ihre gemeinsamen Eltern zusammen mit ihrer kleinen Schwester Elena das Schloss betraten, war bei beiden Mädchen die Freude grenzenlos.

Medea fiel in die Arme ihrer Mutter, während Heera ihre kleine Schwester hoch in die Luft wirbelte, sodass diese vor Freude laut jauchzte. Der Vater schloss seine drei Töchter sowie seine Frau in die Arme und hielt sie für mehrere Sekunden fest. Er war froh, dass die Familie nun wieder vereint war.

»Ihr seht aus wie Prinzessinnen«, freute sich Elena und sah zwischen ihren älteren Schwestern hin und her. »Der Prinz wird euch sicher beide weiter wählen.«

Heera warf Medea einen versöhnlichen Blick zu, doch diese tat so, als hätte sie nicht gehört, was Elena gesagt hatte. Sie nahm ihre Mutter bei der Hand und sagte: »Komm, hilf mir, ein Kleid für den Ball auszuwählen. Die Königin hat mir auch eines für dich und Elena bringen lassen.«

Die Mutter war sogleich hellauf begeistert und wollte bereits mit Medea gehen, doch dann hielt sie kurz inne und drehte sich zu ihrer Ältesten herum. Sie streichelte Heera liebevoll über die Wange. »Ich bin sehr stolz auf dich. Du hast dich zu einer richtigen Dame entwickelt. Brauchst du auch Hilfe bei der Auswahl deines Kleides?«

Heera grinste sie belustigt an. »Ich trage vielleicht nicht mehr meine Hosen, aber deshalb bin ich noch lange kein Püppchen. Geh nur mit Medea. Sie braucht dich dringender als ich.«

Die Mutter strich ihr eine widerspenstige Strähne aus der Stirn, küsste sie und ging mit ihren beiden jüngeren Töchtern.

Der Vater blieb mit Heera zurück. Sie merkte, wie er sie kritisch musterte. Verlegen sah sie ihn an. Das schlechte Gewissen nagte an ihr.

»Deine Mutter hat recht. Du siehst anders aus«, stellte er fest, ließ sich aber nicht anmerken, ob er ihre Entwicklung guthieß. »Du hast deine Schwester beschützt und nicht nur das, selbst den Prinzen hast du gerettet. Das ganze Reich spricht über deine Heldentaten.«

»Ich habe es nicht für Ruhm getan«, stellte Heera klar.

»Du hast es aus Liebe getan«, sagte der Vater, ohne dass sie noch mehr hätte erklären müssen. »Ich sehe es in deinen Augen. Nicht einmal *du* kannst dich dagegen wehren.«

Heera fühlte sich ertappt und konnte ihre Tränen nicht länger zurückhalten. Sie begann zu schluchzen und schmiegte sich an ihren Vater. »Vater, ich habe unsere Chance auf ein besseres Leben vertan«, gestand sie weinend.

Er hielt sie von sich, um ihr in die Augen blicken zu können. »Um Himmels willen, was ist denn nur passiert? Ich habe dich zuletzt mit fünf Jahren weinen gesehen«, stieß er voller Sorge aus.

Heera beichtete ihm, dass sie das Angebot einer Grafschaft für ihre Familie ausgeschlagen hatte, um weiter um das Herz des Prinzen zu kämpfen. Sie erwartete, dass ihr Vater sie dafür verachten würde, doch er lächelte nur.

»Mein liebes Kind, ich bin unglaublich stolz auf dich. Erst jetzt bist du wahrlich furchtlos.«

»Warum fühle ich mich dann schwächer denn je?« Heera schniefte. »Wenn der Prinz sich sowohl gegen mich als auch gegen Medea entscheidet, werden wir nichts haben. Ich hätte unser aller Leben zum Besseren wenden können.«

Sie hatte zwar noch einen Wunsch bei ihm frei, aber sie hätte es nie gewagt, sich dafür eine ganze Grafschaft zu wünschen, obwohl Lean es ihr sicher nicht verwehrt hätte. Aber sie hatte das unbestimmte Gefühl, dass sie den Wunsch irgendwann noch einmal brauchen würde. Bis dahin würde sie ihn sich bewahren.

»Sorge dich nicht«, beschwichtigte sie der Vater. »Wir haben es immer geschafft, über die Runden zu kommen, und daran wird sich auch jetzt nichts ändern. Außerdem wäre der Prinz ein Idiot, wenn er sich gegen dich entscheiden würde.«

Heera zog empört die Luft ein. »Aber, Vater, wie sprichst du denn über den Prinzen? Er ist unser zukünftiger König!«

Theo begann zu lachen und Heera fiel mit ein. Früher hatte er sie immer zur Achtung gegenüber der königlichen Familie ermahnen müssen. »Prinz hin oder her, er sollte sich glücklich schätzen, dein Herz gewonnen zu haben.«

»Und was ist mit Medea? Sie würde mich hassen, wenn er sich für mich und gegen sie entscheiden würde.« Allein der Gedanke erschien absurd.

»Deine Schwester würde darüber hinwegkommen«, beteuerte Theo. »Wir sind eine Familie und das wird am Ende überwiegen.«

»Meinst du wirklich? Medea ist bereits jetzt wütend auf mich.« Heera bereute nicht, sich für Lean entschieden zu haben, dennoch empfand sie ihrer Schwester gegenüber ein schlechtes Gewissen.

»Würdest du ihr verzeihen, wenn der Prinz sich für sie entscheiden würde?«

»Natürlich«, rief Heera aus. »Ich würde mich sogar für sie freuen.« Ganz gleich, was auch geschehen mochte, sie würde Medea immer lieben.

»Deiner Schwester geht es nicht anders, sie ist es nur nicht gewohnt, dass du eine Konkurrenz für sie bist.« Er zwinkerte ihr schelmisch zu. »Nimm ihr ihre Launen nicht übel, sie meint es nicht so.«

Heera fühlte sich durch die Worte ihres Vaters bestärkt und nickte zuversichtlich. Sie wischte sich die Tränen aus dem Gesicht und knuffte ihn spielerisch in die Seite. »Ich hoffe, du hast genug Hunger mitgebracht. Das Essen im Schloss ist köstlich!«

49

Medea

Es waren nur noch wenige Minuten, bis die Erwählten den Ballsaal betreten würden. Medea stand fertig eingekleidet vor dem Spiegel in ihrem Zimmer. Elena und ihre Mutter waren bereits vorgegangen.

Ihr zitterten die Knie und sie war nervöser als je zuvor in ihrem Leben.

»Lächle, schöne Medea«, zwitscherte die Lerche aus ihrem Käfig vor dem Fenster.

Sofort leistete Medea ihrer Aufforderung Folge. »Ach, liebe Lerche, ich wünschte, du wärst der Prinz, dann müsste ich mich nicht sorgen.«

»Wäre ich der Prinz, so wäre meine Wahl längst gefallen«, erwiderte die Lerche zustimmend.

»Was, wenn er sich gegen mich entscheidet?«

Plötzlich erschien ihr das wahrscheinlich. Erina war an Herzensgüte kaum zu überbieten, Daphne funkelte schon jetzt wie ein

Diamant, und Xenia würde auf dem Ball jeder anderen die Show stehlen, sobald sie zu tanzen begann.

Aber sie fürchtete sich nicht vor ihnen, sondern am meisten vor ihrer eigenen Schwester. Heera war eine Heldin! Sie hatte den Prinzen gerettet und verdiente es, weiterzukommen.

Sie verdiente es mehr als jede andere. Es war ihre Liebe gewesen, die ihn befreit hatte.

»Das wird er nicht«, meinte die Lerche jedoch bestimmt.

»Wie kannst du dir so sicher sein?«, wollte Medea verständnislos wissen.

»Vertrau auf dein Herz!«

»Ich liebe ihn, aber was ist, wenn er nicht dasselbe für mich empfindet? Was ist, wenn er sich für Heera entscheidet und mich nach Hause schickt?«

Es fiel Medea schwer, diese Möglichkeit auszusprechen, denn es war das, was sie an Leans Stelle getan hätte.

»Deine Schwester wäre sehr glücklich. Sie hat alles riskiert, um den Prinzen zu retten. Ihr Kuss hat ihn befreit«, erinnerte die Lerche sie nachdrücklich.

»Warum musste sie sich ausgerechnet in den Prinzen verlieben? Wenn sie sich in einen seiner Freunde verliebt hätte, könnte ich mich für sie freuen. Doch wie soll ich ihr das Glück gönnen, wenn mein eigenes Herz daran zerbricht?«

Medea begann erneut zu weinen. Sie wünschte, sie hätte über Erinas Selbstlosigkeit verfügt, um das Wohl ihrer Schwester über ihr eigenes zu stellen.

Die letzten Tage war sie Heera vor allem deshalb aus dem Weg gegangen, weil sie sich für ihre eigene Missgunst schämte.

»Du könntest einem anderen deine Liebe schenken«, schlug die Lerche ihr kleinlaut vor.

»Niemals!«

»Liebst du mich denn nicht?« Der kleine Vogel neigte sein Köpfchen und wartete geduldig auf ihre Antwort.

»Ich liebe dich mehr als alles andere, liebe Lerche. Aber du bist nur ein Vogel«, seufzte das Mädchen traurig. »Wärst du ein verwunschener Prinz, würde ich dich auf der Stelle heiraten.«

»Ein Prinz bin ich nicht«, bedauerte die Lerche.

»Und so bleibt mir nur zu hoffen, dass ich Lean für mich gewinnen konnte. Drück mir die Daumen!«

Sie hauchte ihrem Vogel einen Kuss mit der Hand zu und trat mit klopfendem Herzen aus dem Zimmer.

Der Tag der Entscheidung
war gekommen und der Prinz hatte
eine Wahl zu treffen,
die schwerer kaum sein könnte.

Eine hatte die Stimme einer Nachtigall.
Eine hatte Locken aus purem Gold.
Eine hatte Füße, die sie bei jedem Schritt
tanzen ließen.
Eine hatte ein Herz, größer als jedes andere.
Eine hatte den Mut zu sagen, was sie dachte.

50

Lean

Prinz Lean stand unruhig neben dem Thron seines Vaters. Er musste sich nun für drei Mädchen entscheiden, die ihn in die zweite Runde der Auswahl begleiten würden. Noch am selben Abend sollten auch vier Prinzessinnen aus benachbarten Reichen eintreffen, die sich ebenfalls um ihn bewarben. So verlangte es die Tradition. Das Erscheinen der Königstöchter würde es ihm nicht leichter machen, sich je für eine Braut zu entscheiden.

Als die Auswahl begonnen hatte, war er genervt und wollte sie so schnell wie möglich hinter sich bringen. Für ihn waren alle Mädchen gleich gewesen: eingebildete Ziegen, die nur hinter seiner Krone her waren.

Doch er hatte sich getäuscht und einer jeden von ihnen unrecht getan. Vielleicht waren einige der Mädchen tatsächlich mehr an seinem Status als an ihm interessiert, aber er hatte kein Recht, sie dafür zu verurteilen. Was wusste er schon über Armut? Zumindest einige der Mädchen hatte er so weit kennengelernt, dass ihm klar war, dass hinter ihnen viel mehr steckte, als es auf den ersten Blick den Anschein machte.

Da wäre Daphne, die er als Erste erwählt hatte. Sie war eine bezaubernde und anmutige Erscheinung, und sein Freund Silas war völlig verrückt nach ihr. Er teilte zwar nicht dieselbe Begeisterung, doch auch er hatte Daphne zu schätzen gelernt. Sie wusste, was sie wollte, und zögerte nicht, es sich zu nehmen. Durchsetzungsvermögen war eine wichtige Eigenschaft für eine zukünftige Königin. Sie musste an seiner Seite das Königreich regieren und durfte nicht zögern. Sie wäre eine starke Partnerin.

Xenia war optisch genauso reizend, dafür in ihrem Wesen deutlich zurückhaltender. Es würde ihr leichtfallen, Freundschaften am Hof zu schließen, und sie wäre eine Bereicherung für jede Feierlichkeit. Kein anderes Mädchen tanzte eleganter. Selbst er mit seinen krummen Füßen machte neben ihr eine gute Figur. Vielleicht würde sie ihm in Regierungsfragen nicht hilfreich sein, aber ein Tanz mit ihr würde ihn immer wieder jede Sorge vergessen lassen.

Erina hatte ein sanftes und liebevolles Wesen. Es erschien ihm, als könnte sie keinem Tier oder Menschen etwas zuleide tun. Sie wäre eine gütige Königin, die das Wohlergehen ihres Volkes an oberste Stelle setzen würde. Das Volk würde sie anbeten. Er mochte Erina besonders gern, weil sie nie versuchte, sich ihm aufzudrängen. Gleichzeitig spürte er, wie sehr sie seine Gesellschaft genoss. Zudem schmerzte der Gedanke, sie zurück in die Kälte zu schicken. Sie war völlig allein auf der Welt und hatte nicht einmal ein Dach über dem Kopf. Sie war eine der Ärmsten der Armen.

Medea war wunderschön, klug, liebevoll und über alle Maßen talentiert. Ihre Stimme war einzigartig, genau wie sie selbst. Er hatte mit ihr einen wundervollen Tag verbracht und hätte sie beinahe geküsst, ungeachtet der zahllosen Warnungen seiner Mutter. Er wusste nicht, ob er verliebt in sie war, aber zumindest schwärmte er für sie.

Jedoch waren ihm Zweifel gekommen, ob Medea wirklich auf einen Thron und nicht eher auf eine Bühne gehörte. Er hatte gesehen, wie sie im Theater aufgeblüht war. Zwar könnte sie auch als Königin hin und wieder für das Volk singen oder ein Stück aufführen, aber viel Zeit bliebe ihr dafür nicht. Letztendlich wäre sie genauso gefangen wie ihre Lerche im Käfig. Wenn er sie fragen würde, würde sie beteuern, dass es genau das wäre, wovon sie immer geträumt habe, aber konnte er ihr das wirklich glauben? Vielleicht wusste sie selbst nicht einmal, wonach ihr Herz sich wirklich sehnte.

Und dann war da noch Heera. Ganz gleich, wie oft er über sie nachdachte, sie schien immer im Nebel zu stehen. Erst hatte er den Eindruck gehabt, dass das Schloss der schlimmste Ort auf der Welt für sie wäre und sie ihn und seine ganze Familie verachtete. Sie hatte ihn durch ihr abwehrendes Verhalten neugierig gemacht. Im Gegensatz zu den anderen Mädchen war sie eine Herausforderung gewesen und es hatte ihn gereizt, ihr zu beweisen, dass er völlig anders war, als sie wohl annahm.

Doch tatsächlich hatte sie ihm gezeigt, dass mehr in ihr steckte als die raue Fassade, die sie nach außen trug.

Heera war mutiger als jeder Mann, aber tief in ihrem Inneren war sie verletzlich. Sie hatte ihm für kurze Momente Einblick gewährt und seitdem konnte er sich ein Leben ohne sie nicht mehr vorstellen. Sie waren Freunde geworden, jedenfalls dachte Lean das, bis die Schwarze Hexe ihn verflucht hatte. Nur ein Kuss wahrer Liebe hatte ihn befreien können und ausgerechnet Heera hatte ihm diesen gegeben. Sie musste mehr für ihn empfinden, anders war dieses Wunder nicht zu erklären.

Aber selbst wenn, er konnte sie nicht auf dem Thron sehen. Sie war eine Heldin, und das ganze Volk feierte und bewunderte sie, aber es gehörte mehr dazu, Königin zu sein. Heera würde sich bei jeder Feier zu Tode langweilen. Sie würde sich über die zu engen und kratzigen Kleider beschweren. Das Leben im Schloss würde sie ihrer Freiheit berauben und sie wäre nicht mehr dieselbe. Das wollte Lean ihr nicht antun.

Aber wie sollte er sich nun entscheiden? Er wollte keines der Mädchen verletzen und obwohl er bereits so viel über sie erfahren hatte, glaubte er noch lange nicht, genug zu wissen.

Seine Mutter bemerkte seine Unsicherheit und tätschelte ihm aufmunternd den Arm. Sie hatte ihm zuvor ihre eigene Wahl als Ratschlag mit auf den Weg gegeben: Daphne, Erina und Medea.

Doch die letzte Entscheidung lag bei ihm. Er könnte sich ihr fügen, aber was, wenn er es dann für den Rest seines Lebens bereuen würde? Zudem würden an diesem Abend auch noch die vier Prinzessinnen eintreffen. Er konnte sich jetzt schon nicht entscheiden, wie sollte das dann erst mit ihnen werden?

Lean war nie zuvor so verzweifelt gewesen. Auch wenn er es zu verdrängen versuchte, belastete ihn der Fluch, den die Schwarze Hexe ihm angehängt hatte. Sie hatte ihm prophezeit, dass er Unheil über sein ganzes Königreich bringen würde. Das war gewiss nicht seine Absicht, aber lag es überhaupt in seiner Macht, den Fluch zu verhindern, wenn er nicht einmal wusste, wodurch er ausgelöst würde?

Die Trompeten kündigten das Eintreffen der Erwählten an und rissen ihn aus seinen Gedanken. Alle Gespräche verstummten und die Gäste sahen gespannt zu den großen Flügeltüren. Ein roter Teppich führte von dort zum Thron.

Sein Vater ergriff das Wort. »Liebe Gäste, heute ist ein entscheidender Tag im Leben meines Sohnes. Heute wird er sich für drei Mädchen entscheiden, die weiter um seine Liebe gegen vier reizende Prinzessinnen kämpfen dürfen. Fünf Mädchen sind verblieben. Sie haben bereits Großes geleistet und verdienen unsere Achtung. Begrüßt mit mir die Erste von ihnen.«

Eine Trompete blies die Einzugsmelodie, und die Türen wurden schwungvoll geöffnet.

»Daphne, siebzehn Jahre alt, einzige Tochter des Kaufmanns Jannis, erste Erwählte.«

Ihre Locken leuchteten wie pures Gold und fielen ihr locker über die Brust. Auf ihrem Gesicht lag ein zuversichtliches Lächeln, und ihr schlanker, aber wohlgeformter Körper war in einem rosafarbenen Kleid aus feinster Seide verborgen. Edelsteine verzierten die Säume und funkelten bei jeder ihrer grazilen Bewegungen.

Einer der Gäste, ein älterer Mann, jubelte besonders laut, pfiff sogar durch die Zähne. Er konnte sich kaum einkriegen vor Begeisterung. Es musste ihr Vater sein, denn andere Verwandte schien sie nicht zu haben.

Daphne warf ihm eine Kusshand zu, bevor sie den Thron erreichte und sich tief vor der königlichen Familie verneigte. Danach stellte sie sich an der rechten Seite auf ein kleines Podest, sodass alle sie bewundern konnten.

Ein erneutes Trompetenspiel lenkte die Aufmerksamkeit wieder auf die großen Flügeltüren.

»Medea, sechzehn Jahre alt, zweite Tochter des Bauern Theo, zweite Erwählte.«

Als Medea den Saal betrat, hielten alle den Atem an. Sie sah atemberaubend aus in ihrem blauen Kleid, das von oben bis unten mit funkelnden Steinen besetzt war. Bei jedem Schritt schimmerte sie wie ein ganzer Sternenhimmel. Ihr langes, dunkles Haar fiel ihr glatt über den Rücken. Sie hatte vor Nervosität gerötete Wangen, was sie noch lieblicher erscheinen ließ.

Ihre Eltern und ihre jüngere Schwester sahen sie voller Bewunderung an.

Medea winkte ihnen kurz zu, bevor sie den Prinzen und seine Eltern begrüßte und zu Daphne auf das Podest stieg.

Ein weiteres Trompetenspiel ertönte.

»Heera, neunzehn Jahre alt, erste Tochter des Bauern Theo, dritte Erwählte.«

Dort stand sie, in einem schlichten grünen Seidenkleid. Es war nicht so prunkvoll wie das der anderen Mädchen, trotzdem hatte Lean sie nie schöner gesehen. Heeras braunes Haar fiel ihr in sanften Wellen über die Schultern, und ihre Augen hatten den üblichen herausfordernden Blick, doch er konnte ihr die Unsicherheit bei jedem Schritt ansehen. Anderen fiel es vielleicht nicht auf, aber Lean hatte sie mittlerweile gut genug kennengelernt, um selbst das Zucken ihres kleinen Fingers zu bemerken.

Sie war die Erste der Erwählten, welche die Menge gezielt nach ihrer Familie absuchte. Als sie diese fand, hellte sich ihr Gesicht auf. Der Vater lächelte ihr glücklich zu und die Mutter hielt ein Taschentuch in der Hand, mit dem sie sich vor Rührung die Tränen aus den Augen wischte.

Offenbar hatten sie ihre Tochter noch nie in solch einem edlen Kleid gesehen. Ihre jüngere Schwester starrte sie sowohl fassungslos als auch fasziniert an.

Heera verneigte sich wie alle zuvor vor der königlichen Familie, aber sie wäre nicht Heera, wenn sie sich nicht eine Besonderheit herausgenommen hätte.

Sie räusperte sich laut, anstatt auf das Podest zu steigen. Lean spürte, wie sich seine Mutter neben ihm verspannte.

»Möchtest du uns etwas sagen, Heera?«, fragte König Egeas streng.

»Ich möchte euch jemanden vorstellen«, antwortete Heera. Sie suchte den Blickkontakt mit Lean. »Du glaubst vielleicht, du hättest bereits die schönsten Mädchen von Chóraleio gesehen, aber eines ist dir entgangen. Sie ist nicht nur das schönste, sondern auch das klügste von allen. Ich bin stolz, dass sie meine kleine Schwester ist.«

Sie drehte sich zu dem kleinen Mädchen herum, das schüchtern bei ihren Eltern stand, und winkte es zu sich.

Das Kind riss erschrocken die Augen auf und schüttelte panisch den Kopf.

Heera begann zu lachen, ging durch die Menge und nahm ihre kleine Schwester bei der Hand. Diese folgte ihr mit hochrotem Gesicht. Als sie vor dem Thron ankam, verneigte sie sich sogleich demutsvoll.

»Prinz Lean, darf ich dir meine Schwester Elena vorstellen?«

Lean lächelte breit und ging Heera und Elena entgegen. »Du täuschst dich, Heera, wir kennen bereits einander.« Er kniete sich nieder und hauchte einen Kuss auf die Hand des kleinen Mädchens. »Es ist mir eine große Freude, dich wiederzusehen, liebe Elena.«

Sie begann sogleich zu kichern und ein hingerissenes »Oh« ging durch die Menge. Auch Königin Niobe erlag dem Charme des Kindes.

Elena war zuckersüß und würde in ein paar Jahren gewiss an Schönheit kaum zu übertreffen sein.

»Es tut mir leid, dich enttäuschen zu müssen, aber du kannst sie nicht heiraten«, scherzte Heera zu Lean, der genau wie alle Gäste zu lachen begann.

Dies war eine der vielen Eigenschaften, die er an Heera schätzte. Sie machte sich nichts aus Etikette. Sie lockerte die ganze Veranstaltung durch ihren natürlichen, unbedachten Charme auf.

Aber ziemte sich dieses Verhalten für eine zukünftige Königin?

»Elena, möchtest du vielleicht bei mir sitzen, um dir die anderen Mädchen anzusehen?«, fragte Lean höflich und fügte hinzu: »Es wäre mir eine große Freude.«

Elena strahlte über das ganze Gesicht, aber sagte: »Ich kann sie mir gerne ansehen, aber bessere als meine Schwestern findest du nicht.«

Erneut begannen alle zu lachen und Lean erkannte, dass er sich wohl getäuscht hatte. In Elena steckte mehr von Heera, als es auf den ersten Blick den Anschein machte. Er nahm sie an die Hand und ließ sie neben dem Thron Platz nehmen, während Heera auf das Podest trat.

Lean sah, wie Medea ihrer älteren Schwester zulächelte. Er wusste, dass die beiden sich in letzter Zeit nicht gut verstanden, was vermutlich seine Schuld war, umso mehr freute es ihn, dass sie nun wieder aufeinander zugingen. Er wusste nach wie vor nicht, ob er sich an diesem Tag von einer von ihnen verabschieden musste.

Erneut spielten die Trompeten.

»Erina, vierzehn Jahre alt, siebte Erwählte.«

Es war auffällig, dass bei ihr weder Vater noch Mutter benannt wurden. Vermutlich waren sie nicht bekannt und zudem seit langer Zeit verstorben, doch die Spekulationen erstarben, sobald Erina in einem feuerroten Kleid den Raum betrat. Sie leuchtete wie eine Fackel in der Dunkelheit. Das Kleid und die Haare betonten ihre blasse und makellose Haut. Ihre Augen strahlten heller als jeder Smaragd. Sie hatte das zierliche Auftreten einer Elfe und schien nicht von dieser Welt zu sein.

Mit erhobenem Kopf schritt sie über den Teppich und verneigte sich vor der königlichen Familie. Ein kurzes, scheues Lächeln sendete sie in Leans Richtung, bevor sie das Podest betrat.

Nun fehlte nur noch eine. Die Trompeten verkündeten das Eintreffen der letzten Kandidatin.

»Xenia, sechzehn Jahre alt, älteste Tochter des Müllers Balon, zwölfte Erwählte.«

Sie betrat den Saal in einem sonnengelben Kleid, das die Blicke aller Gäste unmittelbar auf sich zog. Ihre dunkle Haut wurde durch den hellen Stoff betont und ihre Augen leuchteten wie Sterne am Himmel. Ihr Haar trug sie kunstvoll hochgesteckt und um ihren schlanken Hals lag eine glitzernde Kette. Ihre ganze Familie war zu der Feier eingeladen worden und applaudierte ihr begeistert. Sie bestand aus Vater, Mutter und neun Kindern. Die jüngeren Geschwister waren nicht mehr zu halten und stürmten um ihre Schwester wie übermütige Welpen. Es war mehrere Wochen her, dass sie einander zuletzt gesehen hatten.

Xenia ermahnte ihre Geschwister, sich zurückzuhalten. Ihr war das ungehaltene Benehmen peinlich und einige der Gäste begannen bereits zu tuscheln.

Als sie sich vor der königlichen Familie verneigte, taten es ihr die Geschwister gleich, was alle zum Lachen brachte. Nur Xenia presste verärgert die Lippen aufeinander und stieg mit gezwungenem Lächeln auf das Podest.

Die Gäste begrüßten nun alle Mädchen zusammen mit einem großen Applaus. Lean klatschte am lautesten von allen.

Dort standen fünf wundervolle junge Frauen und keine von ihnen hatte es verdient, dass er sich gegen sie entschied. Zu den fünf Erwählten traten nun auch die sechs bereits ausgeschiedenen Kandidatinnen hinzu: Phoibe, Acelya, Celestia, Jone, Lenja und Selena. Über Agnes wurde geschwiegen.

Die Musiker spielten die Melodie des Eröffnungstanzes und es wäre an Lean gewesen, eines der Mädchen als Erstes zum Tanz zu bitten. Doch er konnte sich für keines entscheiden und so erwies er diese Ehre seiner Mutter, die seine Wahl mit einem Lächeln, aber einem tadelnden Blick annahm.

51

Lean

Heera eroberte zusammen mit Elena das Buffet. Dieses Mal war der Andrang deutlich größer, da nicht nur die Adligen, sondern auch die Familien der erwählten Mädchen anwesend waren. Diese hielten sich zwar auch vornehm zurück, aber zumindest stand das Essen nicht so einsam und verlassen da wie beim letzten Mal. Vor allem die Kinder konnten nicht genug bekommen. Ganz gleich, ob Suppen, Salate, Pasteten, Braten, Beilagen oder Desserts, alles schmeckte köstlich.

Elena schob sich gerade ein kleines Törtchen zwischen die Zähne und schloss genießerisch die Augen.

»Mhmmmmm«, machte sie, und Heera freute sich über ihre Begeisterung.

Davon hatte sie seit dem ersten Tag am Schloss geträumt. Endlich durfte sie mit ihrer Familie wenigstens einen sorgenlosen Abend genießen. Alle konnten sich satt essen, und ihre Mutter würde noch jahrelang bei ihren Freundinnen aus dem Dorf von dem Fest schwärmen.

Doch auch wenn Heera viel lachte und sich scheinbar keine Sorgen machte, war sie innerlich aufgewühlt. Sie hatte sich für den Prinzen entschieden und nun lag es an ihm, ob er sie auch weiter in seiner Nähe haben wollte. Sie gab nur ungern die Kontrolle ab, vor allem dann nicht, wenn sie selbst nicht wusste, was für einen Ausgang sie sich für den Abend wünschen sollte.

Lean war ihr wichtig. Wichtiger als irgendein Junge zuvor. Aber sie hatten keine Zukunft zusammen. Lean hatte nicht einmal Brüder, denen er den Thron hätte überlassen können.

Davon abgesehen, dass er nie bereit dazu wäre, genauso wenig wie sie gewillt wäre, den Thron zu besteigen. Sein Leben lang wuchs er mit der Gewissheit auf, dass er eines Tages König sein würde. Die Menschen liebten ihn und sie musste zugeben, dass er ein sehr guter Herrscher werden würde.

Was sollte sie sich also wünschen? Dass er sich gegen sie entschied, weil es das Vernünftigste wäre, was er tun könnte, oder dass er sie weiter wählte, obwohl sie beide nicht wussten, was jemals aus ihnen werden sollte?

Für einen Moment ließ Heera den Blick über die Tanzfläche schweifen. Lean hatte erst mit seiner Mutter, danach mit Daphne, dann mit Medea, Erina und Xenia getanzt, während sie sich selbst hinter dem Buffet versteckte.

Doch nun hatte sie ihn aus den Augen verloren. Die Musik spielte weiter und andere Gäste schwangen das Tanzbein.

Plötzlich tippte ihr jemand auf die Schulter, und Heera erschrak, als sie den Prinzen höchstpersönlich neben sich stehen sah. Sie hatte nicht mit ihm gerechnet.

Er grinste sie spitzbübisch an und sie ahnte bereits, was folgen würde. Er hielt ihr seine Hand auffordernd entgegen.

»Ich weiß, ich habe die Wette gegen dich verloren und bin dir einen Wunsch schuldig, aber würdest du mir trotzdem einen Tanz schenken?« Als er ihre abwehrende Haltung bemerkte, fügte er schnell hinzu: »Es ist nur ein Tanz!«

»Ich könnte meinen Wunsch dafür verwenden, dass ich nicht mit dir tanzen muss«, antwortete Heera mit erhobenen Augenbrauen.

»Das könntest du«, stimmte Lean ihr zu. »Aber es wäre ein sehr dummer Wunsch!«

Er hielt ihr immer noch seine Hand entgegen und Heera spürte, dass sie beobachtet wurden. Früher wäre es ihr gleichgültig gewesen, was andere über sie dachten, wenn sie dem Prinzen einen Korb verpasste. Das war es immer noch, aber *er* war ihr nicht länger gleichgültig.

»Ich werde dir auf die Füße treten«, warnte ihn Heera, doch er lachte nur.

»Das wirst du nicht. Vertrau mir!«

Sobald sie ihre Hand in seine legte, spürte sie, wie ein zarter Windstoß unter ihr Kleid glitt. Ihre Füße folgten Lean auf die Tanzfläche, ohne dass sie es ihnen befohlen hätte.

Leichtfüßig begann sie sich im Takt zu wiegen. Doch diese Bewegungen gehörten nicht ihr.

Jemand Fremdes lenkte ihren Körper.

Verunsichert sah sie sich um, als Lean ihr ins Ohr flüsterte: »Erschrick nicht! Amphion hilft dir dabei, eine gute Figur zu machen. Wenn du möchtest, dass er aufhört, heb die Hand.«

Sie drehten sich im Kreis und in diesem Moment erhaschte Heera einen Blick auf den jungen Zauberer. Er murmelte leise vor sich hin und zwinkerte ihr dabei zu.

Sie lächelte ihn dankbar an. So brauchte sie sich zumindest keine Sorgen zu machen, dass sie den Prinzen verletzen würde oder über ihre eigenen Füße stolperte. Fast begann sie so etwas wie Gefallen am Tanzen zu finden.

Lean zog sie dicht an sich. »Ach Heera, was soll ich nur tun?«

Überrascht sah sie ihn an. Erwartete er wirklich einen Ratschlag von ihr? »Das ist deine Entscheidung.«

»Und wenn ich mich gegen dich entscheide?« Warum fragte er sie das? Hoffte er auf ihre Erlaubnis? Erwartete er, dass sie ihn freigab?

»Dann soll es so sein.« Der Hals schnürte sich ihr zu und ihre Augen wurden feucht.

»Du bist das erste Mädchen, das mich geküsst hat.«

»Medea war es, die dich als Erste geküsst hat«, widersprach sie ihm bestimmt.

»Einen Kuss, der mich in eine Kröte verwandelt, zähle ich nicht«, konterte er.

»Wenn das so ist, sollte ich wohl auch den Kuss *mit* einer Kröte nicht zählen. Es sei denn, alle deine Küsse sind so glitschig und schleimig, werter Prinz.« Sie kicherte und verdrängte die nahende Entscheidung.

»Dann sollten wir es vielleicht ein zweites Mal versuchen?« Seine Augen erstrahlten vor Schalk, sodass Heera nicht erkennen konnte, wie ernst ihm dieser Vorschlag war.

»Vielleicht«, stimmte sie ihm dennoch lächelnd zu.

52

Amphion

Amphion sorgte dafür, dass Heera geschmeidig und leichtfüßig über das Parkett glitt. Er sah sie gerne mit dem Prinzen. Lean wirkte in ihrer Gegenwart entspannter und lachte viel. Die meiste Zeit forderten sie einander heraus, doch gerade das reizte den Prinzen am meisten. Er musste um Heera kämpfen und ihr Paroli bieten.

Amphion spürte, wie sich jemand dicht neben ihn stellte. »Bist du nur theoretisch oder auch praktisch ein guter Tänzer?«, fragte eine liebliche Stimme.

Erschrocken geriet er aus dem Takt, doch Heera schien davon nichts zu bemerken. Sie tanzte weiter, als wäre nichts passiert, völlig in Leans Augen versunken.

»Wohl eher theo… theoretisch«, stotterte er verlegen und warf einen kurzen Blick auf Medea, die neben ihm stand.

»Danke, dass du das für meine Schwester tust. Ich habe sie noch nie so glücklich gesehen.«

Überrascht wagte er, sie genauer anzusehen. »Bist du denn nicht eifersüchtig?«

»Gewiss, aber lieber verliere ich den Prinzen an sie als an irgendeine andere.« Sie lachte unglücklich. »Heera würde für mich und unsere Familie alles tun. Sie hat es verdient, glücklich zu sein.«

Ihre Worte rührten den Zauberer. »Das hast du schön gesagt.«

»Tanzt du mit mir?«, fragte sie plötzlich herausfordernd.

Er spürte, wie er knallrot anlief. »Ich … ich …«, begann er auf der Suche nach einer Ausrede, doch Medea duldete keine Widerworte und zog ihn zu Beginn des nächsten Liedes lachend auf die Tanzfläche.

53

Lean

Der Abend neigte sich dem Ende zu und somit näherte sich auch die Entscheidung des Prinzen.

Er hatte versucht, sie immer weiter hinauszuzögern, doch nun setzte der König dem ein Ende, indem er den Musikern befahl, mit dem Spielen aufzuhören.

Gleichzeitig kündigte er laut an, dass sein ehrenwerter Sohn nun seine Wahl bekannt geben werde.

Lean stellte sich in der Mitte des Saals auf, vor ihm die fünf verbliebenen Erwählten. Ein kleiner Aufschub blieb ihm jedoch noch, denn zwei Könige befreundeter Reiche hatten ihn zuvor aufgesucht und ihn um etwas gebeten, dem er nur zu gern seinen Segen gegeben hatte. Nun suchte er das freundliche Gesicht von König Aphron in der Menge und erteilte ihm durch ein Nicken das Wort.

Dieser atmete einmal tief durch und trat dann nach vorne. »Verzeiht mir, Prinz, aber bevor Ihr Eure Wahl bekannt gebt, würde ich gerne selbst etwas verkünden.«

Lean wusste bereits, was folgen würde, ließ sich aber dennoch von der vorherrschenden Nervosität mitreißen. »Macht nur, Ihr seid willkommen!«

Aphron hielt Ausschau nach einer ihm bekannten jungen Frau und als er diese entdeckte, steuerte er direkt auf sie zu. Es war Phoibe, die er bei sich festgehalten hatte.

Demütig fiel er nun vor ihr auf die Knie. »Liebste Phoibe, du bist als Diebin in meinen Garten gekommen und als Diebin ließ ich dich ziehen, denn du nahmst mein Herz mit dir. Seitdem du nicht mehr bei mir bist, fühle ich mich, als wäre ich in ewiger Dunkelheit gefangen. Du bist meine Sonne und deshalb möchte ich dich fragen, ob du meine Frau werden möchtest.«

Phoibe schlug sich erschrocken die Hände vor den Mund, bevor sie laut rief: »Ja!«

König Aphron steckte ihr unter den Jubelrufen der Gäste einen funkelnden Ring an den Finger. Die beiden küssten sich innig.

Auch Lean applaudierte ihnen fröhlich. Obwohl er sich schon gegen Phoibe entschieden hatte, so freute er sich für sie, dass ihr Traum, eines Tages Königin zu sein, sich nun doch noch erfüllte. König Aphron war ein guter Mann, der ihr sicher den Himmel zu Füßen legen würde.

Der Prinz räusperte sich. »Ich gratuliere Euch herzlich! Möchte noch jemand etwas sagen?«

Dies war die Einladung für König Iwan, der sich zuvor ebenfalls Leans Segen zugesichert hatte. Dies milderte jedoch nicht seine Nervosität. Er knetete seine Hände, als er nach vorne trat. Dabei wirkte er weniger königlich, sondern mehr wie ein gewöhnlicher Mann mit einem wichtigen Anliegen – einem Herzenswunsch sozusagen.

»Guter Prinz, Ihr habt eine vortreffliche Auswahl getroffen und die schönsten Mädchen des ganzen Reiches um Euch versammelt. Eines ist schöner als das andere.«

Die Erwählten lächelten bei so viel Lob. »Was ist, treuer Freund Iwan, wollt Ihr auch um die Hand einer der Ausgeschiedenen anhalten?«, scherzte Lean, der Iwans Anliegen bereits kannte, aber die Spannung noch etwas erhöhen wollte und sich deshalb ahnungslos gab.

»Nein, ich wäre froh, wenn es so einfach wäre. Doch mein Los ist viel schwieriger, denn ich habe mich in eine Eurer Erwählten verliebt. Haltet mich nicht für anmaßend, aber ich möchte der jungen Frau meine Liebe bekunden, bevor Ihr Euch für oder gegen sie entscheidet.«

Ein Raunen ging durch die Menge. Das hatte es bisher noch nie gegeben und alle waren gespannt, wie der Prinz darauf reagieren würde. Ihm die Braut zu rauben, wäre ein gerechtfertigter Grund für eine Kriegserklärung.

Als Iwan ihm zuvor den Namen des Mädchens genannt hatte, verspürte Lean Erleichterung, sodass er wusste, dass sie für ihn nicht die Richtige war und er sie guten Herzens ziehen lassen konnte. Er wünschte ihr, dass sie mit Iwan ihr Glück finden würde. Vorausgesetzt, sie würde in seinen Antrag überhaupt einwilligen.

»Von welchem Mädchen sprecht Ihr?«, fragte er nun mit vorgetäuschter Strenge.

»Die liebreizende Xenia hat mein Herz im Tanz erobert«, verkündete Iwan. »Es wäre mir eine große Ehre, wenn ich sie heiraten dürfte.«

Alle Gäste starrten gebannt zu Lean. Würde er dem Wunsch des befreundeten Königs im Wege stehen oder würde er seine Erwählte freigeben?

Leans Miene lockerte auf. »Das müsst Ihr Xenia schon selbst fragen, meinen Segen habt Ihr!«

König Iwan nahm Xenia bei den Händen. »Würdet Ihr mir das Jawort geben? Ich verspreche, solange ich lebe, Euch zu achten und zu lieben.«

Xenia schien von der Situation völlig überwältigt zu sein. Bis gerade musste sie noch darauf gehofft haben, dass Prinz Lean sie auch in die nächste Runde mitnehmen würde. Da er König Iwan nun jedoch seinen Segen erteilte, stand außer Frage, dass er sich ohnehin gegen sie entschieden hätte.

Dafür bat sie nun ein anderer um ihre Hand. Willigte sie ein, würde sie schon bald Königin eines Reiches sein, ohne sich zuvor noch gegen andere Mädchen behaupten zu müssen.

»Nur zu gerne heirate ich Euch!« Sie warf sich Iwan in die Arme, der sie vor Freude durch die Luft wirbelte.

Lean konnte sowohl Phoibes als auch Xenias Freude nachvollziehen, immerhin erwartete beide Mädchen nun ein deutlich besseres Leben. Aber ihre Bereitschaft, so schnell einen anderen zu heiraten, zeigte ihm auch, dass sie sich nie aus Liebe um ihn beworben hatten. Sicher traf das auch auf andere Erwählte zu. Aber hatte *er*, dem es nie an irgendetwas gemangelt hatte, das Recht, ihnen das zum Vorwurf zu machen?

Er konnte nur hoffen, dass selbst wenn es jetzt noch nicht die Liebe war, welche die Mädchen zu ihm zog, diese eines Tages zwischen ihnen wachsen würde. Es war schwierig, von Liebe zu sprechen, wenn man einander kaum kannte.

Erneut brachen die Gäste in laute Beglückwünschungen aus. Xenias Geschwister tanzten vergnügt um das frische Paar. Iwan hatte Lean zumindest eine Entscheidung abgenommen, doch es waren immer noch vier Mädchen verblieben und nur drei sollten die nächste Runde erreichen.

Als alle sich etwas beruhigt hatten, wendete sich die Aufmerksamkeit erneut auf den Prinzen.

Lean musste nun das Wort ergreifen und eine Entscheidung fällen, ob er wollte oder nicht. Drei Mädchen würden ihn in die nächste Runde begleiten – eine musste ihn verlassen.

»Hinter uns liegen aufregende Wochen und ich möchte mich bei allen Mädchen für diese schöne Zeit bedanken. Ich durfte viele tolle Persönlichkeiten kennenlernen und jede von ihnen wäre eine würdige Braut und zukünftige Königin.« Er bedachte die Erwählten mit einem Lächeln, das nur ihnen galt. »In der Zeit der Auswahl habe ich nicht nur viel über die Mädchen, sondern auch viel über mich selbst gelernt. Es gibt Dinge, die ich in Zukunft besser machen möchte. Ich brauche eine Frau an meiner Seite, die weiß, was sie will. Und eine der Kandidatinnen hat mich von Anfang an davon überzeugt, dass sie die richtige Braut für mich wäre. Ich wähle als Erste das Mädchen, welches auch meine erste Erwählte wurde. Daphne!«

Daphne kreischte vor Freude und fiel Lean um den Hals. Sie küsste ihn stürmisch auf die Wange, während ihr Vater lauter klatschte und jubelte als irgendjemand sonst.

»Meine Tochter!«, brüllte er immer wieder voller Stolz.

Auch die anderen Gäste jubelten und Lean konnte seinen Eltern ansehen, dass sie mit seiner Entscheidung zufrieden waren. Daphne war eine ausgezeichnete Wahl.

»Das nächste Mädchen hat mich vor allem durch ihre Einzigartigkeit überzeugt«, fuhr er fort, nachdem er sich aus Daphnes Armen befreit hatte. »Ich würde sie unter Tausenden wiedererkennen, sobald sie auch nur einen Ton von sich gibt. Ich wähle Medea mit der schönsten Stimme von ganz Chóraleio.«

Er konnte sehen, wie sie erleichtert aufatmete, auch wenn sie in ihrer Freude deutlich zurückhaltender war als Daphne. Sie umarmte Lean, küsste ihn auf beide Wangen und flüsterte: »Danke!«

Nun blieben nur noch Erina und Heera übrig. Er hatte keinen Plan, sondern würde völlig spontan entscheiden.

Welche der beiden sollte er wählen?

»Ich habe gelernt, dass ein König seine Entscheidungen immer gut überlegt treffen sollte. Doch ein Mädchen hat mich gelehrt, auf mein Herz zu hören. Sie setzt ihre ganze Hoffnung auf mich und ich habe nicht vor, sie zu enttäuschen. Erina!«

Obwohl Lean sich für Erina entschieden hatte, fiel sein Blick auf Heera. Er suchte in ihren Augen nach Vergebung, doch sie war völlig erstarrt. Sie lächelte nicht und weinte nicht.

Erina küsste ihn auf beide Wangen. Sie war überglücklich, trotzdem hatte Lean das Gefühl, einen Fehler gemacht zu haben.

Als Heera sich umdrehte, um zu gehen, tat sein Herz so weh, dass er glaubte, es müsse jeden Moment entzweibrechen.

54

Heera

Heera wollte den Saal verlassen. Sie war weder enttäuscht noch wütend auf Lean, ganz im Gegenteil, sie hätte ihm gern zu seiner Entscheidung gratuliert.

Er hatte die beste Wahl für sein Reich getroffen. Sie hatte von Anfang an gewusst, dass sie als Königin völlig ungeeignet wäre.

Vielleicht hatte sie sich verändert, aber aus Pech wurde nicht innerhalb weniger Wochen Gold. Zumindest würde sie sich mit Medea nun bald wieder besser verstehen.

Aber all diese Bekundungen kamen nicht gegen die Tränen an, die sich in ihrem Hals zu einem dicken Kloß sammelten.

Sie wollte nicht weinen.

Nicht vor den Gästen und erst recht nicht vor Lean. Er sollte nicht den Eindruck bekommen, dass sie etwas anderes von ihm erwartet hätte.

Sie würde Jägerin an seinem Hof werden und sie könnten sich so oft sehen, wie sie wollten. Es gab keinen Grund, traurig zu sein.

»Halt!«, schrie Lean plötzlich gegen den Applaus und die Jubelrufe an.

Heera hielt inne.

»Ich bin noch nicht fertig«, erklärte er und sofort wurde es still. »Ein König trifft Entscheidungen und erlässt Gesetze. Veraltete Regeln sind dazu da, geändert zu werden. Deshalb nehme ich mir als zukünftiger König von Chóraleio das Recht heraus, mit jahrhundertealten Traditionen zu brechen. Ich entscheide mich nicht nur für drei Mädchen, sondern für vier!«

Obwohl Heera ihm den Rücken zugewandt hatte, konnte sie spüren, wie er auf sie zutrat und schließlich hinter ihr stehen blieb.

»Heera, erweist du mir die Ehre, als meine Auserwählte zu bleiben? Entgegen jeder Vernunft kann ich dich nicht gehen lassen. Mein Herz verbietet es mir.«

Die Tränen rollten über ihre Wangen, und ihr Hals war so zugeschnürt, dass sie kaum sprechen konnte. Sie wischte sich eilig mit der Hand übers Gesicht, bevor sie sich zu ihm umdrehte. Sie war wütend, weil er mit ihren Gefühlen gespielt hatte.

»Prinz Lean, du bist noch lange kein König!«, fuhr sie ihn mit erhobenem Finger an. »Ein König druckst nicht herum!«

»Du bist auch keine Königin«, erwiderte Lean schmunzelnd. »Du bist das einzige Mädchen, das lieber eine Kröte heiraten würde, als einen Prinzen zu küssen.«

»Ich habe eine Kröte geküsst, vielleicht werde ich dann ja den Prinzen heiraten«, erwiderte sie herausfordernd.

Der Kloß in ihrem Hals löste sich auf, die Tränen trockneten und sie lachte erleichtert, als sie ihn auf beide Wangen küsste.

Epilog

Chóraleio war eine Nacht der Freude vergönnt. Im Taumel der Feierlichkeiten, beschwipst von süßem Wein und mit den mitreißenden Klängen der Musikanten in den Ohren, ließ sich etwas ganz Entscheidendes leicht verdrängen: Die Schwarze Hexe war nicht tot, vielmehr hatte sie den Prinzen erneut verflucht und bedrohte nun nicht nur sein persönliches Glück, sondern das ganze Königreich.

Unheilvolle Zeiten standen allen bevor.

Die Blütenblätter einer Rose fielen unaufhaltsam, als Erinnerung an ein Versprechen.

Hunger, Schmerz und Krankheit waren nicht mehr fern.

Schon bald würde sich das ausgelassene Lachen der Ballgäste in ein herzzerreißendes Wehklagen verwandeln. Der Frieden war trügerisch, nicht mehr als die Ruhe vor dem Sturm.

ZUR INSPIRATION GENUTZTE MÄRCHEN:

»Dornröschen«
von den Brüdern Grimm

»Die drei Männlein im Walde«
von den Brüdern Grimm

»Von der Königstochter, die ihr Haar verlor«
(afrikanisches Märchen)

»Das kleine Mädchen mit den Schwefelhölzern«
von Hans Christian Andersen

»Der Feuervogel«
(russisches Volksmärchen)

»Östlich von der Sonne und westlich vom Mond«
von Peter Christen Asbjørnsen und Jørgen Moe

»Die Schöne und das Biest«
(französisches Märchen)

Dank

Märchen waren für mich ein fester Bestandteil meiner Kindheit. Diese, in denen es um Prinzessinnen ging, waren mir stets die liebsten. Deshalb wollte ich ein Buch schreiben, in dem Märchen eine Rolle spielen, sowohl die bekannten als auch die weniger bekannten. In der »Märchenhaft«-Trilogie arbeite ich mit Inhalten aus bereits vorhandenen Märchen und verwebe sie in einer neuen Geschichte.

Den Zugang zu der Welt der Märchen und Fabeln verdanke ich meiner Mutter, die eine Engelsgeduld im Vorlesen bewies und nicht müde wurde, mir meine Lieblingsgeschichten unzählige Male vorzutragen. Mit derselben Liebe gebe ich nun meinen eigenen Kindern diese Märchen mit auf den Weg.

Lisa Czieslik hat mich bei der ersten Entstehung des Buches begleitet und mir Mut zugesprochen, wenn meine Selbstzweifel mich in den Wahnsinn getrieben haben.

Von Herzen danke ich auch dem Sternensand Verlag, dass er meiner Geschichte eine zweite Chance und einen Platz am Sternenhimmel schenkt.

Über die Autorin

Maya Shepherd wurde 1988 in Stuttgart geboren. Zusammen mit Mann, Kindern und Hund lebt sie mittlerweile im Rheinland und träumt von einem eigenen Schreibzimmer mit Wänden voller Bücher.

Seit 2014 lebt sie ihren ganz persönlichen Traum und widmet sich hauptberuflich dem Erfinden von fremden Welten und Charakteren.

Im August 2015 gewann Maya Shepherd mit ihrem Roman ›Märchenhaft erwählt‹ den Lovely Selfie Award 2015 von Blogg dein Buch.

Kontakt

Homepage: www.mayashepherd.de

E-Mail: mayashepherd@web.de

Facebook: www.facebook.com/MayaShepherdAutor

Mehr von Maya Shepherd

Die Grimm-Chroniken (Maya Shepherd)

Märchenadaption, Serie in 26 Bänden

Als Taschenbuch und E-Book

Klappentext Band 1:
Dieses Buch beginnt nicht mit *Es war einmal*, denn auf diese Weise fangen all die Lügen an, die Wilhelm und Jacob in die Welt gesetzt haben. Dies ist kein Märchen, sondern eine wahre Geschichte.
Es heißt, die Bösen werden bestraft und die Guten leben glücklich bis ans Ende ihrer Tage. Das Leben ist aber nicht schwarz-weiß und gewiss nicht glücklich. Rot ist die Farbe, die über das Schicksal bestimmen wird.
Die Lüge ist oft nicht von der Wahrheit zu unterscheiden, am wenigsten, wenn die Wahrheit zu schrecklich ist, um sie glauben zu wollen.

Weitere Märchen aus unserem Sortiment

Der Fluch der sechs Prinzessinnen (Regina Meißner)
Märchenadaption, Reihe
Als Taschenbuch und E-Book

Klappentext Band 1:
Am Tag ein Schwan, in der Nacht ein Mensch, gefangen an einem einsamen See mitten im Wald. Das ist das Schicksal der verwunschenen Prinzessin Estelle. Es erscheint ihr aussichtslos, den Fluch zu brechen. Der Sinn der rätselhaften Worte auf einem geheimnisvollen Pergament, das der einzige Schlüssel ist, bleibt ihr verborgen. Erst als der junge Jäger Ayden am Schwanensee auftaucht, erhält sie neue Hoffnung. Womöglich gelingt es mit seiner Hilfe, das Rätsel zu lösen und den Weg zu beschreiten, der Estelles Dasein als Schwanenprinzessin beenden könnte? Doch was wird dann aus ihren Schwestern, die ebenfalls von einem Fluch befallen zu sein scheinen?

B. E. Pfeiffer

Aschenglitzer

Einzelband

Als Taschenbuch und E-Book

Regina Meißsner

Venturia

Dilogie (2 Bände)

Als Taschenbuch und E-Book

B. E. Pfeiffer

Die Kristallelemente

Reihe

Als Taschenbuch und E-Book

Besucht uns im Netz:

www.sternensand-verlag.ch

www.facebook.com/sternensandverlag

www.instagram.com/sternensandverlag